데이트 어 라이브 20 토카 월드

DATE A LIVE World Tohka

"그 기개는 높이 사죠"
정령―토키사키 쿠루미

"나와 무쿠찡
콤비는 최강이야!"
정령十혼죠 니아

"으음……"
정령―호시미야 무쿠로

"바라던 바야."
정령─ 토비이치 오리가미

"덤벼 봐, 새내기 정령 씨."
정령─ 이츠카 코토리

"……질 수 없어요.
시도 씨에게 마음을 전할 사람은, 바로 저예요."
정령─ 요시노

"이, 이게 뭐냐…… 꽃……인 것이냐?"
정령―야토가미 토카

"......"

"벚꽃이라는 거야.
전부터, **토카**에게
보여 주고 싶었어."
고교생— 이츠카 시도

【──비적합체. 공격을 회피.
생존. 확인. 배제. 한다.】

"―〈오살공(鏖殺公)〉!"

"―〈포학공(暴虐公)〉!"

"―우리의 데이트는,
아직 끝나지 않았으니
말이다."

CONTENTS

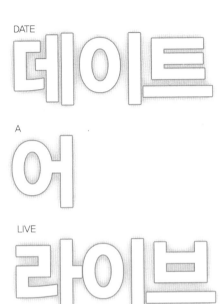

DATE 데이트

A 어

LIVE 라이브

글 : 타치바나 코우시
그림 : 츠나코
옮긴이 : 이승원

정령(精靈)

인계(隣界)에 존재하는 특수 재해 지정 생명체. 발생 요인, 존재 이유 둘 다 불명.
이쪽 세계에 모습을 드러낼 때, 공간진(空間震)을 발생시켜 주위에 심각한 피해를 끼친다.
또한, 엄청난 전투 능력을 보유하고 있음.

대처법1

무력을 통한 섬멸.
단, 위에서 말했듯 매우 강대한 전투 능력을 보유하고 있기 때문에 달성 가능성이 극도로 낮음.

대처법2

──데이트를 해서, 반하게 만든다.

토카 월드

World Tohka
SpiritNo.10×10I
AstralDress-DeaType
Weapon-ThroneType[Sandalphon][Nahemah]

서장 또 한 명의 정령

타카미야 미오의 생애를 통틀어 선명한 기억으로 남아 있는 일을 순서대로 나열한다면, 그 대부분은 — 좋든 싫든 — 타카미야 신지와 관련된 일들로 점철될 것이다.

신지와 처음 만난 날.

신지가 바다에 데려가 줬던 날.

─신지가, 눈앞에서 죽었던 날.

그것들은 커다란 나무의 뿌리처럼, 혹은 날카로운 쐐기처럼 미오의 기억에 깊숙이 새겨져 그녀를 파멸과 구제의 길로 이끄는 원동력이 됐다.

모든 것은 신지를 위한, 신지와 함께했던 그 찬란했던 시간을 되찾기 위한 일이다. 그린 마음으로 미오는 30년에 걸친 기나긴 시간 동안 홀로 싸워왔다.

하지만, 매사에는 예외가 존재한다.

기쁨과 슬픔으로 점철된 신지와의 추억 외에도, 그녀의 가슴에 깊이 새겨진 일이 여럿 존재한다.

예를 들자면, 토키사키 쿠루미와의 만남…….

예를 들자면, 무라사메 레이네로서의 기억…….

그리고—.

◇

그 일은 미오가 몇 개의 영결정(靈結晶)을 생성한 후에 일어났다.

—세피라. 인간을 정령으로 만드는 마성의 보석.

미오는 자신의 목적을 위해 자신의 힘을 잘라내서 세피라를 생성했고, 여러 인간을 차례차례 정령으로 변이시켰다.

그러나 원래 세피라라는 것은 인간의 속성과 합쳐질 수 없다. 갓 만든 세피라를 지니게 된 인간은 그 힘을 견디지 못하고 폭주했다. 완전한 정령을 만들기 위해서는 여러 인간의 몸을 이용해 세피라를 정제하는 공정을 거쳐야만 했다.

하지만, 어느 날 미오는 생각했다. 만약 그 작업을 거치지 않는다면 시간을 절약할 수 있을 것이며, 무엇보다 불필요한 희생을 치르지 않아도 되지 않을까 하고 말이다.

그래서 그날, 미오는 평소와 다른 방법으로 세피라를 생성했다.

"—생성."

미오는 낮은 목소리로 그렇게 읊조리며, 정신을 집중했다.

자신의 몸에서 넘실대는 영력 중 일부를 떼어내서 응축시킨다. 그 과정에서 인간에게 해를 끼치는 『독』과 같은 요소를 세피라 안의 한곳에 모아서 격리한다.

그러면 인간을 여과기로 삼지 않고도 정제된 세피라가 탄생할지도 모른다고 생각한 것이다.

"——."

생성된 결정에 생명을 불어넣듯, 입김을 불어넣었다. 그러자 세피라가 어렴풋한 빛을 띠기 시작했다.

그 공정은 의식(儀式) 같은 것이며, 세피라의 속성을 결정짓는 마지막 과정이기도 했다. 단순한 힘의 응축체에, 자신의 감정 중 일부를 부여하는 것이다. 그런 과정을 거치면서 세피라는 다양한 색깔을 지니게 된다.

분노를 담으면, 격렬한 붉은색을 지녔다.

슬픔을 담으면, 침잠(沈潛)되는 듯한 푸른색을 지녔다.

후회를 담으면— 한 치의 빛도 반사하지 않을 듯한 깊디깊은 검은색을 지녔다.

어두운 감정을 담을수록 세피라가 강력한 힘을 발휘하게 된다는 것은 경험을 통해 알고 있었다. 하지만 그만큼 정제 과정에서 희생되어야 하는 인간이 늘어났다.

그래서 미오는 이번에 밝으면서도 강한 감정을 세피라에 담았다.

미오의 모든 원동력— 자신의 몸을 불사르고 있는 듯한, 사랑을 불어넣은 것이다.

하지만—.

"……어?"

미오는 눈을 치켜뜨며 망연자실한 목소리를 냈다.

손바닥에 생겨난 세피라가 갑자기 두근 하고 맥박 치기 시작한 것이다.

"세피라가……? 이게 대체—."

미오가 당혹스러워하고 있는 사이, 세피라의 고동은 점점 더 강해졌고— 이윽고, 미오의 손을 떠나 허공으로 날아올랐다.

그리고 허공에서 엄청난 빛을 내뿜으며 세피라의 실루엣이 점점 부풀어 오르기 시작했다.

"아니……!"

그 강렬한 빛에 미오는 무심코 눈을 감았다.

그리고 다시 눈을 뜬 순간— 방금까지 세피라가 있던 자리에는 한 소녀가 존재했다.

바람에 흩날리고 있는 머리카락은 칠흑빛을 띠고 있었으며, 그 머리카락 사이로 보이는 피부는 도자기처럼 새하얬다.

그리고 몸을 보라색 영장으로 감싼, 폭력적일 정도로 아름다운 소녀였다.

"—너, 는……."

"……."

미오가 망연자실한 목소리로 그렇게 묻자, 소녀는 아무 말 없이 자신의 손바닥을 쳐다보았다. 그리고 감촉을 확인하듯

단장(斷章)/1 The other me

어둠 속에서, 그녀는 눈을 떴다.

아니, 어둠 속이라는 표현이 적절한지 알 수 없었다. 그녀는 그것이 무엇인지조차 판별할 수가 없었던 것이다.

모든 것이 애매하고, 모든 것이 모호한, 그런 불가사의한 공간이었다. 따뜻한 물에 몸을 담그고 있는 듯한 감각과, 긴장을 풀었다간 손가락 끝부터 자신이라는 존재가 녹아버릴 듯한 그런 불안함이 온몸을 감쌌다.

그런 와중에 어떤 생각이 그녀의 뇌리를 스쳤다.

—대체, 나는, 『무엇』인가?

막연한 질문이었다. 답이 존재하지 않는 의문이었다.

유일하게 기억하고 있는 건, 자신을 창조한 여자의 모습이었다. 하지만 자신이 왜, 어떻게 태어났는지는 알 수가 없었다. 그리고 그와 마찬가지로— 자신이 어떤 존재인지도 알 수 없었다.

　말뚝에 묶어둔 밧줄이 풀린 나룻배처럼, 자기 자신을 정의할 수 있는 것이 없었다. 그저 정처 없이, 수면 위에 떠 있을 뿐이다. 풀리지 않는 의문은 아마도 지루함과 따분함이라는 파도에 휩쓸려, 언젠가 풍화되어 버리리라.

　―하지만, 그런 와중에…….

　'＿＿.'

　어느 날 그녀는, 그곳에서 『무언가』를 발견했다.

　『그것』은 누군가의 마음이자, 감정이었다. 명확한 의지를 지닌, 누군가의 인격이었다.

　그리고 그것에 닿은 순간, 그녀는 이해했다.

　그 마음은, 또 하나의 자신이라 할 수 있는 소녀의 것이었다.

　왜 그것을 이해할 수 있었는지는 알 수 없다. 하지만, 그것은 확신을 얻는 작업마저 필요 없는 『사실』로서 그녀의 머릿속에 군림했다.

　자신은, 또 하나의 자신 안에 있다. 그것은 매우 불가사의한 감각이었다. 다중인격자의 깨어나지 않은 인격이 이런 기분일까. 아니― 그녀로서는 자신이 잠들어 있는 사이에 싹튼 또 하나의 인격에게 몸을 빼앗겼다는 표현이 적절할지도 모른다.

　하지만 불가사의하게도 그녀는 또 하나의 자신을 원망할 마음이 생기지 않았다.

　오히려 아무것도 존재하지 않던 공간에, 자신 이외의 『무언가』가 있다는 사실을 알고 너무나도 기뻤다. 딱히 뭔가가 보이는 것도 아니다. 무언가가 들리는 것도 아니다. 하지만 그 마음을 접하자, 왠지 모르게 또 하나의 자신이 품고 있는 감정을 느낄 수 있었다.

그렇지만— 그 감정이, 반드시 좋은 것이라고 단정 지을 수는 없었다.

처음에는 당황이었다.

그리고 두려움, 고통, 슬픔, 의심—.

또 하나의 자신은 그런 부정적인 감정을 느끼고 있었다.

'—인, 간…….'

또 하나의 자신의 마음에서, 그런 말이 전해져 왔다.

또 하나의 자신을 두려워하게 하고, 슬프게 하는 자의 이름을, 그녀는 차분한 분노와 함께 가슴에 새겼다.

제1장 행복한 세계

졸음은 죽음과 비슷하다. 둘 다 의식의 끈을 놓으며 어둠 속으로 빠져드는 것이다. 차이점은 그 후에 다시 깨어날 수 있는가 없는가, 다.

그렇다면 의식의 각성이란 소생에 해당할 것인가, 새로운 탄생에 해당할 것인가— 그런 정답 없는 생각을 하면서, 이츠카 시도는 천천히 눈을 떴다.

"……으음."

가장 먼저 눈에 들어온 것은 천장이 아니라 새하얀 능선이었다. 잠시 후, 그것이 구겨진 시트라는 것을 깨달았다. 아무래도 엎드려서 자고 있었던 것 같았다.

"으음……."

시도는 신음을 흘리면서 몸을 일으켰다.

이곳은 익숙한 자신의 방이었다. 평소와 다름없는 아침이다. 창밖에서 따뜻한 햇살이 쏟아져 들어오고 있었으며, 공기는 약간 차가웠다.

거기까지 생각이 미쳤을 때, 시도는 고개를 약간 갸웃거렸다.

"……오늘이, 며칠이더라?"

아직 잠이 덜 깬 건지, 생각이 나지 않았다. 아니, 정확하게는 오늘이 며칠인지뿐만 아니라, 오늘이 몇 월인지도 애매했다. 자신의 피부에 닿고 있는 공기의 온도만이 대략적인 계절을 알려주고 있었다.

시도 본인은 경험해 본 적이 없지만, 과음을 한 다음날에 정신을 차려보면 이런 느낌인 걸까. 잠들기 전의 상황이 전혀 생각나지 않았다. 평소와 다름없는 아침이지만, 기묘한 위화감이 안개처럼 머리를 감싸고 있었다. 무료하면서도 몽롱한 느낌이 엄습했다.

"……뭐, 됐어."

좀 이상하기는 하지만, 생각해봤자 답은 찾을 수 없었다. 일단 나중에 날짜를 확인해보자고 생각한 시도는 머리를 긁적이면서 방을 나섰다.

계단을 내려간 후, 복도를 따라 걸었다. 그러자 거실 쪽에서 텔레비전 소리가 들렸다. 아무래도 코토리가 먼저 일어난 것 같았다.

"안녕, 코토리. ……저기, 오늘이 며칠―."

거실의 문을 열며 그렇게 말하던 시도는 그대로 말을 멈췄다.

이유는 단순했다. 거실에 뜻밖의 인물이 있었던 것이다.

한 사람은 코토리다. 그녀가 이곳에 있는 것은 당연했다. 검은색 리본으로 머리카락을 둘로 나눠 묶은 그녀는 시도의 귀여운 여동생이다. 지금은 좋아하는 막대사탕을 먹으면서 텔레비전과 마주 놓인 소파에 앉아 있었다.

하지만 문제는 코토리의 옆이었다. 그녀의 옆에는 한 소녀가 등을 꼿꼿이 펴고 앉아 있었다.

색소가 옅은 머리카락을 목덜미 즈음에서 하나로 모아 묶었으며, 기계처럼 바른 자세로 앉아 있었다. 시원한 느낌의 두 눈동자에 맺힌 빛은 왠지 전자화면의 백라이트를 연상케 했다.

"—마……리아?"

시도는 눈을 동그랗게 뜨면서 머릿속에 떠오른 이름을 입에 담았다.

그렇다. 그녀는 바로 공중함 〈프락시너스〉의 관리AI인 마리아였다.

"예. 좋은 아침이에요, 시도. —앞머리가 좀 눌렸군요. 혹시 엎드려서 잤나요?"

"뭐? 아, 응……."

시도는 멍하니 대답하면서 앞머리를 매만졌다. 마리아가 방금 말했다시피 앞머리가 눌린 상태였다.

하지만 지금은 그것보다 더 신성 쓰이는 것이 있었다. 그것은 물론 소파에 앉아있는 마리아였다.

마리아는 〈프락시너스〉의 AI다. 일전의 대대적인 개조 및 수리를 통해 음성을 통한 의사소통이 가능해졌지만, 어디까지나 컴퓨터 안에만 존재하는 인격이며, 이렇게 실체를 지닌 존재가 아니었다.

그런데 어째서 시도는 마리아를 바로 알아볼 수 있었던 것일까—.

"……으!"

거기까지 생각이 미친 순간, 희미한 두통과 함께 시도의 뇌리에 어떤 기억이 되살아났다.

그것은, 싸움의 기억이었다. 정령술식에 의해 시원의 정령의 힘을 손에 넣은 아이작 웨스트코트를 상대로 정령들은 맞서 싸웠다. 그 와중에 니아의 천사 〈섭고편질(囁告篇帙)〉의 힘으로 마리아는 실체를 얻게 된 것이다. 그 후에도 출력을 억제한 상태에서는 이렇게 실체화가 가능하다……는 말을 들었던 것 같다.

아아, 그렇다. 왜 지금까지 잊고 있었던 걸까.

그 격렬했던 싸움을…….

모두가 힘을 합쳐 거머쥔 승리를…….

자기 자신을 희생해 자신들을 구해줬던 정령, 미오를…….

미오. 타카미야 미오.

모든 일의 발단인 시원의 정령이자, 〈라타토스크〉의 해석관, 무라사메 레이네.

그리고 시도가— 아니, 타카미야 신지가 사랑했던 연인.

잠시 동안이라고는 해도, 그녀를 잊고 있었다니—.

"시도, 왜 그래? 잠이 덜 깬 거야?"

시도가 이마를 짚은 채 아무 말도 하지 않자, 코토리가 고개를 갸웃거리며 그렇게 물었다.

"아…… 아무것도 아냐. 그것보다 코토리. 오늘이 며칠이야?"

시도는 가볍게 고개를 젓고 아까 하려다 말았던 의문을 다시 입에 담았다. 그러자 코토리는 눈썹을 찌푸리며 대답했다.

"뭐……? 진짜로 잠이 덜 깼나 보네. 3월 19일이잖아."

"3월— 19일."

시도는 그 날짜를 몇 번이나 중얼거리면서 생각했다. 3월 19일. 시도가 레이네와 데이트를 한 날— 그 결전의 날로부터 약 한 달이 지난 후였다.

그것을 의식한 순간, 아까와 마찬가지로 여러 기억이 줄줄이 되살아났다.

시도 일행은 승리했다. 하지만 미오는 웨스트코트를 막기 위해 자신의 목숨을 희생했다.

그리고 모든 일이 끝난 후, 곰 인형과 함께 시도 일행의 앞에 나타난 미오의 세피라는 **자신의 역할을 마친 것처럼 공기에 녹아들며 사라졌다.**

지금까지 흐릿했던 기억을 이제 명확하게 떠올릴 수 있었다.

그렇다. 그렇게 다들, 미오— 레이네를 잃은 슬픔을 품은 채 나시 평온한 일상으로 되돌아간 것이다.

"그……래. 그랬지……. 전부— 끝났구나."

시도가 얼이 나간 채 그렇게 중얼거리자, 코토리는 눈을 치켜뜨면서 미안하다는 듯이 시선을 피했다.

하지만 이내 한숨을 내쉬며 소파에서 몸을 일으키더니, 시도를 상냥히 안아줬다.

"—어?"

"……미안해. 무신경했어. 그 싸움이 끝나고 얼마 지나지 않았잖아. 무리도 아냐."

코토리는 그렇게 말하면서 시도를 안은 손에 힘을 줬다.

"코토리……"

시도는 코토리의 팔이 희미하게 떨리고 있다는 것을 알고 입을 꾹 다물었다.

—코토리는 인정하고 싶지 않겠지만, 방금 그 말은 그녀가 자기 자신을 향해 한 말일 것이다.

무라사메 레이네는 코토리가 가장 신뢰하던 부하이자, 둘도 없는 친구였다. 그런 그녀가 〈팬텀〉이었다는 사실이 밝혀졌을 뿐만 아니라— 최종적으로는 소멸되고 만 것이다. 남들 앞에서는 의연한 척 할 수밖에 없겠지만, 충격을 받지 않았을 리가 없다.

그러고 보니 시도는 그 싸움을 시작하기 전에 결심했었다. —전부 끝나고 나면, 코토리를 꼭 안아주자고 말이다.

어쩌다 보니 코토리가 시도를 안아주고 있지만, 개의치 않기로 했다. 시도는 두 손을 펼쳐 코토리의 몸을 꼭 끌어안았다.

"……시, 시도?"

코토리는 약간 놀란 듯한 목소리로 시도를 불렀다. 하지만 포옹을 풀거나, 시도를 밀쳐내지는 않았다. 두 사람은 잠시 동안 그렇게 부둥켜안고 있었다.

바로 그때—

"······흠, 그렇군요. 그렇게 자연스러운 포옹으로 이어가는 건가요. 역시 코토리는 대단해요. 한 수 배웠어요."

그 광경을 본 마리아가 흥미롭다는 어조로 그렇게 말하더니, 어느새 꺼내든 메모장에 뭔가를 적기 시작했다.

"—윽!"

그 말에 얼굴이 새빨개진 코토리가 바닥을 박차고 몸을 날려 그대로 마리아가 들고 있던 메모장을 빼앗았다.

"마, 마리아, 뭘 적고 있는 거야?!"

"안심하세요. 그건 어디까지나 정보를 기록한다는 행위를 단적으로 표현하는 포즈에 지나지 않아. —코토리의 물 흐르는 듯이 자연스러운 솜씨는 후학을 위해 영상으로 남겨놓겠어요."

"진짜 한순간도 마음을 놓을 수가 없다니깐! 빨리 지워, 빨리!"

"최고로 중요한 데이터베이스가 보존된 기록의 완전 파기는 사령관의 독단으로는 불가능합니다. 부사령관 이하 2인 이상의 승무원 및 원탁회의의 승인이 필요하죠. 그 경우에는 이 영상을 공개할 수밖에 없습니다만, 그래도 괜찮겠습니까?"

"왜 최고 중요 자료로 취급하는 건데?!"

코토리가 비명을 질렀고, 마리아는 태연한 표정으로 시치미를 뗐다. 그 모습을 본 시도는 무심코 웃음을 터뜨렸다.

"—하하, 하!"

"……익! 왜, 왜 웃는 거야?!"

코토리가 볼을 붉히면서 불만을 터뜨렸다. 그에 시도는 어깨를 으쓱한 후 「미안해」라고 대꾸했다.

"그것보다, 아직 아침 안 먹었지? 지금 만들게. 그러고 보니 마리아는 식사를 할 수 있어?"

"예, 문제없어요. 이 육체는 인간이 할 수 있는 일이라면 대부분 가능하죠. 감촉도 끝내준답니다. 말랑말랑하면서도 탱글탱글하죠. 확인해 보겠어요?"

마리아가 그렇게 말하면서 두 팔을 펼치자, 시도는 쓴웃음을 지으며 볼을 긁적였다.

"하하……. 뭐, 다음 기회에 부탁할게."

"흠…… 그런가요. 역시 코토리처럼 필연적인 상황을 연출하면서 다짜고짜 안기는 게 정답인 것 같군요. ─데이터베이스 등록, 분류, 포옹법, 항목, 코토리식."

"멋대로 등록하지 말아줄래?!"

코토리가 마리아의 어깨를 잡고 흔들어댔다. 그 광경을 웃으면서 쳐다본 시도는 세수를 하고 옷을 갈아입은 후, 아침 식사 준비를 했다.

"─그럼 다녀오세요. 시도, 코토리."

아침 식사를 마친 후, 등교 준비를 끝낸 시도와 코토리를 향해 마리아가 손을 흔들었다. 시도는 신발 앞부분을 현관 바닥에 톡톡 두드리며 마리아를 향해 마주 손을 흔들었다.

"응. 그럼 다녀올게. 시장은 하굣길에 봐서 올 거야."

"예. 하지만 모처럼 리얼 보디를 얻었는데 시도와 코토리를 배웅하는 것밖에 못하니 좀 아쉽네요. 시기도 적당하니, 다음 달부터 고등학교에 편입할 수 있도록 수속을 밟아두는 것도 좋을 것 같아요."

"……마리아, 너는 〈프라시너스〉의 AI거든? 니아에게 부담이 되지 않는 선까지는 실체화를 허락하겠지만, 네가 해야 할 일을 제대로 해주지 않으면 곤란해. 정령들에게 영력이 남아 있는 이상, 폭주할 위험이 적게나마 남아 있단 말이야."

마리아가 손가락 끝을 빙글빙글 돌리면서 말하자, 코토리는 도끼눈을 뜨면서 투덜거리듯 그렇게 대답했다.

"어머나, 저의 처리능력이 겨우 그 정도 일로 저하될 거라 생각하나요? 고등학교 공부 정도는 저한테 있어서 식은 죽 먹기예요. 일반 임무를 수행하면서 정기시험에서 전교 1등을 할 수도 있어요. 뭐, 단독 1등을 하기 위해서는 시험 당일에 오리가미가 시험을 못 보게 방해해야겠지만 말이에요. 시도가 부른다고 하면 충분히 가능하겠죠."

"멋대로 남들 눈에 띄는 짓 하지 마! 그리고 그건 커닝이나 다름없거든?!"

코토리의 외침에 마리아는 어깨를 으쓱하면서 고개를 숙였다.

"뭐, 좋아요. 일단 지금은 현재 상황에 만족하도록 하겠어요. 집을 나서는 시도를 이렇게 배웅하는 것도 새색시가 된 느낌이 들어서 나쁘지 않으니까요."

마리아는 그렇게 말하더니, 뭔가가 생각난 것처럼 부엌으로
향했다.

그리고 십여 초 후, 마리아는 귀여운 앞치마를 착용하고 나
타났다. 마치 방금 그녀가 말한 것처럼, 새색시라도 된 듯한
모습이었다.

"그럼 다시 인사를 해볼까요. 다녀오세요."

"하아……. 응. 다녀올게."

"정말 못 말린다니깐……."

시도는 투덜거리는 코토리를 향해 쓴웃음을 지으면서 현관
문을 열었다.

그러자 초봄의 부드러운 햇살과 함께 활기찬 목소리가 문
앞에서 들려왔다.

"응?"

그쪽을 쳐다보니, 몇몇 정령이 모여 있었다. 시도의 집 옆에
있는 정령 맨션에 사는 카구야와 유즈루, 요시노와 나츠미,
무쿠로, 그리고 어떻게 된 건지 시내의 자택에서 사는 미쿠도
있었다.

……아니, 미쿠가 술래잡기의 술래가 된 것처럼 다른 이들
을 쫓아다니며 환성을 질러대고 있다는 표현이 정확할 것 같
았다.

"어머, 오늘은 꽤나 시끌벅적하네."

"어이~, 뭐하고 있는 거야?"

시도가 의아해하면서 묻자, 정령들의 주의가 그에게 쏠렸고, 미쿠는 그 틈을 노리고 나츠미를 잡았다.

"나츠미 양, 잡았어요~! 킁~ 킁킁! 스읍~ 스읍스읍스읍~!"

"끄아아—!"

미쿠는 나츠미의 조그마한 몸을 꼭 움켜잡고 그녀의 머리에 얼굴을 묻은 채 체취를 맡듯이 킁킁거렸다.

잠시 후, 얼굴에서 윤기가 넘치는 미쿠와 정기를 다 빨린 것처럼 초췌해진 나츠미의 모습이 시도의 눈에 들어왔다.

"앗, 달링! 그리고 코토리 양과 마리아 양! 좋은 아침이에요~. 오늘도 날씨가 참 좋네요~!"

"조, 좋은 아침……. 그런데 뭐하고 있는 거야? 미쿠는 우리와 다른 학교에 다니잖아……?"

"아, 오늘은 일 때문에 학교를 쉬어요~. 하지만 오늘 일은 엄청 힘들 것 같더라고요~. 그래서 현장으로 향하기 전에 여러분한테서 파워를 나눠 받으러 왔어요~."

미쿠는 그렇게 말하면서 두 손바닥을 볼에 대는 귀여운 포즈를 취했다. 그 모습에서는 정상급 아이돌에 걸맞은 품격이 느껴졌다.

"어…… 뭐야. 그런 거야?"

"전율. 느닷없이 달려들기에, 좀비한테 물린 줄 알았어요."

교복 차림인 야마이 카구야, 유즈루 자매는 미쿠의 설명을 듣고 이마에 맺힌 땀을 닦았다.

확실히 「파워를 나눠 받는다」는 것은 보통 응원이나 격려를 받는 행위에 대한 관용구적 표현이지만, 미쿠의 행위는 좀 더 직접적인 에너지 드레인 형식의 공격 같았다.

"나, 나츠미, 씨, 괜찮으세요……?"

"……왜, 왜 매번 나만……."

나츠미는 요시노와 무쿠로가 잡아당겨준 덕분에 미쿠의 품에서 해방됐다.

바로 그때, 미쿠가 손가락 세 개를 꼽으면서 나츠미의 의문에 답했다.

"제가 나츠미 양을 선택한 이유는 크게 세 가지예요! 하나, 나츠미 씨가 정말 귀여우니까! 둘, 나츠미 씨한테서는 좋은 향기가 나니까! 셋, 다른 사람들보다 움직임이 굼떠서 쉽게 잡을 수 있으니까!"

"그냥 세 번째 이유 때문인 거잖아아아아아앗!"

나츠미는 발을 버둥거리면서 비명에 가까운 어조로 그렇게 외쳤다. 나츠미에게서 파워를 나눠 받은 덕분에 여유가 생겼는지 미쿠는 「에헷☆」 하고 귀여운 아이돌 스마일을 지었다.

"수, 수고했어…… 나츠미."

"……이미 익숙해졌어."

시도가 쓴웃음을 지으며 말을 건네자, 나츠미는 체념한 것처럼 한숨을 내쉬었다.

"그런데 나츠미는 왜 여기 있는 거야?"

"아…… 실은 외출하려던 참이었어. ……비열하기 그지없는 코토리의 술책에 걸려서 다음 달부터 중학교에 다니게 됐으니까, 필요한 물건을 사러……."

나츠미의 말에 코토리는 도끼눈을 뜨면서 입술을 삐죽 내밀었다.

"누가 비열하다는 거야. 〈라타토스크〉에서 준비해줘도 좋지만, 친구와 함께 학용품을 고르는 것도 재미있을 것 같지 않아?"

안 그래? 하고 코토리는 동의를 구하듯 고개를 약간 갸웃거렸다. 그러자 요시노와 무쿠로가 고개를 끄덕였다.

"예……. 나츠미 씨, 무쿠로 씨와 같이 학용품을 사러 가는 걸, 고대하고 있었어요."

"음. 무쿠도 마찬가지이니라. 셋이서 똑같은 걸 사는 것도 재미있겠지."

"으…… 응……."

요시노와 무쿠로의 대답에 나츠미는 볼을 약간 붉히면서 입을 다물었다. 그 말에 동의하는 건 부끄럽지만 그렇다고 반대하는 것도 아니며, 오히려 기뻐하는 듯한 반응이었다.

그 모습을 본 미쿠는 한 방 먹은 것처럼 비틀거렸다.

"아아……. 저, 정말 눈부신 광경이에요……. 마음이 깨끗해지는 것만 같아요~. 여보세요, 매니저? 오늘 일은 캔슬해주세요. ……예? 아, 몸은 괜찮아요. 방금 파워를 보충해서 엄청 좋은데, 다른 분들과 함께 학용품을 사러 가고 싶어서요. ……아니, 음악방송 출연과 커플 펜 중에 뭐가 더 중요한지 정말 모르는 건가요~?!"

"당연히 방송 출연이 더 중요하잖아……!"

나츠미가 미쿠의 스마트폰을 빼앗아 「……죄송해요. 예, 일하러 꼭 보낼게요……」라고 말하며 고개를 숙였다.

"아앙~! 나츠미 양은 심술쟁이~!"

미쿠가 몸을 배배 꼬면서 미간을 찌푸렸다. 그러자 요시노와 무쿠로가 고개를 저으며 그런 미쿠를 말렸다.

"저기, 미쿠 씨……. 같이 일하는 분에게 폐를 끼치면 안 돼요"

"그러하니라. 커플 펜이 가지고 싶다면 사두마. 그러니 자신의 소임을 다하거라."

"정말인가요~?! 으음…… 같이 가지 못하는 건 아쉽지만, 오늘은 이쯤에서 참을게요~."

미쿠가 눈을 반짝이면서 방긋 웃었다. 그 모습을 본 나츠미는 땅이 꺼져라 한숨을 내쉬면서 미쿠에게 스마트폰을 돌려줬다.

그때, 마치 이 순간을 기다린 것처럼 뒤편에서 빵빵~ 하고 가벼운 경적 소리가 들렸다.

"어이쿠……."

길 한복판에서 떠들어대면서 통행을 방해한 거라고 생각한 시도는 허둥지둥 뒤를 돌아보았다. 다른 정령들도 시도와 마찬가지로 경적이 들려온 방향을 돌아보았다.

하지만, 곧 그들은 눈을 동그랗게 떴다.

그곳에는 그들의 예상대로 귀엽게 생긴 스쿠터가 서 있었는데, 그 스쿠터를 탄 사람은 시도 일행이 잘 아는 인물이었다.

"니아!"

"야호~. 아침부터 다들 모여서 뭐하고 있는 거야?"

쓰고 있던 고글을 헬멧에 걸친 혼죠 니아는 손을 흔들면서 그렇게 말했다. 그녀도 시도가 영력을 봉인한 정령 중 한 명이었다.

"아, 우리는 학교와 문구점에 가려던 참인데…… 니아야말로 이 시간에 웬일이야?"

"아~, 겨우 원고를 끝내기는 했는데 집에 먹을 게 없지 뭐야……. 편의점 도시락도 질린 참이라, 정령 맨션에 가면 따뜻한 밥을 얻어먹을 수 있지 않을까 해서……."

"아, 아하……. 그나저나 바이크를 몰 줄 아는구나."

시도가 그렇게 말하며 니아가 탄 스쿠터를 쳐다보자, 그녀는 아하하 하고 웃음을 터뜨렸다.

"뭐, 이래 봬도 나는 다 큰 어른이거든. 일단은 차도 운전할 줄 알아. 다음에 다 같이 드라이브라도 하러 갈래~?"

니아가 윙크를 하면서 그렇게 말했다. 그러자 요시노와 미쿠, 야마이 자매와 무쿠로가 환성을 지르는 가운데, 코토리와 나츠미는 진짜 괜찮은 건지 미심쩍어 하는 듯한 시선을 보냈다.

그리고 그 미심쩍은 시선에 동의한다는 듯이, 샌들을 신고 밖으로 나온 마리아가 입을 열었다.

"여러분의 안전을 지켜야 하는 저로서는, 그 드라이브는 권하고 싶지 않군요. 그리고 니아, 면허를 따기는 한 건가요?"

"응? 너무하네~. 그야 물론 땄지! 자, 봐!"

니아가 그렇게 말하면서 지갑 안에서 운전면허증을 꺼내 보여줬다. 운전자답게 면허증을 가지고 다니는 것 같았다. 참고로 그 면허증에 실린 사진 속 니아는 졸린 것처럼 눈을 반쯤 뜨고 있었다.

"흐음, 그럼 그 면허증의 갱신은 어떻게 했죠?"

"……뭐?"

마리아의 지적에 니아의 눈이 콩알만 해졌다.

"니아는 과거 5년 동안 DEM에 잡혀 있었어요. 그동안 면허를 갱신하지 않았을 테니, 면허 취소가 되지 않았을까요?"

"……."

니아는 손에 쥔 면허증을 뚫어져라 쳐다보며 잠시 동안 침묵을 지키더니—.

"……에헷."

이내 귀엽게 혀를 쏙 내밀었다.

"니, 니아! 그대, 설마 무면허 운전을 한 게냐?!"

"위험. 정말 질렸어요……."

"어, 어쩔 수 없잖아! 시간 감각이 애매모호한 데다…… 그리고 잘못한 건 DEM이거든?! 나는 아무 잘못 없거든?!"

니아가 울먹거리면서 비명에 가까운 어조로 그렇게 외쳤다. 그에 코토리는 한숨을 내쉬고는 니아를 달래려는 것처럼 손바닥을 들어보였다.

"DEM 탓인 건 맞지만, 경찰은 그런 걸 신경 안 써. 잡히기 전에 다시 면허를 따도록 해. 밥 먹고 난 후, 그 스쿠터는 맨

션에 두고 가거나 밀면서 돌아가."

"……예이~."

니아는 분해 죽겠다는 듯한 표정을 지은 후, 어쩔 수 없다는 듯이 고개를 끄덕였다.

시도는 그 모습을 보면서 작게 쓴웃음을 지었다.

"아하하……. 하지만 엄청난 우연이네. 이런 시간에 우리가 한 자리에 모이다니 말이야. ……오리가미와 쿠루미도 이 근처에 있는 거 아냐?"

"—불렀어?"

"—부르셨나요?"

"히익……?!"

느닷없이 등 뒤에서 들려온 목소리에 시도는 반사적으로 펄쩍 뛰었다.

고개를 돌려보니, 그의 뒤편에는 인형 같은 얼굴을 지닌 소녀와 긴 앞머리로 왼쪽 눈을 가린 소녀가 있었다. 방금 시도가 말했던 토비이치 오리가미와 토키사키 쿠루미였다. 정령인 이 두 사람도 고등학교 교복 위에 코트를 걸치고 있었으며, 목에는 머플러를 두르고 있었다.

"오리가미, 쿠루미, 대체 어느새……?!"

"아까부터 있었어."

"저는 방금 이곳을 지나던 참이었답니다. 여러분이 무슨 일로 그렇게 즐거우신 건가 싶어서 잠시 다가와 봤어요."

"그, 그랬구나……."

오리가미가 말한 『아까』가 언제인지 좀 신경이 쓰이지만, 왠지 물어봐서는 안 될 것 같은 느낌이 들었다. 시도는 볼을 타고 흘러내리는 땀을 닦았다.

바로 그때, 시도는 고개를 갸웃거렸다.

"그런데 쿠루미, 그 교복은……."

"어머나, 시도 씨. 설마 잊으신 건가요? 싸움이 끝난 후, 저는 〈라타토스크〉의 보호를 받기로 하고 다시 고등학교에 다니기 시작했잖아요."

"어…… 아, 그랬……구나."

그 말을 들으니 그랬던 것 같기도 했다. ……역시 좀 피곤한 걸까. 시도는 멋쩍은 표정을 지으며 볼을 긁적였다.

"그렇답니다. 정신 좀 차리세요. ―아, 죄송하지만 저는 먼저 실례하겠어요. 친구가 기다리고 있어서 말이죠."

"친구?"

시도는 그 뜻밖의 말을 듣고 눈을 동그랗게 떴다. 영력이 봉인되기 전까지는 최악의 정령이라 불렸던 쿠루미에게 그다지 어울리지 않는 말이라는 생각이 들었던 것이다.

"예, 친구요."

하지만 쿠루미는 그런 반응에 개의치 않고 자신이 서 있는 길의 앞쪽을 쳐다보았다. 시도도 쿠루미를 따라 같은 방향을 쳐다보았다.

그러자 그곳에 서 있던 고상한 느낌의 소녀가 시도의 시선을 눈치채고 고개를 숙였다. 그에 시도 또한 반사적으로 고개를 숙였다.

"저 사람이…… 쿠루미의 친구야? 뭐랄까…… 의외로 선량해 보이는 사람이네……."

"그 말은 어떤 의미죠?"

"아, 그게……."

쿠루미가 도끼눈을 뜨면서 시도의 얼굴을 들여다보자, 시도는 아차 하고 손으로 입을 막았다.

하지만 그런 시도를 본 쿠루미는 유쾌하다는 듯이 웃음을 터뜨리더니, 뒤돌아서면서 손을 내저었다.

"후훗, 괜찮답니다. 실은 저도 같은 생각이니까요."

농담 투로 그렇게 말한 쿠루미는 그대로 친구를 향해 걸어갔다.

"사와 양, 기다리게 해서 죄송해요."

"괜찮아요. 그것보다, 저분과 같이 안 가도 괜찮겠어요?"

"우후후, 괜찮답니다. 시도 씨의 주위에는 저 말고도 수많은 여성이 있으니까요."

"어머…… 고생이 많겠군요."

쿠루미와 그녀의 친구는 웃음을 흘리며 담소를 나눴다. 시도는 한숨을 가볍게 내쉬었지만, 그래도 쿠루미의 온화한 얼굴을 보면서 가슴 속이 따뜻해지는 듯한 느낌을 받았다.

바로 그때, 요시노가 왼손에 낀 퍼핏 인형『요시농』이 주위를 둘러보면서 입을 뻐끔거렸다.

『이야~, 아침에 전원 집합했네. 진짜 이런 우연도 다 있는 걸~. 시도 군, 혹시 이상한 페로몬이라도 뿜고 있는 거야?』

"아, 그런 건 아닌데……."

시도는 말도 안 되는 누명을 쓰고 쓴웃음을 지었다. 하지만 『요시농』의 말이 이해가 안 되는 것도 아니었다. 이런 시간대에 전원이 한 자리에 다 모인 적은 지금까지 한 번도 없었다. 마치 누군가가 의도적으로 전원을 한 자리에 모은 듯한─.

"응~?"

바로 그때, 니아가 뭔가를 눈치챈 것처럼 이 자리에 있는 이들을 둘러보았다.

"전원 집합이라고 하기에는…… 한 명 모자라지 않아? 먼저 간 거야?"

"뭐?"

시도는 그 말을 듣고 니아와 마찬가지로 이 자리에 있는 이들을 둘러보았다.

시도의 집 앞에는 정령들이 모여 있었다. 코토리, 요시노, 나츠미, 카구야, 유즈루, 무쿠로, 미쿠, 니아, 오리가미, 쿠루미, 마리아, 그리고 쿠루미의 친구인 사와도 있다.

확실히 모자란 것 같은 느낌이 들었다.

그렇다. 이 자리에는 딱 한 명─.

"─시도!"

그 순간, 맨션의 입구 쪽에서 활기찬 목소리가 들려왔다.

"——."

시도는 그 목소리에 이끌린 것처럼 맨션 입구 쪽을 쳐다보았다.

한 소녀가 활기찬 목소리로 시도를 부르며 종종걸음으로 다가오는 모습이 눈에 들어왔다.

햇빛을 받으며 찰랑거리고 있는 머리카락은 칠흑빛을 띠고 있으며, 눈부시게 빛나는 두 눈동자는 수정을 연상케 했다. 가련하기 그지없는 외모였지만, 거기에 어린 순진무구한 미소가 친근감을 자아내고 있었다.

그렇다. —정령, 야토가미 토카.

시도 본인이 직접 이름을 지어줬던 정령이 이 자리에 나타난 것이다.

"토, 카—."

"음! 늦어서 미안하……다?"

시도의 눈앞에 나타난 토카가 이상하다는 듯이 눈을 동그랗게 떴다.

"시도, 왜 그러느냐? 어디 아픈 것이냐?"

"……뭐? 아—."

시도는 그 말을 듣고 눈치챘다. —자신의 눈에서, 눈물 한 방울이 흘러내렸다는 사실을 말이다.

"아…… 하하, 아직 잠이 덜 깼나 봐."

시도는 대충 둘러대면서 눈가를 닦았다.

사실 시도 본인도 영문을 알 수 없었다.

왜 토카의 모습을 본 순간, 심장이 옥죄어드는 듯한 느낌이 든 것인지를……

"그것보다…… 학교에 가자. 이러다 지각하겠어."

"아, 그렇지! 다들, 기다리게 해서 미안하다. 빨리 가자!"

토카의 말에 다들 고개를 끄덕인 후 각자의 목적지를 향해 출발했다.

하늘은 시도 일행의 앞날을 축복해주듯 맑았다. 통학로를 따라 나아가는 발걸음은 본인들마저 놀랄 정도로 가벼웠다.

슬픈 일이 잔뜩 있었다. 평생 잊지 못할 만큼 괴로운 이별도 겪었다.

하지만, 시도의 인생은 그것들을 메우고 남을 만큼 멋진 경험들로 가득 차 있었다.

분명 앞으로도, 시끌벅적하면서도 즐거운 나날이 계속되리라.

시도는 다른 이들의 미소를 쳐다보며, 막연하게 그런 생각을 했다.

◇

그로부터 며칠이 지난 후, 시끌벅적한 저녁 식시를 미친 이들이 각자의 집으로 돌아간 뒤……

설거지를 마친 시도는 앞치마를 벗어서 주방 의자의 등받이에 걸친 후, 기지개를 켰다.

약간의 피로, 그리고 그것을 능가하는 충족감이 온몸을 가득 채웠다. 시도는 이 감각을 싫어하지 않았다. 정령들이 깨끗하게 먹어치운 접시를 설거지하다 보니, 다음에는 어떤 요리를 만들어서 그녀들을 놀래줄까 같은 장난기 섞인 기분이 싹텄다.

"……."

순간 문득, 시도는 천장을 올려다보며 침묵에 잠겼다.

지금 생활에 불만이 있는 건 아니다. DEM은 별다른 움직임을 보이지 않고 있으며, 정령들과의 일상은 시끌벅적하지만 유쾌하다. 이런 나날이 앞으로도 계속되었으면 좋겠다고 진심으로 생각할 정도다.

하지만 집안일을 마쳤을 때나, 이야기를 나누던 누군가와 헤어졌을 때─ 즉, 할일도 없이 혼자 가만히 있을 때, 불쑥 묘한 위화감이 뇌리를 스칠 때가 있었다.

"뭔가를…… 잊은 것 같은 느낌이 드는데……."

바로 그때였다. 거실의 문이 열리더니, 흰색 리본을 휘날리며 나타난 코토리가 걷어 올렸던 소매를 내리면서 거실 안으로 들어왔다.

"오빠~, 욕실 청소 끝냈어~."

코토리는 그렇게 말하면서 빙긋 웃었다. 검은색 리본으로 머리카락을 묶었을 때의 코토리는 엄격하면서도 믿음직한 사령관이지만, 이렇게 흰색 리본으로 머리카락을 묶었을 때는 자기 나이에 걸맞은 귀여운 여동생으로 변모한다.

그 미소를 본 순간, 머릿속에 존재하던 위화감이 사라졌다.

시도는 코토리를 향해 미소를 지으며 냉장고를 향해 손을 뻗었다.

"그래. 고마워, 코토리. 아, 핫밀크를 마실 건데, 코토리도 마실래?"

"오~! 마실래~!"

"오오, 타주신다면 마셔버리겠어요."

코토리는 눈을 반짝이며 힘차게 고개를 끄덕였다. 나눠 묶은 그녀의 머리카락이 쫑긋거리는 것처럼 보였다.

"⋯⋯응?"

그때, 시도는 고개를 갸웃거렸다. 정령들은 모두 돌아갔고, 마리아도 일 때문에 〈프락시너스〉에 있는데, 시도와 코토리 이외의 누군가의 목소리가 들린 듯한 느낌이 들었던 것이다.

목소리가 들린 쪽을 쳐다보니, 거실 소파에 앉아 있는 아담한 체구의 소녀가 눈에 들어왔다.

머리카락은 하나로 모아 묶었으며, 왼쪽 눈 밑에 눈물점이 있는 소녀의 얼굴은 왠지 시도와 닮은 듯한 느낌이 들었다.

그럴 만도 했다. 그녀는 시도— 정확하게는 신지의 친여동생인 타카미야 마나인 것이다.

"우왓!"

"마나, 언제 온 거야?!"

"아, 그냥 문을 열고 들어왔는데, 눈치 못 채버렸던 건가요?"

마나는 그렇게 말하면서 어깨를 으쓱했다. 아무래도 시도가 설거지를 하는 사이에 들어온 것 같았다. ⋯⋯시도가 기름때를 지우는 데 열중한 탓에 눈치를 못 챈 건지, 마나한테 발소리를 죽이는 버릇이 있는 건지는 모르겠지만 말이다.

아무튼, 이 갑작스러운 등장에 놀라기는 했지만, 마나의 방문 자체는 환영해 마지않을 일이다. 시도는 쓴웃음을 지으면서 어깨를 으쓱한 후, 조그마한 냄비에 우유 3인분을 담고 가스레인지에 올려놓았다.

몇 분 후, 우유가 끓기 시작하자, 그것을 미리 준비해 둔 세 개의 머그컵에 부었다.

"자, 받아."

"와아~, 고마워~."

"고마워요. 잘 마실게요."

코토리와 마나는 머그컵을 받아 들고 후~ 후~ 하고 입김으로 우유를 식혔다. 그리고 따뜻한 우유를 한 모금 마신 후, 후우…… 하고 한숨을 토했다.

그 타이밍이 마치 미리 짜기라도 한 것처럼 절묘했기에 시도는 무심코 웃음을 터뜨렸다.

"응? 오라버니, 왜 그래요?"

"아, 별거 아냐."

시도는 대충 얼버무린 후, 핫밀크를 한 모금 마셨다. 부드러운 단맛이 입안에 퍼져나가더니, 온화한 열기가 목을 타고 위로 흘러들어갔다.

바로 그때, 뭔가가 떠올랐는지 코토리의 눈썹이 희미하게 떨렸다.

"마나가 우리 집에 온 걸 보면, 검사가 끝난 거지? 결과는 어때?"

시도 역시 그 결과가 궁금하다는 듯이 고개를 끄덕이며 마나를 쳐다보았다.

마나는 현재 〈라타토스크〉에 소속되어 있지만, 원래는 DEM에 잡혀서 마력처리를 당한 탓에 절대적인 힘을 지니게 된 마술사였다.

하지만 아무런 리스크도 없이 그런 힘을 얻을 수 있을 리가 없다. 겉모습만 봐서는 알 수 없지만, 마나의 수명은 이제 10년 정도밖에 남지 않았다고 한다.

사실 코토리와 시도는 마나가 전투에 나서는 것을 막고 싶었지만, 일전의 싸움에서는 결국 그녀의 힘을 빌릴 수밖에 없었다. 그래서 그 싸움이 끝난 후, 마나는 치료를 겸해 평소보다 정밀한 검사를 받게 됐다.

"아, 그게 말인데요……."

마나는 코토리의 질문에 눈을 가늘게 뜨더니, 의미심장하게 말을 끊으며 자신의 가슴에 손을 댔다.

"……윽."

설마, 심각한 문제라도 발견된 걸까? 마나의 침묵에 시도는 긴장하고 말았다.

하지만—.

"불가사의하게도…… 다 나아버렸대요."

"……뭐?"

"나았……어?"

뜻밖의 대답에 시도와 코토리는 동시에 눈을 동그랗게 떴다.

"그, 그게 무슨 소리야? 나았다니…… 뭐가 말이야?"

"그러니까, 마나의 몸 말이에요. DEM에서 뜯어고쳐 댄 바람에 입었던 대미지가, 거짓말처럼 사라져버렸대요. 가설이지만, 미오 양의 세피라가 사라지면서 발생했던 영력의 파도가 좋은 쪽으로 작용해버린 게 아닌가~ 싶다네요. 건강에 신경을 쓴다면 백 살까지 살아버리는 것도 꿈이 아니래요."

"그…… 그래?"

시도는 수상한 건강기구 광고 같은 그 설명을 듣고 무심코 미간을 찌푸렸다.

시도가 설명을 요구하듯 코토리를 쳐다보자, 그녀는 「으음……」 하고 신음을 흘리며 생각에 잠긴 듯이 턱에 손을 댔다가 「모르겠어~!」 하고 혀를 쏙 내밀었다.

"뭐, 〈프락시너스〉의 기기로 검사한 결과가 그렇다면, 마나의 몸이 나았다는 건 사실일 거라고 생각해~. 그 원인에 대해서는 조사할 여지가 있지만……."

"그, 그렇구나……."

완전히 납득한 것은 아니지만, 진짜라면 기뻐해 마지않을 일이다. 시도는 머그컵의 손잡이를 움켜쥐고 건배를 하듯 들어 보였다.

그러자 시도의 의도를 눈치챈 코토리와 마나가 마찬가지로 머그컵을 들었다. 세 사람은 서로를 쳐다보며 미소를 지은 후,

머그컵으로 건배를 했다.

"왠지 모든 일이 술술 풀리고 있는 느낌이 들지만…… 뭐, 잘된 거겠지?"

"맞아~. DEM은 붕괴 상태, 정령들은 전부 해피~! 게다가 현안사항이었던 마나의 몸도 나았어! 이런 상황에서 불평을 늘어놨다간 천벌 받을 거야~."

"맞아요, 오라버니. 이야~, 이렇게 되면 마나도 인생설계에 대해 좀 생각해 봐야겠어요. 이대로 한 줄기 빛처럼 살다 스러질 생각이었지만, 그럴 수도 없게 되어버렸으니까요. 저기, 코토리 씨. 마나도 요시노 씨 일행과 함께 중학교에 편입시켜 줄 수 없을까요? 최종학력이 초등학교 졸업이면 앞으로 인생을 살아가는 게 좀 힘들어버릴 것 같거든요."

"아~! 물론이지~. 우리 학교도 괜찮지?"

코토리와 마나가 즐겁게 장래 계획을 짜기 시작했다.

시도는 그 광경을 보면서 무심코 미소를 지었다.

하지만, 다음 순간—.

"—정말, 그렇게 생각하시나요?"

"……윽?!"

갑자기 어딘가에서 들려온 목소리에 시도는 어깨를 부르르 떨었다.

그 말에 반응한 이는 시도만이 아니었다. 코토리도 시도와 마찬가지로 놀란 표정을 지었고, 마나는 경계심을 품고 빈틈 없이 주위를 살폈다.

목소리의 정체를 가장 먼저 눈치챈 이는 마나였다. 마나는 불쾌하다는 듯이 눈을 가늘게 뜨고 쳇 하고 가볍게 혀를 찼다.

"무슨 일로 쳐들어 온 거죠? 〈나이트메어〉. 아니…… 토키사키 쿠루미."

"어머, 어머. 마나 양이 저를 이름으로 불러주다니, 내일은 해가 서쪽에서 뜰지도 모르겠군요."

그 말이 들린 순간, 방바닥에 시꺼먼 그림자가 응어리지듯 생겨나더니 그 안에 한 소녀— 쿠루미가 모습을 드러냈다.

왼쪽 눈을 감춘 긴 흑발, 그리고 프릴로 꾸며진 치맛자락을 휘날리며 마치 빙글빙글 춤추듯 이 자리에 내려선 그녀는 공손히 인사를 건넸다. 쿠루미는 교복이나 영장이 아닌, 그녀의 분위기에 어울리는 단색 드레스를 입고 있었다.

"쿠루미……? 대체 무슨 일이야? 그냥 현관으로 들어오면 될 텐데……."

시도는 눈을 동그랗게 떴지만, 딱히 긴장하지 않으며 그렇게 물었다.

예전 같았으면 쿠루미와 이렇게 마주하기만 해도 긴장했을 테지만, 지금은 쿠루미도 〈라타토스크〉의 보호를 받고 있는 정령이었다. 그녀의 얼굴에는 예전과 달리 날카로운 칼 같은 위험한 분위기가 존재하지 않았다.

하지만 과거에 쿠루미와 몇 번이나 싸웠던 마나는 여전히 그녀에게 좋은 감정을 가지고 있지 않았다. 보자마자 다짜고짜 달려들지 않고, 쿠루미가 방금 지적했다시피 식별명이 아닌 이름으로 상대를 부르게 됐지만…… 쿠루미를 쳐다보는 마나의 시선은 여전히 날카로웠다.

하지만 쿠루미는 딱히 개의치 않으며 — 오히려 그 반응을 즐기는 것처럼 — 입가에 미소를 머금었다.

"—혹시나 해서 말이죠. 부질없는 저항일지도 모르지만, 조금이라도 **그분**에게 제 행동을 들키지 않을 가능성이 있는 방식을 선택하는 편이 좋을 테니까요."

"그분……?"

시도가 영문을 모르겠다는 듯이 고개를 갸웃거렸지만, 쿠루미는 그저 의미심장한 미소만 지을 뿐이었다. 그 모습을 본 마나는 언짢다는 듯이 코웃음을 쳤다.

시도는 그런 마나를 달래듯 쓴웃음을 지은 후, 쿠루미에게 질문을 던졌다.

"그런데, 방금 한 말은 어떤 의미야? 진짜로 그렇게 생각하느냐는 게 대체……."

"말 그대로의 의미랍니다."

쿠루미는 그렇게 대답한 후, 연극배우처럼 과장스럽게 두 팔을 천천히 펼쳤다.

"**이유는 잘 모르겠지만, 마나 양의 몸이 나았다. 이유는 잘 모르겠지만, 역사가 여러분에게 유리하게 흘러가고 있다. 어찌된 건지 그 싸움이 끝난 후, 모든 일이 술술 잘 풀리고 있다**…… 진짜로, 이런 일이 가능하다고 생각하시나요?"

"……하고 싶은 말이 뭐야? 확실히 너무 잘 풀리는 것 같기는 하지만, 실제로 그렇게 되고 있으니까 어쩔 수 없잖아."

쿠루미의 말에 답한 이는 코토리였다. 어느새 검은색 리본으로 바꿔 묶은 코토리는 사령관 모드가 되어 있었다.

"뭐, 그렇게 생각하는 것도 무리는 아니겠죠. ……아니, 그렇게 생각하도록 세계에 의해 운명 지어졌을지도 모르겠군요. 실제로 저 또한 얼마 전까지는 여러분과 마찬가지로 의문을 품지 않았으니까요."

쿠루미는 생각에 잠기려는 듯이 자신의 턱에 손을 댔다. 이 빙빙 돌려 말하는 듯한 말투에 기분이 나빠졌는지 마나가 팔짱을 끼며 입을 열었다.

"도통 알아들어버릴 수가 없군요. 빨리 결론이나 말하라고요."

쿠루미는 그 말을 듣고 입가에 머금은 미소를 지웠다. 그리고 시도와 코토리, 마나의 눈을 차례차례 쳐다본 후에 『그 사실』을 밝혔다.

"—이 세계는 저희가 원래 있던 세계가 아니라, 어떤 분에 의해 만들어진 세계다……라는 거랍니다."

"…………뭐?"

잠시 동안 침묵에 잠긴 후…….

시도의 입에서 얼빠진 목소리가 흘러나왔다.

아니, 시도만이 아니었다. 코토리도, 그리고 마나조차도 쿠루미가 무슨 말을 한 건지 모르겠다는 듯이 아연실색한 표정을 지었다.

"쿠, 쿠루미, 무슨 소리를 하는 거야. 여기가, 우리가 있던 세계가 아니라고……?"

"예. DEM의 아이작 웨스트코트가 꿈꿨던, 인계(隣界)를 이용해 이 세상을 뜯어고치는 것— 그와 다른 형태라고는 해도, 매우 비슷한 일을 해낸 분이 계시답니다."

"뭐……."

아이작 웨스트코트. 그 이름을 들은 순간, 시도는 자신의 심장이 격렬하게 뛰는 것을 느꼈다.

DEM인더스트리의 우두머리이자 최초의 마술사. 정령을 탄생시킨 원흉. 그의 목적은 정령의 힘으로 이 세계를 마술사들을 위한 세계로『바꾸는 것』이었다.

시도 일행의 싸움은 그를 막기 위한 싸움이었다고 해도 과언이 아니었다.

자신들의 세계를 지키기 위해, 시도와 정령들은 강대한 적에게 맞서 싸운 것이다.

하지만 시도 일행이 모르는 사이, 이 세계가 바뀌었다고……?

시도는 혼란에 빠진 머릿속을 어떻게든 정리하기 위해, 손으로 이마를 짚었다.

"잠깐만요. 설령 그 이야기가 사실이더라도, 왜 당신은 그걸 눈치채버릴 수가 있었던 거죠?"

마나가 당혹스럽다는 듯이 미간을 찌푸리면서 물었다.

확실히 그런 질문을 하는 건 당연했다. 시도 일행은 쿠루미에게 방금 그 말을 들을 때까지, 이 세계에 아무런 의문도 품고 있지 않았다. 쿠루미가 방금 말한 것처럼 그것마저도 이 새로운 세계가 지닌 권능일지도 모르지만, 그렇다면 그녀만이 세계의 진실을 눈치챈 것도 이상했다.

하지만 쿠루미는 그 질문을 예상했다는 듯이 고개를 끄덕이더니, 천천히 손을 앞으로 내밀었다.

"제가 진실을 깨달은 것 또한 우연에 불과하며, 그리고 부산물에 지나지 않는답니다. 하지만…… 착각이나 오해가 아니라는 것만은 보증할 수 있어요. 잊으신 건 아닐 텐데요? 전지(全知)의 천사의 고명한 이름을 말이에요."

쿠루미는 그렇게 말하면서 손바닥을 펼쳤다.

"─〈라지엘〉."

그리고 그 이름을 읊조린 순간, 쿠루미의 손바닥에 호화로운 디자인의 책 한 권이 생겨났다.

천사 〈라지엘〉. 이 세상의 온갖 정보를 알 수 있는, 전지의 천사였다.

원래 니아가 지닌 천사지만, 웨스트코트에게 빼앗겼던 니아의 세피라를 쿠루미가 손에 넣으면서 현재 쿠루미는 두 개의 천사를 지닌 특이한 정령이 되었다.

"……"

시도는 그 책을 보고 숨을 삼켰다.

확실히 〈라지엘〉이라면, 숨겨져 있는 진실에 도달할 수 있을 것이다.

물론 쿠루미가 거짓말을 하고 있을 가능성도 없지는 않다. 하지만 〈라지엘〉을 지닌 이는 쿠루미만이 아니다. 미오에게 영력을 나눠 받았던 니아 또한 〈라지엘〉을 사용할 수 있을 만큼 회복된 것이다. 그저 시도 일행을 놀려주고 싶었을 뿐일지라도, 쿠루미가 이런 황당무계한 소리를 할 리가 없었다.

하지만, 그렇다면 알 수 없는 점이 하나 더 있었다.

"대, 대체…… 누가, 어떻게—."

시도는 망연자실한 목소리로 그렇게 중얼거렸다.

그것은 당연한 의문이었다. 인계를 지닌 미오도, 그리고 그녀에게 버금가는 힘을 손에 넣었던 웨스트코트도, 일전의 싸움에서 죽었다. 정령들의 힘은 시도가 봉인했으며, 시도 또한 이 세상을 바꾼 적이 없다.

적어도 시도가 아는 이들 중에서는, 그런 엄청난 짓을 할 수 있는 자도, 하려고 할 만한 자도 없었다.

"……."

시도가 답을 갈구하는 듯한 시선으로 바라보자, 쿠루미는 작게 한숨을 내쉬면서 그의 눈을 마주 보았다.

"제가 정답을 알려드리는 건 간단합니다. 하지만 제가 정답을 알려드린들, 여러분이 그것을 믿을 수 있을지는 별개의 문제죠."

"하, 하지만, 일단은 누구의 짓인지 알려줘—."

"제 말을 끝까지 들어보세요. —저한테 묻지 않더라도, 시도 씨가 직접 확인하면 될 일이잖아요?"

"뭐……?"

시도는 그 말에 눈을 동그랗게 떴다가 이내 쿠루미의 의도를 눈치챘다.

시도의 몸에는 정령들 전원의 영력이 봉인되어 있다. 마음만 먹는다면, 쿠루미와 같은 일을 할 수 있는 것이다.

"……그래. 〈라지엘〉을 쓰라는 거구나?"

"아뇨—."

쿠루미는 작은 목소리로 그렇게 말하더니 〈라지엘〉을 없앴다. 그리고 자신의 손가락 끝을 관자놀이에 대면서 말했다.

"〈라지엘〉이라도 상관은 없지만, 제가 추천 드리는 건 〈각각제(刻刻帝)〉랍니다. 【열 번째 탄환】을 자기 자신에게 쏘세요. —단순한 지식이 아니라, 실감을 동반한 기억을 떠올릴 수 있을 테니까요."

쿠루미는 그렇게 말한 후 이내 복잡한 표정을 지었다.

아마 쿠루미도 같은 행동을 한 것이리라. —분명, 〈라지엘〉을 통해 알게 된 정보를 믿을 수가 없어서…….

"……"

시도는 긴장 탓에 말라버린 목을 침으로 적시면서 고개를 끄덕인 후, 의식을 집중하기 위해 눈을 감았다.

"—〈자프키엘〉, 【유드】."

그리고 그 이름을 읊조린 시도의 손아귀에 단총 한 자루가 생겨났고, 그 총구에 그림자가 빨려 들어갔다.

"시도……."

"오라버니—."

코토리와 마나가 불안함이 섞인 표정으로 시도를 쳐다보았다.

사실 시도도 비슷한 심정이지만, 귀여운 여동생들을 불안하게 할 수는 없었다. 그는 괜찮다는 듯이 고개를 끄덕인 후, 〈자프키엘〉의 총구를 관자놀이에 댔다.

그리고 자신이 찾고 싶은 기억을 상상하며— 방아쇠를 당겼다.

"——."

그 순간, 탕 하는 메마른 소리가 들리는 것과 동시에 머리에 가벼운 충격이 일었다.

고통은 느껴지지 않았다. 그 대신, 물병에 구멍이 난 것처럼 머릿속으로 기억이 흘러들어왔다.

그것은, 기억할 리가 없는 광경이었다.

그리고 경험한 적이 없는 정경이었다.

싸움이 끝난 직후의 일이었다. 미오가 소멸된 후, 시도 일행의 앞에 미오의 세피라가 나타났다.

그렇다. 거기까지는 시도의 기억과 다르지 않다.

미오의 세피라는 곧 사라져버리고 말 것이다—.

"……윽?!"

하지만…….

뜻밖의 무언가가 시도의 시야에 들어왔다.

손. 사라져가는 미오의 세피라를 향해, 누군가가 손을 뻗었다.

'—미안하지만, 이건 내가 가지겠다.'

그리고— 목소리가 들렸다. 늠름한 목소리가 시도의 뇌리에 전해졌다.

시도는 허둥지둥 그쪽을 쳐다보았다.

그리고 보았다. 그 손과 목소리의 주인을……

아아, 그 사람은─.

"─토, 카……."

뇌리에 비친 광경이 엄청난 빛에 뒤덮인 순간, 시도는 무의식적으로 그 이름을 입에 담았다.

"뭐……?"

"토카 씨……라고요?"

코토리와 마나는 시도의 말을 듣고 미간을 찌푸렸다.

하지만 그녀들의 심정도 이해가 되지 않는 건 아니다. 시도 또한 직접 자신의 기억을 떠올린 것이 아니라면, 비슷한 반응을 보였을 게 틀림없다.

그 정도로, 방금 본 광경은 현실감이 없었다.

─토카. 5년 전의 코토리를 제외하면 시도가 처음으로 봉인한 정령이자, 수많은 싸움에서 시도의 버팀목이 되어 줬던 공로자였다. 그녀가 없었다면, 시도의 마음은 옛날 옛적에 꺾이고 말았을 거라고 확신할 수 있을 정도다.

그렇기 때문에, 믿을 수가 없었다. 다른 사람이라면 몰라도, 설마 토카가 미오의 세피라를 빼앗아서, 세계를 바꾸다니……

"─그렇게 된 겁니다."

시도가 느끼고 있을 당혹감이 이해가 된다는 듯이, 쿠루미는 어깨를 으쓱하며 그렇게 말했다. ……확실히 이런 기억이라면 〈라지엘〉이 아니라 〈자프키엘〉로 확인하는 편이 나을지도 모른다.

"여기가…… 토카가 만든 세계라는 거야? 미오의 세피라를 이용해서……?"

시도가 혼잣말을 하듯 그렇게 중얼거리자, 쿠루미는 눈을 내리깔면서 과장스럽게 고개를 끄덕였다.

"예, 그건 의심할 여지가 없답니다. 이곳은 토카 씨가 꿈꿨던 상냥한 세계예요. 모든 문제가 운 좋게 해결되고, 모든 우려가 부자연스럽게 사라진 이상적인 공간이죠."

"대체…… 왜 이런 짓을……?"

시도는 아연실색하며 그렇게 중얼거렸다.

확실히 이곳은 웨스트코트가 꿈꿨던 세계와는 명백하게 달랐다. 원래 세계와 똑같은 풍경을 지녔으며, 어찌 할 수 없는 문제가 해소된 꿈 같은 세계다. 어찌 보면, 토카다운 세계라고 할 수 있을지도 모른다.

하지만, 그렇다고 납득이 되는 것도 아니다. 애초에 미오의 세피라를 탈취해서 세계를 바꾼다고 하는 발상 자체가, 토카의 성격에 맞지 않다는 생각이 들었던 것이다.

쿠루미는 어깨를 으쓱하며 고개를 저었다.

"—유감스럽게도, 거기까지는 알 수 없군요. 시도 씨도 아시다시피, 전지의 천사인 〈라지엘〉도 확정되지 않은 미래, 그리고 남의 마음속까지는 알 수가 없으니까요."

확실히 〈라지엘〉의 원래 소유자였던 니아도 같은 말을 한 적이 있다.

하지만, 지금까지의 정보만으로도 충분히 도움이 됐다. 시도는 긴장 탓에 빠르게 뛰는 심장을 진정시킨 후, 쿠루미를 향해 고개를 살며시 숙였다.

"……고마워, 쿠루미. 네가 없었다면, 나는 이 세계의 위화감조차 눈치채지 못했을지도 몰라."

"우후후. 어쩌면 그 편이 더 행복했을지도 모른답니다."

"너, 너란 애는 정말……."

시도가 식은땀을 흘리며 말을 이으려 한 순간, 쿠루미가 먼저 입을 열었다.

"—이곳은 토카 양이 만든 이상적인 세계예요. 시도 씨와 여러분에게 있어서는 살기 좋은 세계일 테죠. 설령 이곳이 원래 세계와 다를지라도, 꿈이라는 사실을 눈치채지 못한 자에게는 현실이나 다름없답니다."

쿠루미가 농담을 건네는 투로 그렇게 말하자, 마나는 불만을 표시하듯 코웃음을 쳤다.

"그렇게 생각한다면, 당신은 왜 오라버니에게 진실을 털어놓아버린 거죠?"

"그야 저는 여러분과 다르게 착한 아이가 아니니까요."

그것은 쿠루미다운 대답일지도 모르지만, 진의를 숨기려 하는 애매한 대답이기도 했다. 마나는 언짢다는 듯이 미간을 찌푸렸다.

"당신……."

"우후후, 농담이니까 그렇게 무서운 표정을 짓지는 말아 주세요."

쿠루미는 웃겨죽겠다는 듯이 한참을 웃은 후, 시선을 내리깔며 말을 이었다.

"─저도 이 따뜻하고 평온한 세계를 부정할 생각은 없답니다. 영원토록 이 세계에 젖어 있을 수 있다면 말이죠."

"……그게 무슨 소리야?"

코토리가 의아한 표정을 지으며 그렇게 묻자 쿠루미는 작게 한숨을 내쉬며 말을 이었다.

"이곳은 확실히 이상적인 세계예요. 하지만 그것은 미오 양의 세피라를 빼앗아서, 억지로 만들어 낸 세계에 지나지 않는답니다. ─이대로 둔다면, 이윽고 세계는 토카 양과 함께 자멸하고 말겠죠."

"""뭐……?!"""

─토카와, 세계가, 자멸한다?

쿠루미가 내뱉은 그 불온한 말에 다른 세 사람은 숨을 삼켰다.

"잠깐만 있어봐. 그게 무슨 소리야……?!"

"저한테 묻지 말아주세요. 아까도 말씀드렸다시피, 저도 토카 양의 진의를 모른답니다."

쿠루미는 당황한 세 사람을 쳐다보며, 차분하게 고개를 저었다.

……아니, 쿠루미 또한 충격을 받지 않았을 리가 없다. 하지만 시도 일행보다 먼저 그 진실을 알게 된 그녀는 이곳에 오

기 전에 이미 동요와 경악을 충분히 경험했을 것이다. 쿠루미와 함께한 시간이 시도에게 그 사실을 깨닫게 해줬다.

"……그렇, 구나……."

거기까지 생각이 미친 시도는 겨우 마음을 진정시켰다. 혼란스럽기 그지없는 이 상황에서, 그녀 한 사람에게만 『냉정하게 행동한다』는 부담을 짊어지게 할 수는 없다고 생각한 것이다.

그런 시도의 생각을 눈치챘는지 쿠루미는 입술 가장자리를 추켜올렸다.

"—아무튼, 제가 알고 있는 정보는 전부 알려드렸답니다. 이제부터의 대처는 프로에게 맡기도록 하죠."

쿠루미는 그렇게 말한 뒤, 가볍게 스텝을 밟으면서 우아하게 치맛자락을 살짝 들어올렸다. 그리고 그 동작에 맞춰, 마치 무대 위에서 사라지는 것처럼 그녀의 몸이 그림자 속으로 가라앉았다.

바닥에 응어리져 있던 그림자가 작게 소용돌이를 치더니— 이윽고 흔적조차 남기지 않고 사라졌다.

""""……""""

그 후로 잠시 동안, 거실에는 정적이 감돌았다.

하지만— 그 침묵은 오래가지 않았다. 코토리가 호주머니에서 꺼낸 막대사탕을 입에 물고 날카로운 시선을 띠면서 입을 열었다.

"……아무튼, 일단 행동을 개시하자. 쿠루미의 말이 사실이라면, 지체할 시간은 없어. 빨리 관계자 전원을 모아서 대책

회의를 하는 거야."

"……! 그래……!"

코토리의 말에 시도는 고개를 끄덕였다.

단장(斷章)/2 Happiness

　요즘 들어, 그녀는 기분이 썩 나쁘지 않았다.

　어떤 시기 이후로, 또 한 명의 자신에게서 전해져 오는 감정의 색깔이 점점 변화하고 있기 때문이다.

　놀라움, 기쁨, 즐거움, 고마움―.

　얼마 전까지와는 비교도 안 될 정도로 긍정적인 감정이 격류가 되어 몰려왔다. 몸이 찢겨져 나갈 것만 같은 춥고 얼어붙은 대지에 꽃이 피기 시작한 듯한 느낌마저 들 만큼, 그야말로 극적인 변화였다.

　공포와 두려움은 잦아들었고, 비애와 적막 또한 느껴지지 않았다. 한때 강렬한 분노를 느끼기도 했지만― 지금은 환희와 흥분의 소용돌이에 삼켜지며 완전히 자취를 감췄다.

　분명, 또 하나의 자신에게 좋은 일이 일어난 것이리라.

　물론 구체적으로 어떤 일이 일어난 것인지는 알 수 없었다.

그녀가 할 수 있는 것이라고는 또 하나의 자신의 마음을 어렴풋이 느끼는 것뿐이었다.

하지만, 지금의 그녀에게는 그것만으로도 충분했다.

또 하나의 자신에게서 흘러들어오는 따뜻한 감정을 느끼는 것만으로도, 그녀는 행복했다. 또 하나의 자신이 기쁘면 그녀도 기뻤고, 또 하나의 자신이 즐거우면, 그녀의 마음 또한 날아갈 것만 같았다.

그와 동시에—.

또 하나의 자신을 이렇게까지 달라지게 만든 『무언가』. 그 존재에 대해 알고 싶어지는 것 또한 당연한 것일지도 몰랐다.

제2장 두 무대의 막이 오른다

쿠루미가 시도의 집을 방문하고, 약 한 시간 후…….

텐구시 상공 15000미터에 떠 있는 공중함 〈프락시너스〉의 브리핑룸에는 정령 맨션과 시내의 자택에 있던 정령들이 모여 있었다.

다들 실내복이나 잠옷 위에 겉옷을 걸친 채 원탁 앞에 앉아 있었다. 그렇게 뭉뚱그려서 표현하기는 했지만, 미쿠는 귀여운 느낌의 폭신폭신한 잠옷을 입었고, 니아는 소매가 잉크로 엉망이 된 헤진 운동복을 입고 있는 등, 다들 각양각색의 옷을 입고 있었다.

솔직히 그녀들의 옷차림만 보면 긴장감과는 동떨어져 있지만, 이렇게 늦은 시간에 그녀들을 소집했으니 어쩔 수 없을지도 모른다. 내일 아침까지 기다릴까도 생각했지만, 지금은 1분 1초를 다투는 상황이었다. 게다가 토카에게 의심을 받지 않으며 전원을 모으기 위해서는 그녀가 잠든 지금뿐이라고 생각한 것이다.

또한 마리아에게는 세계 및 토카에 관한 조사를 부탁해뒀으며, 마나는 만일의 사태에 대비해 함내에서 경계 태세를 취하며 대기하고 있었다. 승무원들도 이미 함교에 모여 있으며, 〈프락시너스〉는 웨스트코트와의 일전 이후로 다시 긴장감에 휩싸여 있었다.

"이 세계가…… 토카 씨가 만든 것……이라고요?"

간략하게 상황을 설명하자, 시도의 설명을 들은 요시노가 그렇게 대꾸했다.

풍성한 머리카락을 희미하게 흔들면서 고개를 갸웃거린 그녀는 커다란 눈을 동그랗게 떴다. 그러자 그녀가 왼손에 낀 토끼 모양 퍼핏 인형『요시농』또한 비슷한 포즈를 취했다.

요시노만이 그런 반응을 보이고 있는 것은 아니었다. 카구야, 유즈루, 무쿠로, 니아, 미쿠, 나츠미─ 이 자리에 모인 정령들 대부분이 비슷한 표정을 짓고 있었다.

"시도, 대체 무슨 소리를 하는 것이냐?"

"동의. 뭐가 어떻게 된 거죠?"

"하암……. 음, 미안하구나……. 나리의 여동생이 느닷없이 깨우는 바람에……."

"바뀐 세계…… 헉, 혹시 내 원고가 새하얀 건 그 탓이야?! 젠장~, 원래 세계였다면 제대로 끝냈을 텐데~! 세계가 바뀌어버렸으니 어쩔 수 없네~!"

"아, 그런 시스템인가요? 그럼 혹시, 원래 세계에서는 나츠미 양이 저에게 허그를 해달라고 졸랐을지도 모르는 거군요?!"

"……아냐. 그럴 일은 절대 없어."

다들 고개를 갸웃거리거나, 하품을 하거나, 혹은 시끌벅적하게 떠들고 있었다.

하지만 그것도 무리는 아니었다. 시도의 말을 믿지 않는다거나 이야기를 이해하지 못한 것이 아니다. 너무 뜬금없는 이야기라서 아연실색한 것이리라. 실제로 아까 쿠루미로부터 세계의 진실에 대해 들은 시도 또한, 처음에는 저런 반응을 보였다.

하지만 그런 와중에 가장 먼저 상황을 파악하며 시선을 날카롭게 만든 이가 있었다. ─오리가미였다.

"자세하게 이야기해봐."

그녀는 그렇게 말하며 원탁에 두 팔꿈치를 올린 후 두 손을 깍지 끼면서 시도를 쳐다보았다.

다른 이들도 그 범상치 않은 분위기를 느낀 건지, 잡담을 멈추고 시도를 쳐다보았다.

"……그래. 실은─."

시도는 작게 헛기침을 한 후에 이야기를 계속했다.

토카가 소멸하려 하던 미오의 세피라를 차지했으며…….

이대로 있나산 토카가 이 세계를 길동무 삼아 자멸할 것이라는 사실을 밝힌 것이다.

"……."

"……말도 안 돼."

"맙소사……."

이야기가 이어지면서 정령들의 얼굴이 경악으로 점점 물들어 갔다.

진홍색 재킷을 어깨에 걸친 코토리는 그런 정령들을 둘러보면서 자리에서 일어났다.

"방금 들은 대로야. 쿠루미의 악질적인 농담이라고 생각하고 싶지만, 시도의 〈자프키엘〉로 이미 확인했어."

"토, 토카 양이 대체 왜 그런 짓을 한 거죠……?"

미쿠가 식은땀을 흘리며 그렇게 물었다. 하지만 시도는 고개를 저을 수밖에 없었다.

"몰라……. 하지만, 토카가 아무 이유 없이 그런 짓을 했을 리가 없어."

"""……."""

시도의 대답에 다들 입을 다물었다. 그 침묵에는 시도의 말에 동의한다는 의미가 담겨 있었다.

그렇다. 토카가 자신의 욕망 같은 것 때문에 세상을 뜯어고칠 리가 없다. 분명 피치 못할 이유가 있는 게 틀림없다.

하지만, 그것이 무엇인지는 알 수 없었다. 이대로 있다간 토카는 세계와 함께 소멸하고 말 것이다. 그런 심각한 상황을 토카 본인이 눈치채지 못했을 리가 없다. 뭔가 이유가 있을 것이다. 그런 리스크를 짊어지는 한이 있더라도, 미오의 세피라를 차지할 수밖에 없었던 이유가…….

"—이야기를 정리해보자."

시도의 생각이 벽에 부딪치려던 순간, 코토리가 손뼉을 치며 그렇게 말했다.

"토카는 원래 세계에서 미오의 세피라를 차지했고, 이 세계를 만들었어. 하지만 이 세계에는 제한시간이 있으며, 내버려 뒀다간 무너지고 말아. 한시라도 빨리 토카가 세피라를 포기하게 만든 후, 세계를 원래대로 되돌려야 해. 그러기 위해선, 서둘러서 토카의 목적을 알아야만 해."

"토카의 목적……. 그것만 알면……."

"추측. 배가 터질 정도로 맛있는 게 먹고 싶은 걸까요?"

카구야와 유즈루가 표정을 굳히면서 턱에 손을 대더니, 그렇게 말했다. 발언 자체는 엉뚱하지만, 두 사람의 표정은 진지하기 그지없었다.

"……토카답기는 하지만…… 그런 이유로 세계를 뜯어고치지는 않았을 거야. 그리고 그 정도 소원은 원래 세계에서도 이룰 수 있지 않아?"

나츠미가 도끼눈을 뜨면서 볼을 긁적였다. 확실히 맞는 말이다.

"으음…… 그렇다면 토카에게 직접 물어보는 편이 좋지 않겠느냐?"

나츠미의 뒤를 이어, 무쿠로가 눈가를 비비면서 그렇게 말했다.

"그건 좀……."

시도는 쓴웃음을 지으며 그렇게 대답하려다— 갑자기 입을 다물고 팔짱을 꼈다. 확실히 심플하기 그지없는 방법이며, 평소의 공략에서는 써먹을 수 없다. 하지만 상대는 토카다. 그 방법이 유효할 가능성이 충분히 있는 것이다.

코토리도 같은 생각을 한 건지, 표정을 굳히면서 낮은 신음을 흘렸다.

"……확실히, 다른 방법이 없다면 그러는 수밖에 없을지도 몰라. 하지만 어디까지나 그건 최후의 수단이야. 애초에 우리가 이 세계의 진실을 눈치챘다는 사실을 토카에게 알려도 되는지 모르잖아. 토카가 이 세계를 지배하고 있는 이상, 그 사실이 알려진 순간에 우리의 기억이 그 사실을 알기 전으로 리셋될 가능성도 있어."

"""……"""

코토리의 말에 정령들은 숨을 삼켰다.

토카가 그런 짓을 할 거라고는 생각하기 힘들고, 그런 생각조차 하고 싶지 않지만, 그녀가 세계를 바꾼 것은 엄연한 사실이었다. 상대에게 압도적으로 유리한 상황인 만큼, 항상 최악의 경우를 고려하며 행동할 수밖에 없었다.

"……그래. 하지만 그렇다고 손 놓고 있을 수는 없어. 은근슬쩍 토카에게 물어보는 수밖에—."

시도가 말을 이으려던 바로 그때였다.

"—호오? 내 자매들이 이런 시간에 모여서 뭘 하고 있나 했더니, 내 세계를 박살낼 상의를 하고 있었던 건가."

"""……윽?!"""

갑자기 들려온 목소리에 이 자리에 있던 이들이 그대로 얼어붙었다.

"이, 이 목소리는……."

"―토카……?!"

시도가 그 이름을 입에 담은 순간, 원탁 중앙의 공간이 일그러지며 칠흑빛 장발을 지닌 소녀가 모습을 드러냈다.

소녀는 다른 소녀들과 마찬가지로 잠옷을 입고 있었다. 하지만 평소 그녀의 두 눈에 어려 있던 순진무구함이 지금은 느껴지지 않았으며, 그저 차가운 빛만이 어려 있었다. 보이지 않는 의자에 앉아 있는 것처럼 공중에 몸을 띄운 그녀는 초연한 태도로 시도를 내려다보고 있었다.

"어떻게 알게 됐는지는 모르겠지만, 얌전히 꿈속에 잠들어 있었으면 좋았을 텐데 말이다."

"그, 그게 무슨……."

토카답지 않은 분위기와 말투를 접한 시도는 숨을 삼켰고 ― 순간 어떤 생각이 머릿속을 스쳤다.

그렇다. 지금의 토카는 토카의 얼굴로, 토키답지 않은 언농으로 말하고 있었다.

하지만 시도는 이런 이상한 상태인 토카를, 전에도 본 적이 있었다.

"설마…… 반전―?"

"뭐……?"

시도가 그렇게 말한 순간, 코토리는 눈을 치켜떴다.

그렇다. 세피라의 반전. 정령의 마음이 절망에 물들었을 때 일어나는 현상이다. 정령이 내뿜는 영력의 속성이 변화하고, 자아를 소실— 혹은 지금의 토카처럼 다른 인격이 모습을 드러내는 것이다.

그리고 토카는 예전에 몇 번이나 이 반전 현상을 일으킨 적이 있었다. 그때 토카의 몸을 지배한 것이 바로 이 냉혹하고 포악한 또 하나의 토카였던 것이다.

"반전— 즉, 세계를 뜯어고친 건 평소의 토카가 아니라 너인 거야?"

오리가미가 경계심이 묻어나는 표정으로 그렇게 묻자, 반전 토카는 긍정의 뜻을 표시하듯 눈을 가늘게 떴다.

"……응."

시도는 이 갑작스러운 사태 속에서 긴장과 전율을 느끼는 것과 동시에, 불가사의하게도 납득감과 안도감을 느끼고 있었다. 역시 시도가 아는 토카가 세피라를 탈취해서 세계를 자기 뜻대로 뜯어고칠 리가 없는 것이다.

하지만, 그 사실을 알았다고 해서 사태가 해결된 것은 아니었다.

토카가 자기 의지로 세계를 변화시킨 것이 아니라는 것은 알았지만, 아직도 반전 토카의 목적이 뭔지 알 수 없었다.

"……본인이 등장했으니 차라리 잘 됐어. 네 목적은 뭐야?

대체 왜 이런 짓을 한 건데?"

코토리도 시도와 같은 생각을 한 것이리라. 이마에서 한 줄기 땀방울이 흘러내리는 가운데, 코토리는 여전히 드센 어조로 그런 질문을 던졌다.

확실히 그것은 최종수단이지만, 시도 일행의 꿍꿍이가 들통 났으니 어쩔 수 없었다. 이렇게 되면 신중론은 의미가 없는 것이다. 모 아니면 도라는 심정으로 반전 토카에게 물어볼 수밖에 없다고 생각한 것이리라.

그러자 반전 토카는 잠시 동안 코토리의 눈을 똑바로 쳐다본 후, 흥 하고 코웃음을 쳤다.

"뭐, 세계를 손에 넣는 것도 나쁘지 않다고 생각했을 뿐이다."

"뭐……?"

"토카의 눈을 통해, 나의 어머니라 할 수 있는 여자의 죽음을 보고 있었다. 그 여자는 마음에 들지 않지만, 그 힘은 매력적이었지. 어차피 사라질 거라면, 내가 차지해도 문제될 건 없고 말이다."

"……"

반전 토카의 대답에 시도는 그 말의 진의를 파악하려는 것처럼 그녀의 얼굴을 똑바로 쳐다보았다.

진짜로 그런 이유 때문에 이런 일을 벌인 것일까. 아니면 다른 목적이 있으며, 그것을 숨기고 있는 것일까. 그리고 만약 후자일 경우, 그 이유를 밝히지 않는 목적은 대체 무엇일까ㅡ.

그런 생각을 하던 시도의 머릿속에 어떤 의문 하나가 떠올

랐다. —그렇다. 시도가 오늘 아침에 만났던 토카는 분명 평
소의 토카와 다름없었다. 반전 토카의 목적이 진짜로 이 세계
를 지배하는 것이라면, 토카에게 몸의 지배권을 일부러 돌려
준 이유는 대체…….

"—흥."

시도가 그런 생각을 하고 있을 때, 반전 토카가 짜증 섞인
한숨을 토했다.

"뭐, 좋다. 이미 여기는 내 세계지. 개미나 다름없는 네 녀
석들이 무슨 짓을 꾸민들 달라질 건 없다."

반전 토카는 그렇게 말하면서 오른손을 슬며시 들어올렸다.

""".……윽!""

그 동작을 본 정령들 사이에서 긴장이 흘렀다. 시도 또한
숨을 삼켰다.

『그 사실이 알려진 순간에 우리의 기억이 그 사실을 알기
전으로 리셋될 가능성도 있어.』

아까 코토리가 했던 말이 시도의 뇌리를 스쳤다. 지금 이
세계는 반전 토카가 손아귀에 쥐고 있다. 그녀에게 있어서는
그 정도는 아무것도 아니리라.

정령들의 표정에 흐르는 전율을 느꼈는지 반전 토카는 또
한 번 흥 하고 코웃음을 치더니 손가락을 튕겼다.

그 순간, 허공에 떠 있던 반전 토카의 몸이 일그러지면서
공기에 녹아들듯 사라졌다.

곧 브리핑룸 안은 그녀가 나타나기 전과 똑같은 모습으로

되돌아왔다.

"―다들!"

모두 얼이 나가있는 가운데, 가장 먼저 입을 연 이는 코토리였다.

"기억은 정상이야?! 몸에 문제는 없어?! 혹시 신경 쓰이는 점이 있으면, 아무리 사소한 거라도 괜찮으니까 말해봐!"

코토리는 초조한 눈길로 다른 이들을 둘러보면서 급박한 어조로 그렇게 말했다.

하지만 그것도 무리는 아니었다. 방금까지 시도 일행의 눈앞에 있던 이는, 비유가 아니라 진짜로 이 세계를 지배하고 있는 소녀인 것이다. 게다가 그녀 입장에서 본다면 시도 일행은 세계에 혼란을 일으키려 하는 존재였다. 그런 그녀가 아무것도 하지 않고 돌아갔을 거라고는 생각하기 어려우리라.

하지만, 서로의 얼굴을 쳐다보던 정령들은 고개를 저었다.

"아, 그게…… 괜찮은 것 같아요."

"음, 아무것도 당하지 않은 것 같으니라."

"……이상 없어."

바로 그때, 니아가 뭔가를 눈치챈 것처럼 눈을 치켜떴다.

"앗~! 여동생 양, 큰일 났이!"

"어?! 왜 그래?! 무슨 일이야?!"

"내 가슴이 납작해졌어! 방금까지만 해도 F컵은 됐단 말이야!"

"……."

코토리는 아무 말 없이 도끼눈을 뜨고 니아의 머리를 손날로 때렸다.

"아얏~! 너무해, 여동생 양~. 분위기를 환기시키려고 이 니아 님이 센스 넘치는 농담을 날린 거란 말이야~."

"때와 장소 좀 가려……!"

코토리는 씩씩거리면서 그렇게 외친 후, 다시 한 번 정령들을 둘러본 후에야 한숨을 내쉬었다.

"아무래도, 다들 멀쩡한 것 같네……."

"그래……. 그런 것 같아."

"……대체 무슨 속셈일까? 우리는 그녀에게 있어서 훼방꾼에 지나지 않아. 그런데 이렇게 방치해두고 가버리다니……."

"─유추할 수 있는 가능성은 크게 세 가지야."

코토리가 턱에 손을 대며 신음을 흘리자, 오리가미가 그녀의 의문에 답하듯 입을 열었다.

"하나. 우리 따위는 신경 쓸 가치도 없다. 굴욕적일지도 모르지만, 우리로서는 가장 고마운 가능성이야."

"……뭐, 그래. 다른 건?"

"둘. 이미 특정 기억을 우리 머릿속에서 지웠지만, 그녀의 힘에 의해 『아무 일도 없었다』고 인식하고 있다."

"뭐……?"

"전율. 하지만 충분히 가능성은 있어요."

정령들이 식은땀을 흘렸다. 하지만 반전 토카의 힘이라면 충분히 가능하리라.

"하지만 우리에게는 〈라지엘〉이 있으니, 그녀가 무언가를 뜯어고쳤을 때도 충분히 확인이 가능해. 거기에 생각이 미치지 않았을 리가 없어. 만약 기억을 고칠 거라면, 이 의문도 같이 지워버리면 돼. 그러니 우리가 이런 대화를 나누고 있는 것을 볼 때, 그 가능성은 제로라고 할 수 없지만 매우 낮아."

"그렇구나……."

"그리고, 셋. 우리를 눈감아 주는 것 자체에 의미가 있는 경우야. 즉, 이제부터 우리가 취할 행동이 그녀의 목적과 관련이 있는 거지."

"──."

오리가미의 그 말을 들은 순간, 시도의 심장이 격렬하게 뛰었다.

반전 토카는 시도 일행이 무언가를 하기를 바라고 있다. 그렇게 본다면, 확실히 앞뒤가 맞았다. 반전 토카의 갑작스러운 등장도, 그리고 훼방꾼인 시도 일행을 그냥 내버려 둔 것도 말이다.

정령들도 같은 생각을 한 것인지 다들 표정을 굳히며 입을 다물었다.

하지만 그것이 무엇인지는 짐작조차 되지 않았다. 상대는 이 세계의 왕이다. 손가락만 까딱거려도 자신의 소망을 이룰 수 있는, 그야말로 〈신〉의 힘을 손에 넣은 최강의 정령이다. 그러니 소망이 있다면, 자신의 힘으로 이루면 된다. 만약 다른 정령들의 힘이 필요할지라도, 강제로 조종을 해서라도 협력하게 만들면 되는 것이다.

"어쨌든……."

혼란과 당혹감이 소용돌이치는 가운데, 다른 이들을 이끌려는 것처럼 입을 연 이는 역시 코토리였다.

"그녀의 목적은 모르지만, 확실한 건 상대의 정체가 명확해졌다는 거야. 그렇다면, 우리가 해야 할 일도 하나야."

시도, 안 그래? 라고 말하면서 코토리는 자신의 오빠를 쳐다보았다.

시도는 그 말과 시선을 통해 코토리의 의도를 전부 이해했다. 그럴 만도 했다. 시도는 지금까지 수도 없이, 『그것』을 반복해 왔으니까 말이다.

"아무리 강대할지라도, 그 상대가 정령이라면— 힘을 봉인할 수 있을 거야."

그렇다. 그것이 바로 시도의 힘이었다. 미오가 완전한 신지를 만들기 위해 시도에게 부여한, 영력 봉인의 힘이었다.

"토카의 몸에 깃든 미오의 힘을 봉인한다면……."

"—세계는 원래대로 되돌아가고, 토카의 자멸도 막을 수 있다……는 거구나."

"그래. 아마도, 라는 믿음직하지 못한 말이 뒤따르기는 하지만 말이야."

코토리는 어깨를 으쓱했다. 뭐, 이런 케이스는 코토리도 예상치 못했으리라. 확증을 가지는 것이 말도 안 되는 이야기인 것이다.

하지만 다른 방법은 없었다. 시도는 긴장한 탓에 말라버린 목을 침으로 적시며, 주먹을 꼭 말아 쥐었다.

"토카의 힘을 봉인하기 위해— 데이트를 해서, 나에게 반하게 만들라는 거구나."

"그래."

코토리는 고개를 끄덕인 후, 호주머니에서 꺼낸 막대사탕을 입에 넣었다.

"자— 우리의 전쟁을,^{데이트} 시작하자."

◇

다음날 아침. 시도는 정령 맨션 410호실— 토카의 방 앞에 섰다.

목덜미에는 최신형 통신기를 착용하고 있으며, 그 너머에는 〈라타토스크〉의 정예들이 대기하고 있었다.

그렇다. 시도 일행은 반전 토카가 사라진 후에도 작전회의를 이어갔다. 그리고 반전 토카 공략을 개시하기로 결정한 것이다.

상대는 미지수의 힘을 지닌 정령이다. 원래라면 좀 더 준비 기간을 가지면서 대책을 세운 후에 시도했을 것이다.

하지만 언제 토카의 몸과 미오의 세피라가 한계를 맞이할지 모르기에 느긋한 소리를 늘어놓을 수는 없으며— 무엇보다, 이럴 때는 기세가 중요했다. 그것이 코토리와 시도의 공통된 견해였다.

『―그럼 지금 바로 시작해보자, 시도. 그리고 너무 긴장하지는 마. 그녀가 강대한 힘을 지니기는 했지만, 그건 언제나 마찬가지였잖아? 평소처럼 데이트를 하면 분명 해낼 수 있을 거야.』

"……응. 알아."

시도는 통신기 너머에서 들려오는 코토리의 목소리를 들으며 고개를 끄덕였다. 그리고 심호흡을 한 후, 토카가 실고 있는 방의 초인종을 눌렀다.

―하지만, 반응이 없었다. 십여 초 동안 기다린 후, 시도는 다시 한 번 초인종을 눌렀다.

하지만 현관문은 미동조차 하지 않았다. 그뿐만 아니라 발소리조차도 들리지 않았다.

"응……? 설마 집에 돌아오지 않은 걸까?"

『그럴 리가 없어. 토카의 반응은 방 안에서 감지되고 있어. 그렇다면 아직 자고 있거나, 아니면 일부러 무시하고 있거나―.』

『―혹은, 이쪽에서 상상도 할 수 없는 방법으로 반응을 속이고 있을지도 모르는 거군요.』

코토리의 말에 보충설명을 하듯, 마리아의 목소리가 뒤이어 들렸다. 확실히 지금의 토카라면 그 정도는 식은 죽 먹기일 것이다.

하지만, 아니, 그렇기 때문에 의문을 느꼈다. 그렇게 엄청난 힘을 지닌 토카가 자신의 소재를 숨기지 않는 이유는 대체 무엇일까?

시도는 짐작조차 되지 않았다. 그래서 한 번 더 초인종을 눌러본 후, 별생각 없이 문손잡이를 움켜쥐었다.

"어……?"

『시도, 왜 그래?』

"열려 있어……."

시도는 정령 맨션 특유의 두꺼운 현관문을 열면서 그렇게 중얼거렸다.

『뭐? 그럼 역시 자고 있는 것 아닐까? 하지만 평소의 토카라면 몰라도, 반전한 토카에게 문을 잠그는 습관이 있는지는…….』

"아무튼, 확인해볼게. 자고 있을 뿐이라면 깨어날 때까지 기다리면 되지만, 초인종 소리를 듣지 못했을 뿐일지도 모르잖아."

『그건 그래. ―좋아. 들어가 보자.』

코토리의 말에 고개를 끄덕인 시도는 문을 완전히 연 후, 토카의 방 안으로 들어섰다.

이 방에는 예전에도 몇 번 와본 적이 있지만, 왠지 분위기가 달라진 듯한 느낌이 들었다. 주인이 바뀌었기 때문일까. 아니면 주인이 바뀌었다는 것을 알고 있는 시도가 그런 착각에 사로잡힌 것일까.

어쨌든 간에, 코토리가 말한 것처럼 지나치게 긴장해서는 안 된다. 시도는 마른 침을 삼킨 후, 입을 열었다.

"어이, 토카. 집에 있어? 들어간다?"

그리고 평소 같은 어조를 의식하면서 그렇게 말했다.

하지만, 역시 반응이 없었다. 시도는 신호를 보내듯 목덜미의 통신기를 손가락으로 두드린 후, 신발을 벗고 집 안으로 들어갔다.

그리고 그대로 복도 중간까지 걸어갔을 즈음, 처음으로 방에 변화가 발생했다.

왼편— 욕실 쪽에서 철컥 하는 소리가 들려온 것이다.

"아! 토카, 있었구나. 미안해. 문이 열려 있길래, 걱정이 되어서⋯⋯."

시도가 미리 생각해뒀던 변명을 늘어놓으려다 도중에 말문이 막혔다.

왜냐하면 지금 나타난 이는 긴 머리카락에서 물방울이 뚝뚝 떨어지고 있는, 실오라기 하나 걸치지 않은 토카인 것이다.

"—윽?! 토, 토토토토, 토카⋯⋯?!"

"네놈이냐. 버릇이 없을 뿐만 아니라, 시끄럽기 짝이 없는 인간이구나."

언짢은 어조로 그렇게 말한 토카 — 말투로 볼 때 반전 토카였다 — 가 전혀 부끄럽지 않다는 듯이 팔짱을 끼고 그렇게 말했다. 새하얀 가슴에 닿은 머리카락이 희미하게 흔들리자, 시도는 허둥지둥 고개를 돌렸다.

『마리아!』

『안심하세요. 이미 화면 필터를 적용시켰어요.』

통신기에서 코토리와 마리아, 그리고 아쉬워하는 남성 승무원들의 목소리가 들려왔다. 하지만 시도는 안도할 여유가 없었다. 토카의 알몸을 똑바로 쳐다보지 않으며, 떨리는 목소리로 쥐어짜내듯 입을 열었다.

"아니, 저기…… 그, 그런 모습으로 뭘 하고 있는 거야……?!"

"자기 집에서 목욕을 하는 게, 잘못된 행동이라는 것이냐?"

"아, 아뇨. 전혀 잘못되지 않았어요……."

지당하기 그지없는 발언이었다. 잘못한 사람은 집주인의 허락도 받지 않고 무단으로 들어온 시도였다.

하지만 반전 토카는 그 점을 신경 쓰지도, 시도를 꾸짖지도 않았다. 그저 짜증 섞인 눈길로 고개를 갸웃거리기만 했다.

"—그런데 무슨 일이지? 모처럼 눈감아 줬는데, 그것만으로는 불만인 것이냐? 그렇다면 좋다. 목숨, 몸, 기억 중에 필요 없는 걸 선택해라."

"자, 잠깐만 기다려!"

반전 토카가 천천히 한손을 들어 올리자 시도는 입에 거품을 물며 고개를 저었다.

"그, 그게 아니라…… 오늘은 너한테, 데이트 신청을 하러 온 거야!"

"—데이트?"

반전 토카의 눈썹 끝이 흔들리더니, 뭔가를 생각하는 것처럼 턱에 손을 댔다.

그리고 잠시 후, 고개를 돌리고 있는 시도의 멱살을 움켜잡더니, 그의 얼굴을 자신 쪽으로 돌렸다.

"우왓……?!"

"쓸데없이 지저귀지 마라. 소멸되고 싶은 것이냐?"

"……윽!"

반전 토카가 냉혹한 빛이 어린 두 눈으로 시도를 노려보았다. 그러자 시도는 부들부들 떨며 고개를 저었다.

그에 반전 토카는 흥 하고 코웃음을 친 후에 말을 이었다.

"데이트. 데이트라고 했느냐? ―좋다. 하자."

"……뭐?! 저, 정말이야?!"

뜻밖의 대답에 시도는 무심코 눈을 동그랗게 떴다. 물론 데이트 승낙을 받기 위해 이곳에 오기는 했지만, 그녀가 이렇게 순순히 데이트에 응할 거라고는 생각도 못한 것이다.

하지만 반전 토카는 시도의 멱살을 움켜잡은 채로 시선을 슬며시 아래편으로 옮기며 말을 이었다.

"그래. ―단, 데이트에 초를 치는 행위는 허락할 수 없다."

"뭐?"

토카가 눈을 치켜뜬 순간, 시도의 목덜미에서 파지직 하는 소리가 났다. 시도는 무심코 눈을 감았다.

"아얏……."

그 뒤를 이어, 희미한 연기가 피어오르면서 뭔가가 타는 냄새가 시도의 코를 찔렀다.

그제야 시도는 자신이 목에 부착했던 소형 통신기가 파괴되었다는 것을 깨달았다.

"뭐, 뭐하는……."

"그건 내가 할 말이다. 데이트 신청을 한 건 네놈이지 않느냐. 그렇다면 약아빠진 짓거리는 하지 말고, 네 자신의 힘만으로 나를 에스코트해 봐라."

반전 토카는 그렇게 말하며 시도의 눈을 노려보았다.

지당하기 그지없는 주장이다. 시도는 아무 말 없이 항복한다는 듯 묵묵히 고개를 끄덕일 수밖에 없었다.

그러자 반전 토카는 만족감이 섞인 숨을 토하더니, 그제야 시도의 멱살을 놔줬다.

"콜록…… 콜록……."

"자, 인간. 그럼 다시 말해 봐라."

"뭐……?"

"네놈이 아까 자기 입으로 한 말 말이다. 설마 이 짧은 시간 동안 잊어버린 건 아니겠지?"

반전 토카는 바늘처럼 날카로운 눈빛으로 시도를 쳐다보며 그렇게 말했다. 그러자 긴장한 시도는 숨을 삼켰다.

"……."

반전 토카가 하라는 말이 무엇인지 짐작이 되는 것은 하나뿐이었다. 흐트러진 옷깃을 단정하게 정리한 시도는 숨을 고른 후, 토카의 눈을 응시하며 입을 열었다.

"토카. 지금부터 나와…… 데이트하지 않을래?"

"—오오, 정말이냐?!"

그 순간—

시도는 상대방의 놀란 목소리에 약간의 위화감을 느꼈다.

딱히 목소리가 달라진 것은 아니었다. 하지만 그 목소리는 반전 토카가 한 말 치고는 너무나도 순수하고, 또한 쾌활했다.

왠지, 상대방의 전체적인 분위기도 부드러워진 것 같은 느낌이 들었다. 아까까지만 해도 험악한 느낌이 감돌던 눈매도 원만해졌으며, 눈썹은 상냥한 곡선을 그리고 있었다. 그뿐만 아니라 차갑게 느껴질 정도로 새하얗던 볼에는 붉은 기운이 감돌았으며, 입가에는 환희와 흥분으로 가득 찬 미소가 어려 있었다.

그 모습은 마치―.

"토…… 토카? 토카인 거야?"

시도는 망연자실한 목소리로 그렇게 말했다.

그렇다. 방금까지 반전 상태였던 토카가 순식간에 원래 토카로 되돌아간 것이다.

"음……? 시도, 왜 그러느냐. 나를 다른 사람으로 착각한 것이냐?"

토카는 영문을 모르겠다는 표정을 지으며 고개를 갸웃거렸다. 그에 시도는 허둥지둥 얼버무리듯 웃었다.

"그, 그렇지? 하하……."

"대체 무슨 소리를 하는 건지, 모르겠……구나……?"

토카는 그제야 뭔가를 눈치챈 것처럼 눈을 깜빡였다. 그리고 천천히 고개를 숙이더니― 머리카락과 물방울만을 두른 자신의 몸을 쳐다보았다.

"아니……?! 시시시, 시도, 뭐가 어떻게 된 것이냐?! 왜 내가 이런 꼴을 하고 있는 거지?!"

토카는 얼굴을 새빨갛게 붉히면서 고함을 지르더니, 자신의 몸을 가리려는 듯이 그대로 몸을 웅크렸다.

"어, 어엇?! 아니, 이건, 토카가 스스로—."

"바보 같은 소리 하지 마라! 내가 직접 옷을 벗었다면 기억하지 못할 리가 없지 않으냐! 헉…… 설마, 〈위조마녀〉로 내 옷을……?!"

"아, 아냐! 그건 오해야!"

〈하니엘〉이라면 충분히 가능하기는 하지만, 그래도 시도는 그렇게 말할 수밖에 없었다. 시도는 필사적으로 고개를 저으며 자신의 결백을 주장했다.

그러자 토카는 새빨개진 얼굴로 시도를 올려다보더니, 「으음……」 하고 낮은 신음을 흘리며 입술을 삐죽 내밀었다.

"……그래. 뭐가 어떻게 된 건지는 모르겠지만…… 시도의 말을 믿도록 하겠다."

"토, 토카……."

"시도는 여자아이의 옷을 벗기기는 해도, 거짓말을 하지는 않으니까 말이지……."

"……으, 응. 고맙……다고 말해도 되는 건지 모르겠네."

시도는 당혹스럽다는 듯이 미간을 찌푸리며 볼을 긁적였다. ……틀린 말은 아니기에, 딱 잘라 부정할 수는 없었다.

아무튼, 토키를 이대로 둘 수는 없었다. 시노는 화상실로 가서 목욕수건을 한 장 가져와 토카에게 걸쳐줬다.

"오오…… 시도, 고맙다."

"개의치 마. 빨리 몸을 닦고 옷 입어."

"음. 그러마. 모처럼 데이트하는 거니까 말이다……!"

토카가 목욕수건을 능숙하게 몸에 두른 후, 벌떡 일어서면서 그렇게 말했다.

시도는 한순간 생각에 잠겼다. 시도의 목적은 토카의 호감도를 높여서, 그녀의 영력을 봉인하는 것이다. 하지만 미오의 세피라를 차지한 자는 반전 토카다. 지금의 토카와 데이트를 하는 것이 정답인지는 알 수 없었다.

하지만 그런 생각은 이내 시도의 머릿속에서 사라졌다.

"—응. 정말 기대되네."

토카의 순수한 미소를 본 시도는 그렇게 대답할 수밖에 없었던 것이다.

"—시도, 시도! 응답해!"

공중함 〈프락시너스〉 함교의 함장석에 앉아 있던 코토리가 마이크를 향해 몇 번이나 외쳤다.

하지만 함교에 설치된 스피커에서는 노이즈 소리만 흘러나올 뿐, 시도의 응답은 전혀 들리지 않았다. 그뿐만 아니라 시도와 동행하고 있던 자율형 카메라의 실시간 영상 또한 중단됐다. 즉, 반전 토카와 마주한 시도와 전혀 연락을 주고받을 수 없게 된 것이다.

"큭…… 대체 무슨 일이 일어난 거야?!"

"토카의 영력 수치가 상승한 순간, 통신기와 자율형 카메라가 파괴됐어요. 십중팔구, 토카의 짓으로 추정되는군요."

함장석 옆에 선 소녀— 마리아가 턱을 매만지며 그렇게 말했다. 코토리는 미간을 찌푸리더니 입안의 막대사탕을 깨물었다.

"새로운 자율형 카메라는 투입했어?"

"그게—."

"아까부터 보내고 있습니다만, 관측 가능 영역에 들어간 순간 파괴되고 있습니다. 아마 사람을 보내더라도 결과는 마찬가지겠죠."

마리아의 말을 끊으며 대답을 한 이는 그녀의 반대편에 시립해 있던 부사령관, 칸나즈키 쿄헤이였다. 그도 심각한 표정으로 노이즈가 표시된 메인 모니터를 주시하고 있었다.

하지만 그런 칸나즈키의 목소리에는 마리아에 대한 경쟁의식이 어렴풋이 어려 있었다. 방금 마리아의 대사를 가로챈 칸나즈키는 그녀를 쳐다보며 씨익 웃기도 했다.

그 모습을 본 마리아는 약간 울컥한 표정을 지었다.

"아무튼, 지금은 시도에게 맡기는 수밖에 없어요. 여차할 때를 대비해 전투 준비는 해두도록 하죠."

"마리아, 무슨 소리를 하는 겁니까? 지금은 시도 군의 안전 확보를 최우선으로 여겨야 해요. 시금 바로 〈프락시너스〉로 그를 회수해야 합니다."

마리아의 제안에 칸나즈키가 반박했다. 함장석을 사이에 두고 선 두 사람의 시선이 마주치며 불똥이 튀었다.

"칸나즈키, 토카가 경계를 하고 있는 상황에서 더 간섭을 해봤자 역효과만 부를 수 있어요. 지금은 상황을 지켜보기만 하는 게 좋지 않을까요?"

"어이쿠, 〈프락시너스〉AI답지 않은 발언이군요. 이 상황에서 시도 군을 잃는다는 건 작전의 실패를 의미합니다. 지금은 재정비를 해서 다시 작전에 임해야 할 때예요."

"그 두개골 안에 퍼진 우동 말고 다른 게 눈곱만큼이라도 들어 있다면, 좀 생각을 해줬으면 좋겠군요. 토카가 시도에게 해를 끼칠 생각이라면 이런 짓을 할 필요가 없었겠죠. 일부러 카메라와 통신기를 박살냈다는 건, 이쪽에 알려지고 싶지 않은 이야기를 나눈다고 보는 게 타당해요. 그 정도 생각도 못 한다면, 잔말 말고 시도의 집 현관 매트로 평생을 사는 편이 이 세상을 위해서도 좋지 않을까요?"

"뭐……, 이 상황에서 그런 독설을 내뱉는 건가요? 정말 너무하군요! 마리아! 당신이 그런 상을 제시하더라도, 함장석 옆이라는 포지션은 절대 양보하지 않을 거예요! 사령관님의 독설을 듣기 쉽고, 사령관님에게 밟히기 쉬운 이 자리까지 오기 위해, 제가 얼마나 고생을 했는지 알기는 하는 겁니까?! 아무리 육체를 얻었다고 해도, 풋내기 메카 걸에게―."

"시끄러워."

"꺄흥!"

자신의 머리 위에서 오고가는 말을 듣고 인내심이 바닥난 코토리는 두 손을 휘둘러서 함장석 양옆으로 백너클을 날렸다. 왼손이 칸나즈키의 명치에 꽂혔다. 오른편에 서 있던 마리아는 몸을 젖혀서 그 공격을 피한 것 같았다.

"아무튼, 일단 상황을 지켜보자. 자율형 카메라를 근처로 보내는 게 무리라면, 먼 곳에서—"

코토리가 말을 이으려던 순간, 주머니에 넣어둔 스마트폰이 경쾌한 착신음을 내며 진동하기 시작했다.

"—윽!"

그 순간, 코토리의 뇌리를 스치고 지나간 이는 시도였다. 통신기가 파괴된 시도가 토카 몰래 전화를 걸어 온 거라고 생각한 것이다.

"어……?"

하지만 스마트폰의 화면에는 뜻밖의 인물의 이름이 표시되어 있었다. 코토리는 무심코 미간을 찌푸렸다.

"코토리? 왜 그러죠?"

"……아, 아무것도 아냐."

코토리는 마리아의 물음에 고개를 젓고 통화 버튼을 눌렀다. 그러자 스마트폰에서 귀에 익은 웃음소리가 흘러나왔다.

『—키히히, 히히.』

"쿠루미, 무슨 일이야? 미안하지만 지금 좀 바빠."

스마트폰을 귀에 댄 코토리는 한숨 섞인 목소리로 그렇게 말했다.

그렇다. 코토리에게 전화를 한 사람은 다름 아닌 토키사키 쿠루미였던 것이다.

『우후후, 안심하세요. 시도 씨는 무사하답니다. 토카 양과도 데이트를 하기로 한 것 같군요. 통신기와 카메라를 파괴한 것은 데이트를 방해받고 싶지 않아서가 아닐까요?』

"윽! 너, 대체 어떻게 그걸—."

코토리는 말을 이으려다 멈췄다. —물어보지 않고도 답을 알 수 있었기 때문이다. 현재 쿠루미는 세계의 진실조차 알 수 있는 전지의 천사를 지니고 있었다.

"네가 그 천사를 최근에 손에 넣어서 정말 다행이라고, 진심으로 생각해."

『우후후. 칭찬으로 받아들이겠어요.』

쿠루미는 그렇게 말하며 웃음을 흘렸다. 그 웃음소리에 담긴 섬뜩함을 느낀 코토리는 작게 한숨을 내쉬었다.

"그런데, 일부러 그런 거나 가르쳐 주려고 전화한 거야? 그럼 일단 고맙다는 말을 해야겠네."

『아뇨. 저도 코토리 양에게 신세를 졌으니까요. 그 보답이라 여겨 주시면 좋겠군요.』

쿠루미는 농담 투로 말을 이어갔다.

『그리고~, 용건은 그게 전부가 아니랍니다. 코토리 양은 이제부터 제가 말하는 장소에 혼자 와 주셨으면 해요.』

"……그게 무슨 소리야? 〈라지엘〉로 조사했으니 알고 있을 거 아냐? 지금 내가 작전 행동 중이라는 걸 말이야."

『예, 알고 있답니다. 하지만 눈과 귀를 차단당한 코토리 양이 지금 할 수 있는 건 대기뿐일 텐데요? 그렇다면 잠시 동안 저에게 시간을 내주셔도 괜찮지 않을까요?』

"너…… 아무리 그래도, 사령관이 자리를 비울 수는—."

『그것이 시도 씨와 토카 양의 데이트를 위한 일……이라고 해도, 계속 빼실 건가요?』

"……뭐?"

쿠루미의 말에 코토리는 미심쩍다는 듯이 눈을 가늘게 떴다.

◇

3월 하순이 되자 날씨가 꽤 따뜻해졌다. 코토리는 두꺼운 상의를 걸치지 않고 지상으로 내려와 주위를 둘러보았다.

"이 근처일 텐데……."

코토리가 향한 곳은 텐구시 외곽에 있는 자연공원이었다. 광대한 부지에 나무들이 무성하게 자라고 있으며, 근처에는 목제 운동기구와 운동장 같은 곳이 있었다. 쿠루미가 지정한 장소 치고는 꽤 평화로운 곳이었다.

하지만 위화감이 존재하지 않는 것은 아니었다. 휴일 아침인데도 불구하고, 광장에는 놀고 있는 아이들이나 애완견을 산책시키는 인근 주민이 한 명도 없었다. 마치 공간진 경보가 발령된 것만 같았다.

바로 그때—.

"흐음……? 나리의 여동생이 왜 이런 곳에 있는 게지?"

코토리가 주위를 둘러보고 있을 때, 그녀의 뒤편에서 그런 목소리가 들려왔다.

"무쿠로?"

소녀를 본 코토리는 눈을 동그랗게 떴다. 그렇다. 이 인적 없는 공원에, 얇은 코트를 걸친 무쿠로가 나타난 것이다.

"무슨 일이야? 맨션에 있는 줄 알았는데……."

"음. 무쿠는 방에 있었다만…… 쿠루미에게서 전화가 왔느니라. 나리와 토카를 구하고 싶으면, 지정한 장소로 오라더구나."

"뭐?"

코토리가 받은 전화의 내용과 똑같았다. 아무래도 쿠루미는 코토리만이 아니라 무쿠로도 불러낸 것 같았다.

"대체 무슨 속셈일까? 왜 나와 무쿠로를―."

"앗~!"

코토리가 쿠루미의 의도가 뭔지 생각하고 있을 때, 이번에는 다른 방향에서 환한 목소리가 들려왔다.

"코토리 양과 무쿠로 양이잖아요~! 이런 우연도 다 있네요~! 아, 혹시 저를 만나러 와 준 건가요? 아니면 저희는 이렇게 만날 운명이었던 걸까요?! 어느 쪽이든 간에, 일단 포옹부터 해도 될까요~?!"

미쿠가 변태 느낌이 물씬 나는 소리를 늘어놓으면서 두 사람을 향해 뛰어 왔다. 코토리는 미쿠의 팔을 잡아당겨 그녀의 돌진을 저지한 후, 무쿠로! 하고 외쳤다.

"음……!"

코토리의 의도를 눈치챈 무쿠로가 미쿠의 정수리를 향해 손날을 휘둘렀다. 그제야 미쿠는 얌전해졌다.

"꺄앙~! 무쿠로 양은 참 자극적이에요~."

"정말……. 그런데 미쿠도 여기에 왔구나. 혹시 너도 쿠루미의 전화를 받고 여기에 온 거야?"

"어? 그걸 어떻게 아셨어요?"

미쿠가 깜짝 놀란 것처럼 눈을 동그랗게 떴다. 자신의 예상이 석중하자, 코토리는 손톱을 깨물면서 표정을 굳혔다.

"미쿠도 그랬구나……. 시도와 토카를 돕고 싶다면, 이곳에 오라는 말을 들은 거지?"

"예? 아뇨. 『단둘이서 이야기를 나누고 싶어요……. 저와 미쿠 양의 장래에 대해서 말이죠』라고 쿠루미 양이 엄청 섹시한 목소리로 저한테 속삭이지 뭐예요~."

"……그, 그랬구나."

코토리는 식은땀을 흘리며 그렇게 대답했다. ……아무래도 각양각색의 방법으로 그녀들을 불러낸 것 같았다. 그건 그렇고, 그런 수상쩍은 소리를 듣고 이곳에 온 미쿠도 문제라는 생각이 들었다. 미쿠가 사기꾼이나 꽃뱀에게 당하지 않도록 따로 교육을 시키는 편이 좋을지도 모른다.

코토리가 그런 생각을 하고 있을 때—.

"코토리…… 씨?"

"……어라? 다들 모여 있네……."

"호오? 선객이 있는 건가. 어둠의 초대장을 받은 건 우리만이 아닌 것 같구나."

무쿠로와 미쿠의 뒤를 잇듯, 정령들이 차례차례 공원으로 모여들었다. 요시노, 나츠미, 야마이 자매, 오리가미, 그리고 아침인데도 졸려 보이는 니아까지 나타났다.

토카와 쿠루미를 제외한 정령, 총 아홉 명이 한산한 자연공원에 모였다. 아무래도 다들 쿠루미가 불러서 이곳에 온 것 같았으며, 다른 이들의 얼굴을 쳐다보며 놀라거나 눈을 동그 랗게 떴다.

그 모습을 본 코토리는 언짢은 듯이 인상을 찌푸렸다.

"……슬슬 미심쩍은 느낌이 들기 시작하네. 우리 전원을 모으고 싶으면 나한테 말하면 되잖아. 그런데 왜 쿠루미는 이런 짓을—."

"우후후, 괜한 의심을 할 필요는 없답니다."

"……윽!"

갑자기 들려온 목소리에 코토리는 어깨를 부르르 떨었다.

그와 동시에 이 자리에 모인 이들의 중심에 그림자가 생겨나더니, 그 안에서 검은색 외투를 걸친 쿠루미가 모습을 드러냈다.

"쿠루미 씨—."

"……우와, 나타났네."

"꺄아~! 기다리고 있었어요~!"

쿠루미가 등장하자, 정령들은 각양각색의 반응을 보였다. 쿠루미는 그 모습을 유쾌하다는 듯이 둘러본 후, 씨익 웃으면서 코토리를 쳐다보았다.

"여러분, 잘 오셨어요. 한 분도 빠짐없이 모여 주셔서 정말 기쁘군요."

"인사치레는 됐어. 그것보다, 이야기나 시작해봐. 우리를 모은 이유가 뭐야? 왜 따로따로 부른 건데? 시도랑 토카와 관련된 일로 불렸다는 건 사실이야?"

"어머나, 참 조급하시군요. 조금은 여유라는 걸 가져야 어엿한 레이디가 될 수 있지 않을까요?"

"……쓸데없는 참견이야."

코토리가 노려보며 그렇게 말하자, 쿠루미는 웃음을 흘리면서 연극배우와 같은 과장된 몸놀림으로 그 자리에서 몸을 빙글 회전시켰다.

"그럼 차근차근 설명을 드리도록 할까요. 우선, 여러분을 이 자리에 모은 이유는 바로 시도 씨와 토카 양의 데이트를 무사히 성공시키기 위해서랍니다."

쿠루미는 아까 전화상으로 했던 말을 또 입에 담았다. 코토리를 비롯해 그 말을 이미 들었던 대다수의 정령들은 빨리 본론에 들어가라는 듯이 고개를 끄덕였다. 하지만, 「어~! 저희의 장래에 대해 이야기하려고 모인 게 아닌 건가요~?!」 하고 충격을 받은 미쿠와 「……어, 어떤 원고라도 한 시간 만에 완성시키는 전설의 어시스턴트를 소개해 준대서 졸음을 참으며 나온 건데……」라며 눈을 비비는 니아 같은 정령도 있지만…… 뭐, 개의치 않아도 될 것이다.

"그리고 여러분에게 따로 연락을 드린 이유 또한 단순하답니다. —**이제부터 싸워야 할 상대**와 사이좋게 노닥거리면서 전장에 오는 것도 우스운 일이니까요."

"……뭐?"

쿠루미가 유쾌한 어조로 그렇게 말하자, 코토리는 얼이 나간 듯한 목소리를 냈다.

아니, 코토리만이 아니라 다른 정령들도 비슷한 반응을 보이고 있었다. 쿠루미는 그런 그녀들의 표정이 정말 재미있다는 듯이, 더욱 진한 미소를 머금었다.

"싸워……? 우리가? 쿠루미, 무슨 소리를 하는 거야? 뭐 잘못 먹었어?"

"우후후, 유감스럽게도 저는 멀쩡하답니다. 겨우 이 정도 일로 미쳐버릴 수 있었다면, 저의 인생이 조금은 편했을 텐데 말이죠."

쿠루미는 자조 섞인 목소리로 그렇게 말하며 어깨를 으쓱했다. 코토리는 쿠루미의 의도를 알 수 없었기에, 팔짱을 끼며 입을 다물었다.

그 침묵을 재촉으로 받아들인 쿠루미는 옅은 미소를 머금으며 말을 이었다.

"차근차근 설명을 드리죠. 우선, 토카 양의 상태는 여러분이 생각하는 것보다 훨씬 나쁘답니다. 곧, 그녀의 몸은 이 세계를 길동무 삼아 자멸하고 말겠죠. 시도 씨와의 데이트를 마치는 것조차 어려울지도 몰라요."

"""뭐……?!"""

쿠루미의 갑작스런 말에 코토리를 비롯한 다른 정령들은

무심코 숨을 삼켰다.

토카의 목숨이 위험하다는 것은 이미 알고 있었다. 하지만, 설마 남은 시간이 그것밖에 안 될 줄은……

"쿠루미, 그게 사실이라면 왜 처음부터 말하지 않은 거야……?!"

"어머나, 코토리 양이나 되시는 분이 그런 소리를 하시는 건가요? 만약 그 사실을 시도 씨가 알았다면, 토카 양과 즐거운 데이트를 하실 수 있을 리가 없잖아요?"

"큭……."

둘러대고 있는 느낌이 들기는 하지만, 틀린 말은 아닐지도 모른다. 코토리는 어금니를 깨물면서도 계속 말해보라는 듯한 눈길을 보냈다.

그에 쿠루미는 공손하게 예를 표하면서 말을 이었다.

"뭐, 저도 이 세계가 끝나기를 바라지는 않는답니다. 그리고 토카 양을 막을 수 있는 건 이 세상에 단 한 사람, 시도 씨뿐이죠. 하지만, 아무리 시도 씨라도 충분한 시간이 확보되지 않는다면 그 목적을 달성하는 건 어려울 거예요."

"……저기, 네가 하고 싶은 말이 뭔지 모르겠거든?"

"수긍. 대체 하고 싶은 말이 뭐죠?"

야마이 자매가 조바심을 내듯 그렇게 말했다. 그러자 쿠루미는 그녀들의 그런 반응을 기다렸다는 듯이 고개를 끄덕이며 말을 이었다.

"간단한 이야기랍니다. 남은 시간이 얼마 안 된다면, 그걸

늘리면 되죠. 저희의 영력으로, 이 세계를 조금이라도 오랫동안 존속시키는 거예요. ―시도 씨가, 토카 양을 공략할 때까지 말이에요."

"세계를……."

"존속, 시켜……?"

요시노와 나츠미는 당혹스럽다는 듯이 미간을 찌푸리며 서로를 쳐다보았다. 쿠루미는 「예, 그래요」 하고 과장스럽게 고개를 끄덕였다.

"다행인지 불행인지, 이곳은 토카 양이 만든 세계― 즉, 이 세계 전체가 토카 양의 지배영력이랍니다."

"―그래. 그래서 싸운다는 결론으로 이어지는 거구나."

쿠루미의 말을 가장 먼저 이해한 이는 오리가미였다. 그녀는 의지의 불꽃이 어린 두 눈동자로 쿠루미를 응시했다.

"우후후. 역시 이해가 빠르시군요."

"어? 그, 그게 무슨 소리인가요~?"

미쿠가 설명을 요청하듯 쿠루미와 오리가미를 번갈아 쳐다보았다. 그러자 오리가미가 담담한 어조로 이야기를 시작했다.

"다들 경험을 통해 알고 있겠지만, 영장과 천사를 현현시키는 것만으로도 몸속의 영력이 소비돼. 하지만 그 영력은 사라지는 게 아니라 주위에 방출되지. CR-유닛 〈브륀힐드〉의 병기인 〈에인헤랴르〉는 그 발산된 영력을 재수집해서 칼날로 만드는 무기야."

"파악. 마스터 오리가미가 쓰던 창이군요."

"아하~ 그런데, 그게 어쨌다는 거야?"

유즈루가 긍정했고, 니아는 고개를 갸웃거렸다. 오리가미는 두 사람을 힐끔 쳐다본 후에 말을 이었다.

"지금 이 세계는 토카의 지배영역이야. 즉, 우리가 발산한 영력은 세계에 흡수될 테고, 결과적으로 토카의 세계를 존속시키는 데 일조할 가능성이 있어. 그리고, 가장 효율적으로 영력을 소비하는 방법이―."

"천사들이 격돌하는 전투, 라는 거네."

코토리의 말에 오리가미는 고개를 끄덕였다.

그에 쿠루미는 손뼉을 쳤다.

"정답이랍니다. ―여러분도, 이해하셨죠?"

"""……"""

다들 쿠루미의 말을 듣고 침묵에 잠겼다. 한꺼번에 이렇게 다양한 정보를 접한 탓에, 다들 혼란에 빠진 것 같았다.

그런 와중에 천천히 손을 드는 이가 한 명 있었다. ―니아였다.

"……저기, 쿠루밍. 미안하지만, 내 〈라지엘〉로 네 말이 맞는지 확인해 봐도 돼? 쿠루밍을 신용하지 않는 건 아니지만…… 너무 뚱딴지같은 소리라서 말이야."

"……."

쿠루미는 그 말에 눈을 가늘게 뜨며 니아를 쳐다보았고― 이내 고개를 끄덕였다.

"……예. 니아 양이 그러고 싶으시다면, 뜻대로 하세요."

"응. 그럼…… 부탁해, 〈라지엘〉."

니아가 그렇게 말하며 손을 내밀자, 찬란하게 빛나는 책 한 권이 모습을 드러냈다.

니아는 그 책을 펼치고 무슨 말을 중얼거리며 지면을 손가락으로 매만졌고—.

"……윽, 쿠루밍……!"

믿기지 않는 사실을 알게 된 것 같은 눈길로 쿠루미를 노려보았다.

"예. 왜 그러시죠?"

하지만 쿠루미는 차분한 어조로 그렇게 대답했다. 온화한 미소를 머금으며, 니아와 시선을 마주한 것이다.

그런 쿠루미를 본 니아는 작게 한숨을 내쉬었다.

"……너도 손해 보는 성격이구나."

"어머, 어머."

니아의 말에 쿠루미는 애매모호한 웃음을 흘렸다. 그런 두 사람을 본 코토리는 미심쩍다는 듯이 미간을 찌푸렸다.

"왜 그래? 니아, 뭘 알게 된 거야?"

"……으음, 유감스럽게도 쿠루밍의 말은 사실이야. 우리가 지금 할 수 있는 거라고는 아마 그것뿐일 거야. 그 후에는 소년이 잘 해내기를 기도할 수밖에 없어."

"……."

니아의 대답은 코토리가 던진 질문의 의도에서 벗어났지만, 그녀는 더 이상의 질문을 허락하지 않는다는 표정을 짓고 있었다. 평소 장난스러운 태도만 취하던 니아의 눈에는 약간의 망설임, 그리고 희미하지만 강렬한 의지로 가득 차 있었다. —이런 말을 하는 것은 실례일지도 모르지만, 니아가 처음으로 어른 같아 보였다.

그런 니아가 마음을 다잡으려는 듯이 손뼉을 치며 외쳤다.

"—자! 그럼 룰을 정해보자~. 일단 장소는 여기면 괜찮겠지?"

"예. 이 일대는『저희들』이 일반인들이 오지 못하게 막고 있답니다. 인근 주민이 우연히 들어오게 되는 일 같은 건 걱정할 필요가 없어요. —싸움은 원칙적으로 영장과 천사를 현현시켜서 펼치며, 영력이 바닥나서 그 두 가지를 현현시킬 수 없게 된다면 탈락인 것으로 하면 어떨까요? 물론 싸움의 목적이 영력의 발산인 만큼, 무방비한 상대를 공격하는 것은 금지랍니다."

"휘유~! 능력 좋은 여자는 역시 다르네, 쿠루밍!"

니아가 휘파람을 부르면서 과장스럽게 몸을 젖혔다. 그 우스꽝스러운 행동이 아주 약간이지만 주위의 분위기를 이완시킨 것 같은 느낌이 들었다.

"……하아, 정말……. 좋아. 그 방법밖에 없다면 어울려 주겠어. 히지만, 문제가 있어."

"문제, 라고요?"

"응. ……미안하지만, 내 세피라는 성격이 좀 더럽거든. 장시간 힘을 쓰면 파괴충동에 삼켜져서 이성을 잃고 말아. 그 바람에 내가 너희를 죽이려고 한다면 곤란하지 않을까?"

코토리가 어깨를 으쓱하면서 그렇게 말하자, 쿠루미는 그 점을 이미 고려했다는 듯이 미소를 머금으며 말을 이었다.

"걱정할 필요는 없답니다. —적어도, **이 세계 안에서는 말이죠.**"

쿠루미는 그렇게 말하며 오른손을 치켜들었다.

그러자, 그 움직임에 맞춰 쿠루미의 발밑에 존재하던 그림자가 꿈틀거리며 그녀의 몸을 감쌌다.

—영장. 정령을 지키는 절대적인 갑옷이자, 성(城).

게다가 그것은 이전의 영장과는 형태가 약간 달랐다. 옅은 빛을 뿜고 있는 고스로리 스타일의 드레스에, 수녀를 연상케하는 장식이 달려 있었다. 쿠루미가 웨스트코트와 싸울 때 현현시켰던 한정 영장을 완전한 형태로 완성시킨 듯한 모습이었다.

"한정 영장……이, 아니잖아? 너, 그건—."

코토리가 희미하게 경계심을 품으면서 날카로운 시선을 머금었다. 시도에게 힘을 봉인당한 정령은 기본적으로 한정적인 영장만 현현시킬 수 있다. 하지만 쿠루미가 걸친 드레스에서 뿜어져 나오는 농밀한 영력으로 볼 때, 그녀가 걸친 것은 완전한 영장이 틀림없었다.

"우후후, 그렇게 무서운 표정 짓지 마세요. 제가 손을 쓴 게 아니랍니다. 여러분도 영장을 현현시키면 저와 같은 일을 할 수 있을 거예요."

"……뭐가 어떻게 된 거야?"

코토리가 미심쩍은 어조로 묻자, 쿠루미는 느긋한 발걸음으로 스텝을 밟으면서 대꾸했다.

　"이 세계는, 토카 양이 만든, 완벽하면서도 비틀린 공상 속의 세계랍니다. 마나 양의 몸이 완치되고, 사와 양이 되살아난 상냥한 세계죠. 온갖 조리(條理)가, 저희에게 유리하게 바뀌어 있는 것 같아요. 코토리 양을 좀먹고 있는 파괴충동 또한 해소됐다는 것을, 제가 〈라지엘〉로 이미 확인했답니다."

　"……그랬구나."

　코토리는 눈을 가늘게 뜨면서 팔짱을 꼈다. 그리고 다른 이들의 의사를 확인하듯, 정령들의 얼굴을 둘러보았다.

　"―다들 들었지? 협력해 줄래?"

　코토리의 물음에 정령들은 일제히 고개를 끄덕였다.

　"좋아."

　"예! 물론이죠……!"

　"음. 나리와 토카를 위한 일이라면, 거절할 이유가 없지."

　"맞아요~. 아, 영장과 천사를 현현하지 못하게 된 사람을 공격하는 건 금지지만, 간호는 해도 되죠? 예?"

　오리가미, 요시노, 무쿠로가 동의했고, 미쿠는 즐거운 듯이 미소를 지으며 몸을 배배 꼬았다.

　그 모습에 코토리가 쓴웃음을 짓자, 야마이 자매가 뒤이어 씨익 웃었다.

　"크큭, 그걸 위한 게 아니라도 재미있을 것 같구나!"

　"동의. 정령 중에서 누가 가장 강한가― 실은 전부터 흥미가 있었어요."

그렇게 말한 카구야와 유즈루가 서로를 쳐다보았다. 두 사람의 눈에는 호기심과 투쟁심이 어려 있었다.

아무래도 의욕은 제각각인 것 같지만, 다들 이의는 없는 것 같았다. 코토리는 세세한 룰을 정하기 위해 쿠루미 쪽을 쳐다보았다.

하지만 바로 그때, 나츠미가 머뭇거리며 손을 들었다.

"……저기……."

"응? 나츠미, 왜 그래?"

"……저기, 영력을 발산해서 세계를 존속시키는 것 자체는 불만이 없지만…… 나는 약해빠졌으니까 가능하면 싸우고 싶지 않다고나 할까…… 좀 더 평화적인 방법은 없어? 신호에 맞춰 서로의 영력을 방출한다거나……."

나츠미는 미안하다는 듯이 몸을 움츠리며 그렇게 말했다.

확실히 정령들 전원이 야마이 자매처럼 경쟁을 좋아하지는 않는다. 이런 의견이 나오는 것도 어찌 보면 당연했다.

하지만, 쿠루미는 나츠미의 말을 듣고 과장스럽게 고개를 저었다.

"아아, 그럴 수는 없답니다. 그런 소꿉놀이 같은 방식으로는 한계까지 영력을 쥐어짜 낼 수 없을 테니까요. 게다가—."

"……게다가?"

"그래서는 재미가 없잖아요?"

"젠장, 그게 본심이냐……! 영력을 발산하기만 해도 되면,

괜히 위험한 짓을 할 필요는 없잖아!"

나츠미가 머리카락을 쥐어뜯으면서 비명에 가까운 어조로 그렇게 외쳤다. 하지만 쿠루미는 개의치 않으며 「그 점은 포기해 주세요」라고 즐거운 어조로 말했다.

"하지만…… 확실히 나츠미 양의 말에도 일리가 있을지도 모르겠군요."

"뭐?"

"아무리 세계를 구한다는 대의명분이 있더라도, 여러분은 사이가 좋으니까요. 서로를 배려할 가능성도 있을 거예요. 전력을 다해 싸우기 위해서는 또 하나의 동기라고나 할까, 여러분의 마음을 움직일 무언가가 필요할지도 모른답니다."

"마음을 움직일 무언가……?"

"예. 굳이 따지자면 『포상』 같은 것 말이죠."

쿠루미가 검지를 세우면서 그렇게 말하자, 야마이 자매를 비롯한 몇몇 정령들이 「호오……?」 하고 흥미롭다는 듯이 눈을 가늘게 떴다.

"포상……. 뭐가 좋을까? 〈라타토스크〉에서 준비할 수 있는 거라면, 내가 손을 써볼게."

"우후후. 코토리 양을 번거롭게 할 필요는 없답니다."

쿠루미는 그렇게 말하면서 즐거워 죽겠다는 듯한 미소를 지었다.

"그래요—『시도 씨에게 자신의 마음을 전할 권리』 같은 건 어떨까요?"

""""뭐……?!""""

쿠루미가 그렇게 말한 순간, 정령들이 일제히 눈을 치켜떴다.

"제가 알기로, 시도 씨에게 자신의 마음을 전한 분은 아직 없죠. 그렇다면, 마침 좋은 기회가 아닐까요? 설령 그 어떤 대답을 듣게 되더라도, 다른 분들보다 한 발 앞서 그 미적지근한 시도 씨에게 고백을 할 수 있는 찬스랍니다. 그런 포상이라면, 목숨을 걸고 싸워서라도 쟁취할 가치가 있지 않을까요?"

""""……""""

정령들은 아무 말 없이 서로를 쳐다본 후, 일제히 마른 침을 삼켰다.

"시도에게…… 고백……?"

"다른 누구보다, 먼저—."

"……만약 진다면—."

"내가 아닌 다른 누군가가, 시도에게……?"

그 이상의 말은 필요 없었다.

이미 정령들 사이에서는 차분하면서도 맹렬한 불꽃이 타오르고 있었다.

열의에 불타고 있는 정령들을 본 니아는 씨익 웃음을 흘리더니, 싸움의 시작을 선언하듯 휘파람을 불었다.

"—휘유! 다들 의욕이 넘쳐나 보네. 소년과 토~카도 즐거운 시간을 보내고 있는 것 같으니—.

우리도, 전쟁을^{데이트} 즐겨보도록 할까?"

그리하여, 아마 과거 최대 규모로 추정되는 정령들의 싸움이 그 막을 올렸다.

단장(斷章)/3 Despair

　절망이, 몰려왔다.

　그렇게 표현할 수밖에 없을 듯한 강렬한 감정이, 파도가 되어 그녀를 덮쳤다.

　'───.'

　이전에도, 또 하나의 자신의 감정에 뒤흔들린 적이 있었다. 격렬한 슬픔을 느낀 적이 있는가 하면, 강렬한 분노 때문에 이성을 잃을 뻔한 적이 있었다.

　하지만 그것은 어디까지나, 스스로 제어할 수 있는 범위 안에서의 감정이었다. 또 하나의 자신은 곧 그것을 추스르더니, 다시 온화한 감정으로 이뤄진 선율을 연주하기 시작했다.

　─하지만, 이것은 다르다.

　또 하나의 자신이라는 존재 자체에 금이 가는 듯한 느낌이었다. 지금까지 누려온 행복을 전부 잃고 만 듯한 상실감이 엄습했다. 공포와 비애에 지배당하고 있던 시절에도, 이렇게 강렬한 절망은 느낀 적이 없었다. 대체 또 하나의 자신에게 무슨 일이 일어난 것일까―.

'……윽!'

바로 그때, 그녀는 어떤 사실을 깨달았다.

또 하나의 자신의 마음. 지금까지 막연하게 느끼기만 했던 그것이, 점점 명확한 실체를 지니기 시작한 것이다.

그리고, 이해했다. ―또 하나의 자신의 마음이, 그녀가 있는 영역까지 추락하고 말았다는 것을…….

'――.'

그녀는 주저 없이 손을 뻗었다. 정확하게 표현하자면, 손을 뻗으려는 듯이 의식을 집중했다.

그러자 그 손에― 오랫동안 아무것도 만지지 못했던 손에서, 어떤 감촉이 느껴졌다.

아아, 이것은 손이다. 닿은 순간, 그녀는 이해했다. 자신은 지금, 또 하나의 자신의 손을 움켜쥔 것이다.

그렇다. 마치 또 하나의 자신과 교대를 하듯, 자신의 의식이 표면으로 떠오르는 듯한 감각이―.

"……."

다음 순간―.

그녀는 오랜만에 자신의 눈으로 세계를 보고, 자신의 귀로

소리를 들으며, 자신의 피부로 바람을 느꼈다.

이전에 봤던 풍경과는 판이하게 달랐다. 어두운 방, 견고한 건조물 안이었다. 자신을 창조한 정령의 모습은 보이지 않았으며, 몇몇 인간이 자신을 둘러싸고 있었다.

"—여기는 어디지?"

그녀는 불쑥 그렇게 중얼거렸다. 오랫동안 말을 하지 않았던 탓인지 목이 약간 아팠다.

"……."

그녀는 언짢은 듯이 미간을 찌푸렸고, 점점 떠올렸다. 방금까지 자신은, 또 하나의 자신의 안에 있었다는 것을…… 또 하나의 자신과 교대하듯, 현세에 나타났다는 것을…….

그리고— 또 하나의 자신이, 깊디깊은 절망을 느끼고 있다는 것을…….

이 자리에 있는 인간들을 둘러본 그녀는 다음 행동을 결정했다.

—포학(暴虐). 그녀는 또 하나의 자신이 느낀 원통함을 풀어주려는 듯이, 마음껏 날뛰었다. 이 자리에 있는 누군가가, 혹은 전원이, 또 하나의 자신을 절망에 빠뜨린 것이다. 그렇다면 용서할 수 없다. 그 모든 것을 쓸어버리고, 다시 안녕을 되찾을 것이다.

하지만— 이 자리에는 이상한 남자가 한 명 있었다.

묘한 행동을 취하는 남자였다. 그녀를 향해 적의를 드러내지 않았다. 그녀를 부르듯, 이름 같은 것을 외쳐대고 있었다.

그리고— 들고 있던 검을 내버리는가 싶더니, 그녀의 입술에 자신의 입술을 포갰다.

"뭐…… 이 녀석—."

그녀는 경악에 사로잡힌 채, 자신의 의식이 원래 있던 곳으로 되돌아가는 것을 느꼈다.

제3장 정령전쟁

"—후후후후, 후후후후, 후~ 후후♪"

시도는 즐거운 듯이 콧노래를 부르고 있는 토카와 함께 텐구시의 대로를 걷고 있었다.

어제부터 학교가 봄방학이라 그런지, 낮인데도 불구하고 길에는 사람들이 많은 것 같았다. 날씨는 좋고, 바람은 희미한 온기를 머금고 있었다. 상점가의 가게 앞에는 새로운 생활을 시작한 이들을 응원하는 문구가 적힌 포스터가 붙어 있어 만남과 이별이 혼재하는 새로운 계절이 찾아왔다는 것이 느껴졌다.

그런 마을 안을 걷고 있는 토카 또한, 옅은 색 코트에 롱스커트 같은 봄 느낌이 물씬 나는 옷차림을 하고 있었다. 데이트하기로 약속하고 30분 후, 머리카락을 말리고 옷을 갈아입은 토카가 멋진 아가씨로 변모해서 나타난 것이다.

"……."

그런 지극한 당연한 모습을 본 시도는 문득 감개무량함을 느꼈다. 정령 맨션에 살기 시작했을 즈음의 토카는 드라이기를 무기의 일종으로 착각한 나머지, 따뜻한 바람이 나오자마자 영력을 역류시킬 뻔한 적도 있는 것이다.

아니, 그뿐만 아니라 처음에는 옷을 입을 줄도 몰랐다. 셔츠의 앞뒤를 거꾸로 입는 건 물론이고, 벨트를 투척 무기로 착각해서 유리를 깬 적도 있었다. 그리고 상의를 하의인 줄 알고 입었던 적도 있다.

인간으로서 살게 된 토카의 생활은 고난의 연속이었을 거라고 생각한다. 아무것도 모르는 세계에 느닷없이 내던져졌으니 말이다. 〈라타토스크〉에서 지원을 해줬다고는 해도 당황스러웠을 것이다.

하지만 토카는 똑같은 실수를 반복하는 일이 거의 없었고, 실수를 범하는 것을 두려워하지도 않았다. 모르는 것으로 가득한 세상 안에서, 무언가를 배운다는 것을 즐겼다. 그녀의 우스꽝스러운 실패를 보며 쓴웃음을 짓던 시도가 어느새 그런 그녀에게 일종의 존경심을 품게 됐을 정도로 말이다.

……그런 일을 떠올리는 것도, 봄의 온기 탓일까. 시도는 볼을 긁적이면서 즐거운 듯이 자신의 옆에서 걷고 있는 토카를 힐끔 쳐다보았다.

아무리 봐도 평소의 토카가 틀림없었다. 적어도, 반전한 토카가 연기를 하고 있는 것처럼 보이지는 않았다.

미오의 세피라를 차지한 이는 반전 토카다. 그것은 틀림없다. 하지만 같은 몸을 공유하고 있는 이상, 토카와 키스를 한다면 그 영력을 봉인할 수 있을까. 하지만―.

"―시도."

그때, 갑자기 이름을 부르는 토카의 목소리에 시도는 무심코 어깨를 부르르 떨었다.

"으, 응. 왜 그래?"

현재 상황을 생각하면 어쩔 수 없을지도 모르지만, 여성과 데이트를 하면서 딴생각을 계속하는 것은 옳은 행동이 아니다. 시도는 당황한 어조로 그렇게 대답했다.

하지만 토카는 그런 시도를 개의치 않았다. 그리고 반가워하는 듯한 표정을 지으며 앞쪽을 가리켰다.

"기억하고 있느냐? 이 근처 말이다."

"뭐……?"

시도는 그 말을 듣고 토카가 가리킨 방향을 쳐다보았다.

하지만 딱히 특별한 무언가가 있지는 않았다. 평범한 장소다. 토카가 마음에 들어 할 음식점은 고사하고, 눈에 확 들어오는 시설이 있지도 않았다.

시도는 잠시 동안 생각을 해봤지만, 역시 생각나는 것이 없었다. 결국 그는 미안한 표정으로 토카를 쳐다보았다.

"……미안해. 여기서 무슨 일이 있었던 거야?"

"뭐냐. 잊은 거냐? ―아, 무리도 아니구나. 그때는 길과 건물이 전부 박살나 있었으니까 말이다."

"그때?"

토카의 말을 듣고 다시 주위를 둘러본 시도는 「아」 하고 짤막하게 탄성을 터뜨렸다.

"혹시 여기는…… 토카와 내가 처음 만난 장소야?"

그렇다. 작년 4월 10일. 아직 정령도, 〈라타토스크〉도 몰랐던 시도는 이 근처에 온 적이 있었다.

공간진 경보가 울리는 가운데, 코토리의 핸드폰 반응이 마을 안에 있다는 사실을 안 시도는 동생을 찾아 아무도 없는 마을을 하염없이 뛰어다니다 정령과 마주쳤다.

모든 것이 시작된 장소. 그곳이 바로 이 평범한 마을 한복판인 것이다.

"오오, 생각이 났구나!"

토카는 기쁜지 환한 목소리로 그렇게 말했다. 그리고 약간 그윽한 눈빛을 머금더니, 사람들이 오고 있는 길을 쳐다보았다.

"시간은 참 빠르게 흐르는구나……. 그 후로 벌써 1년가량 흐른 건가."

"응…… 그러게."

시도는 감개무량하다는 듯이 한숨을 토하며, 토카와 함께 길을 쳐다보았다.

1년. 그 짧은 시간 동안, 시도의 인생은 완전히 뒤바뀌었다고 해도 과언이 아니다.

뭐, 정확하게 말하자면 그 전에도 정령과 연관이 있었지만

— 시도가 시도로서 정령과 만난 것은 코토리를 제외하면 그 때가 처음이었다.

시도가 그런 생각을 하고 있을 때, 갑자기 토카가 시도의 앞에 섰다.

그리고 시선을 날카롭게 만들더니, 검을 쥐고 있는 듯한 시늉을 하면서 시도를 쳐다보았다.

"─너도……냐."

"……앗! 풉……."

갑작스런 토카의 말에 시도는 작게 웃음을 터뜨렸다. 하지만 곧 그녀의 의도를 깨닫고, 힘없이 비틀거리는 시늉을 했다.

"─너, 넌……."

"……이름……. ─그런 건, 없다."

"……."

"……."

그리고 그런 대화를 나눈 후, 잠시 동안 침묵이 이어지더니─.

"……풉!"

"……후후, 하하하!"

이윽고 누가 먼저랄 것도 없이 더는 못 참겠다는 듯 웃음을 터뜨렸다.

두 사람이 길 한복판에서 느닷없이 웃음을 터뜨리자, 길을 가던 사람들이 그들을 이상하다는 듯이 쳐다보았다. 하지만 시도와 토카는 한참 동안 계속 웃었다. 그리고 그렇게 웃은 후, 어깨를 들썩이며 숨을 골랐다.

"뭐하는 거야. 느닷없이 이러지 좀 말라고."

"시도야말로 용케 기억하고 있구나."

"물론이지. 어떻게 잊겠어."

시도가 눈가에 맺힌 눈물을 닦으면서 다시 토카를 쳐다보았다.

당시의 일은 생생하게 기억하고 있다. 정령과 AST, 〈라타토스크〉와 얽히게 된 날이기도 하며— 무엇보다 처음 마주친 소녀에게 살해당할 뻔했던 것이다. 잊으라고 해도 잊을 수 있을 리가 없다.

게다가— 그 소녀의 슬픈 표정이 지금도 눈에, 마음에 남아 있었다.

시도는 생각했다. 그 아이가, 그런 표정을 짓지 않았으면 좋겠다고 말이다. 지금 생각해 보면 그 마음이야말로, 시도가 정령들을 계속 도와 온 원동력일지도 모른다.

"……."

—그때, 금방이라도 울음을 터뜨릴 듯한 표정을 짓고 있던 소녀가, 지금 눈앞에서 쾌활하게 웃고 있다.

그것만으로도, 시도가 보낸 지난 1년에는 그 무엇과도 바꿀 수 없는 가치가 있었다. 시도는 눈을 내리깔고 가늘게 숨을 내쉬었다.

토카가 그런 시도의 소매를 잡아당겼다.

"—시도. 이참에 가보고 싶은 곳이 있다. 같이 가주지 않겠느냐?"

"뭐? 물론 괜찮지만…… 어디 갈 건데?"

"후후…… 그건 도착한 후에 알려주마."

시도의 물음에 토카는 장난기 섞인 미소를 지었다.

◇

"―, ―, ―, ―――."

여러 번으로 나눠 들이마신 숨을, 가늘고 길게 토했다.

호흡이라는 것은 몸에 산소를 공급하기 위해서만 존재하는 행위가 아니다.

호흡은 집중을 위한 행위이기도 했다. 동서고금의 무술 중에는 호흡법을 통해 정신을 통일시키는 사례가 적지 않게 존재한다. 그중에는 특수한 호흡법을 통해 고통을 분산시키거나, 공격에 담긴 힘을 상승시키기도 한다.

오리가미가 지금 위치한 곳은 자연공원 서쪽에 위치한 조그마한 숲속이었다. 드문드문 존재하는 나무들 사이에 수북하게 쌓여 있는 낙엽 위에 앉은 그녀는 마음을 진정시키고 있었다.

마음은 진진한 수면과도 같다. 호흡은 그 수면에 파문을 일으키는 조그마한 물방울처럼 여겼다.

파문 하나 없는 수면은 아름답지만, 그것은 죽음과 동일하다. 살아있는 이상, 인간의 마음은 미세한 자극에도 흔들린다. 그것을 무리하게 억누른다고 강해지지는 않는다. 오히려 흐트러진 마음을 버텨내지 못하는 것이나 다름없다.

그렇다면 완벽한 수면을 만드는 것이 아니라, 파문이 생겨난 상태를 정상으로 여기며 받아들인다. 오리가미는 전투를 치르기 전에, 항상 이런 식으로 정신을 집중시켰다.

AST 소속이었을 때도…….

정령으로서 DEM과 싸울 때도…….

그리고— 지금 이 순간도 말이다.

얼마나 이러고 있었을까— 이윽고 공원 안에 정오를 알리는 시계 소리가 울려 퍼졌다.

"—〈신위영장 1번〉."

그 소리를 들은 오리가미는 눈을 뜨고, 천천히 자리에서 일어나 읊조리듯 그렇게 말했다.

그러자 그녀의 몸에 빛이 모여들더니— 순백의 빛을 내뿜는 웨딩드레스 같은 영장이 형성됐다.

"……과연. 확실하게 완전한 영장이 현현돼."

오리가미는 순백의 옷을 걸친 자신의 몸을 내려다보며 중얼거렸다.

쿠루미가 부른 정령들이 자연공원에 모였다. 지금부터 약 한 시간 전, 이 싸움의 룰을 정한 정령들은 자연공원 곳곳으로 흩어졌다.

전장은 이 자연공원. 시간은 무제한. 각자 자유롭게 공원 안을 이동하며, 마주쳤을 경우에는 그 자리에서 싸움을 벌인다. 영장 및 천사를 현현할 수 없게 된 정령은 탈락이며, 마지막까지 남은 한 사람이 승자다.

그렇다. 이 한적한 자연공원은 현재, 열 명의 천재지변이 모여 있는 위험한 전장으로 변했다.

"……."

오리가미는 눈을 가늘게 뜨고 머릿속으로 정령들의 전투력을 분석했다.

물론 방심해도 되는 상대는 단 한 명도 없다.

확실히 나츠미와 미쿠, 니아는 직접적인 화력 면에서 다른 이들에게 약간 못 미치기는 했다. 하지만 이것은 한 사람씩 무대 위에 올라가서 벌이는 싸움이 아니라, 광대한 필드 위에서 펼쳐지는 배틀로얄이다. 자신의 모습을 자유자재로 바꿀 수 있는 나츠미가 어디서 공격해 올지 알 수 없는 데다, 다른 정령과 협력할 가능성을 고려한다면 미쿠의 〈파군가희(破軍歌姬)〉 또한 위협적이다. 니아는 이미 모든 정령의 동태를 파악하고 있을 것이 틀림없다.

야마이 자매는 손을 잡을까, 아니면 개별적으로 싸울까. 어느 쪽이든 간에 그녀들의 스피드는 무시할 수 없으며, 정령 중에서도 굴지의 방어력을 지닌 요시노 또한 어떤 식으로 전투를 이끌어 가느냐에 따라 충분히 우승을 노려볼 수 있으리라.

"하지만……."

정령들 중에서도 가장 위험한 이들은 나머지 세 명이다. 오리가미는 경계심을 고조시키면서 주먹을 말아 쥐었다.

우선은 무쿠로. 그녀가 지닌 천사 〈봉해주(封解主)〉의 힘은 다양한 천사 중에서도 특히 파격적이다. 까딱 잘못하면 일격에 승패가 갈릴 수도 있는 데다, 공간에 『구멍』을 만들어서 어디서든 나타날 수도 있기에 더욱 문제다.

하지만 파고들 틈이 없는 건 아니다. 그녀의 성격을 생각하면 비겁한 수단을 쓰지 못할 것이며, 영력을 한계까지 사용해야 한다는 목적이 있으니 【폐(閉)】로 상대의 힘을 봉인하지도 않을 것이다.

그런 점에서 볼 때, 이 싸움에서 가장 성가신 상대는 쿠루미였다.

시간을 조종하는 〈자프키엘〉, 그리고 그 힘을 이용해 만들어 낸 무수한 분신을 지녔으며, 니아와 마찬가지로 〈라지엘〉을 통해 다른 정령들의 동향을 세세하게 파악할 수 있었다. 게다가 그녀의 성격을 생각해보면, 무쿠로처럼 빈틈을 보일 것을 기대할 수도 없다. 가능하다면, 오리가미와 마주치기 전에 다른 누군가와 싸워서 힘을 소모해줬으면 하지만—.

"……아냐."

그런 생각을 하던 오리가미는 갑자기 고개를 저었다.

확실히 이 싸움은 배틀로얄이다. 그리고 우승자는 시도에게 고백할 권리를 얻는다. 그러니 결코 질 수는 없다.

하지만 이 싸움의 전제를 망각해서는 안 된다. 이 싸움은—시도를 돕기 위한 싸움이기도 한 것이다.

전투력을 온존하는 것도 분명 좋은 계책이지만, 그래서는 의미가 없다. 전력을 다해 싸운 끝에 결과적으로 승리를 거머쥐지 않는 한, 설령 우승을 하더라도 시도에게 자신의 마음을 떳떳하게 전할 수가 없는 것이다.

뭐, 시도와 토카의 데이트를 위한 일이라는 게 조금 마음에 들지 않지만—.

"……윽."

그 순간, 오리가미의 눈썹 끝이 희미하게 떨렸다.

이유는 단순했다. 오리가미의 앞에 한 정령이 나타났기 때문이다.

"—어머. 안녕, 오리가미. 이런 데서 다 보네."

기모노를 연상케 하는 영장을 걸친 아담한 체구의 소녀가 인사를 건네면서 하늘에서 내려왔다.

도깨비를 연상케 하는 두 개의 뿔, 선녀를 연상케 하는 날개옷— 그리고, 온몸에 두른 진홍색 불꽃…….

"—코토리."

오리가미는 긴장의 끈을 늦추지 않으며 자세를 낮춘 후, 그녀의 이름을 입에 담았다.

그렇다. 〈라타토스크〉 사령관이자 시도의 여동생인 이츠카 코토리가 완전한 영장을 걸친 채 이곳에 강림한 것이다.

아끼 오리가미가 머릿속에 떠올린 가장 위험한 세 정령— 그중 마지막 한 명이 나타났다. 토카가 이 자리에 없는 현재, 아마 순수한 화력만으로 오리가미에게 맞설 수 있는 유일한 정령이리라.

게다가 쿠루미의 말이 사실이라면, 그녀의 유일한 약점이었던 마음을 좀먹는 파괴충동도 완전히 사라졌을 것이다. 즉, 지금의 코토리는 정령이 되고 처음으로 아무런 제약과 족쇄 없이 마음껏 싸울 수 있는 상태가 된 것이다.

그것이 얼마나 무시무시한 일인지는, 역사가 바뀌기 전의 세계에서 그녀와 싸워 본 적이 있는 오리가미가 누구보다 잘 알고 있었다.

하지만—.

"—〈절멸천사(絕滅天使)〉."

오리가미는 날카로운 시선을 머금으며, 조용히 그 이름을 영창했다.

그러자 그 말에 호응하듯 허공에서 깃털 형태의 천사가 여러 개 생겨나더니, 오리가미의 머리 위에서 원을 그리듯 떠올랐다.

확실히 코토리의 힘은 강대하다. 하지만 오리가미 또한 그 당시의 오리가미와는 다르다. 지면을 박찬 그녀는 코토리와 같은 위치까지 몸을 부유시켰다.

그런 오리가미의 의지를 느꼈는지, 코토리가 즐거운 듯이 입술 가장자리를 추켜올리면서 오른손을 들어 올렸다.

"〈작란섬귀(灼爛殲鬼)〉."

코토리의 영창에 불꽃을 두른 거대한 도끼가 현현됐다.

—천사 〈카마엘〉. 코토리가 지닌, 모든 것을 재로 만드는 불꽃의 천사였다.

"우리도 참 악연이네. 모처럼 같은 편이 됐는데, 이렇게 싸우게 됐잖아."

코토리는 작게 한숨을 내쉬며 그렇게 중얼거리더니, 이내 홋 하고 웃음을 흘렸다.

"하지만, 이렇게 된 이상 절대 봐주지 않겠어. 덤벼 봐, 새내기 정령 씨."

"—바라던 바야."

오리가미는 짤막하게 대답한 후, 양손을 앞으로 내밀며 〈메타트론〉의 포문으로 코토리를 겨눴다.

개전의 신호로 정했던 정오를 알리는 시계 소리가 울리고 몇 분이 흘렀다. 공원 서쪽에서는 벌써 엄청난 폭음이 울려 퍼지고 있었다.

"꺄앗……!"

그 굉음은 공기를, 대지를 뒤흔들었다. 그리고 나무들 사이로 뿜어져 나온 섬광에 새들이 날개를 퍼덕이며 일제히 도망쳤다. 대형 운동기구 뒤편에 숨어 있던 요시노 또한 몸이 움츠러들었다.

『휴우~, 엄청나네. 방금 그건 오리가미가 한 거겠지?』

요시노가 왼손에 낀 토끼 모양 퍼핏 인형 『요시농』이 짤막한 손으로 자신의 턱을 매만지며 그렇게 말했다. 요시노는 소리가 들린 방향을 머뭇거리면서 쳐다본 뒤 고개를 푹 숙였다.

"역시…… 대단해. 만약 저런 공격에 맞았다간……."

그렇게 중얼거린 요시노는 몸을 부르르 떨었다.

물론 요시노도 완전한 영장을 현현시켰다. 비옷을 연상케하는 토끼 귀 후드는 귀여운 겉모습과 다르게 전차포 정도로는 흠집 하나 나지 않을 정도의 견고함을 자랑했다.

하지만 그 점을 고려하더라도, 〈메타트론〉의 화력은 압도적이었다. 저 공격은 요시노의 영장보다 훨씬 견고한 토카의 완전 영장에도 구멍을 냈다고 했다. 만약 자신의 위치가 오리가미에게 발각된다면, 〈빙결괴뢰(氷結傀儡)〉로 얼음벽을 만들어 내더라도 순식간에 당하고 말 것이다.

"요, 요시농, 어떡하지……?"

『일단 진정해, 요시노. 배틀로얄이니까, 저렇게 강한 애와처음부터 싸울 필요는 없어. 우선 만만한 상대부터 각개격파하자.』

"만만한 상대……?"

『그래. ……뭐, 다들 강하기는 하지만 말이야. 오리가미는보다시피 저렇게 어마어마하고, 코토리도 슈퍼 화력&슈퍼 회복을 겸비했고, 미쿠도 노래의 효과가 엄청나고, 카구야와 유즈루는 따라잡을 수도 없고, 무쿠로는 완전 치트고, 나츠미는모든 천사를 복제할 수 있고, 쿠루미는 천사를 두 개나 가졌고, 니아는 만화를 잘 그려.』

그렇게 말한 『요시농』은 『이야~, 큰일 났네~』하며 웃었다. 요시노는 미간을 모으며 그 자리에 무너지듯 주저앉았다.

"역시…… 내가 이길 수 있는 상대가 아니구나. ……적어도, 토카 씨와 시도 씨의 데이트를 위해 최대한 영력을 소비하고……."

『이얍~!』

바로 그때, 요시노의 볼에 부드러운 무언가가 닿았다.

요시노의 말을 막듯, 『요시농』이 폭신폭신 토끼 펀치를 그녀에게 날린 것이다.

"요, 요시농……?"

『요시노, 싸워 보기도 전에 포기하면 어떻게 해! 그래서는 이길 싸움도 이길 수 없단 말이야!』

"하, 하지만…… 다들 진짜로 강하니까, 나 같은 건……."

요시노가 불안한 어조로 그렇게 말하자, 『요시농』은 고개를 저으며 두 손을 펼쳤다.

『오케이, 일단 강하니 약하니 그런 건 제쳐 두자. ―요시노는, 시도 군을 어떻게 생각해?』

"뭐……?"

갑작스러운 질문에 요시노는 눈을 동그랗게 떴다.

"그, 그게…… 좋은 사람이고, 진심으로 고맙게 생각해. 시도 씨가 도와주지 않았다면 지금처럼 살 수 없었을 테고, 다른 사람들과도 만나지 못했을 테니까……."

『응. 그렇구나. ―그럼 좋아해? 싫어해?』

"그, 그야……, 좋아……해."

요시노는 볼을 붉히더니 고개를 숙이며 그렇게 말했다. 그러자 『요시농』이 팔짱을 끼면서 고개를 연달아 끄덕였다.

『그래. 그럴 거야. ―자, 이 싸움에서 승리한 사람은 요시노가 좋아하는 시도 군에게 고백할 수 있어. ……뭐, 고백을 할 수 있는 권리라는 것도 좀 이상하긴 하지만, 다들 서로를 좋아하니까 좋든 싫든 서로의 관계가 안정되어 있었던 거야.』

거기까지 말한 『요시농』은 고개를 들더니 『하지만』 하고 말을 이었다.

『쿠루미의 제안으로, 그런 관계가 무너지려 하고 있어. 물론 누가 고백을 하든, 시도 군이 그것을 받아들일 거라고 단정 지을 수는 없지만…… 만약의 사태가 벌어질 가능성 또한 제로는 아냐.』

"그, 건……."

그 말을 들은 순간, 요시노의 입술이 떨렸다.

—요시노는, 지금의 생활이 좋았다. 시도가 있고, 코토리가 있고, 정령들 모두가 있고, 그들과 함께 즐겁게 웃으며 지내는 이 생활이 정말 좋았다.

물론 시간이 흐르면 그들도, 그들을 둘러싼 환경도 조금씩 변해갈 것이다. 진학과 취직을 비롯해, 사소한 변화까지 다 거론하자면 한도 끝도 없다. 인간으로 살아가는 이상, 그 변화를 피할 수는 없다.

이윽고, 언젠가는 시도도 누군가와 결혼할 것이다. 그 상대가 정령 중 누군가일지도 모르며, 아직 만난 적 없는 누군가일지도 모른다. 그렇게 되면 지금 같은 관계는 유지되지 않으리라. 시도에게는 사랑하는 반려가 생겼으니까—.

"……윽!"

그런 상상이 머리를 스친 순간, 요시노의 가슴이 따끔거렸다.

"……어."

『응?』

"……싫, 어. ……그런 건, 싫어."

요시노는 떨리는 목소리를 쥐어짜내며 그렇게 말했다.

『요시농』의 말을 듣고 처음으로 깨달았다. 시도가 누군가를 특별히 사랑하게 되는 것을 상상만 해도, 이렇게 괴로울 줄이야. 시도의 곁에 자신이 없다는 상상만 해도, 이렇게 고통스러울 줄이야.

하지만— 그것보다 더욱 강한 감정이 가슴 속에 생겨났다.

요시노가 시도에게 마음을 전하더라도, 그가 그 마음을 받아줄 지는 알 수 없다.

하지만, 말조차 해보지 못한 채, 자신이 이렇게 시도를 좋아한다는 것을 전하지 못한 채, 누군가가 시도의 사랑을 독점하게 되는 것은— 절대 싫었다.

『—좋아, 말 잘했어! 그래야 요시노지!』

『요시농』이 흘러내리려 하는 요시노의 눈물을 닦아주려는 듯이 그녀의 두 눈가에 양손을 댔다.

『이길 수 있으니까 싸우거나, 이기지 못할 것 같으니까 싸우지 않는 게 아냐. 여자애에게는 꼭 싸워야만 할 때가 있어!』

"응……!"

요시노는 눈을 몇 번 깜빡인 후, 힘차게 고개를 끄덕였다.

그러자 『요시농』이 씨익 웃었다.

『—자, 그럼 이제부터 구체적인 방법을 생각해보자. 배틀로얄이니까, 딴 애들이 자기들끼리 싸우다 박살이 날 때까지 숨어 있다가, 마지막에 승리를 차지하는 게 가장 좋을 것 같은데…….』

"요, 요시농……."

방금 뜨거운 어조로 말을 늘어놓던 『요시농』이 그런 교활한 작전을 제안하자, 요시노는 무심코 쓴웃음을 흘렸다.

바로 그때—.

"〈가브리엘〉—【원무곡(론도)】!"

『……앗! 요시노, 위험해!』

"……윽!"

다음 순간, 요시노는 『요시농』의 말을 듣자마자 도약했다.

그러자 방금까지 요시노가 숨어 있던 대형 운동기구의 주위에 은색 금속 기둥 같은 것이 여러 개 생겨나더니, 그 기둥에서 엄청난 『소리』가 터져 나왔다.

"이건……."

요시노는 볼을 타고 땀방울이 흘러내리는 것을 느꼈다. 도약이 조금이라도 늦었다면, 저 『소리』에 완전히 구속되고 말았을 것이다.

이런 일을 할 수 있는 정령은 한 명뿐이었다. 요시노는 착지와 동시에 목소리가 들린 방향을 쳐다보았다.

"미쿠 씨……!"

요시노가 이름을 부르자, 어느새 그곳에 나타난 미쿠가 무대 의상 같은 영장을 펄럭이며 아쉽다는 듯이 몸을 배배 꼬았다.

"아앙! 아까워요! 거의 성공할 뻔했는데~."

『정말~, 한순간도 마음을 놓을 수가 없다니깐~.』

그렇게 말한『요시농』이 어깨를 으쓱하며 양손을 움직였다.

『―자, 요시노. 첫 싸움을 시작하자. 준비는 됐어~?』

『요시농』이 그렇게 묻자―.

"……응!"

요시농은 힘차게 고개를 끄덕였다.

◇

"어? 오고 싶었던 장소가…… 여기야?"

토카에게 끌려 다니며 약 30분 동안 걸어 다닌 시도는 목적지에 있는 건물을 쳐다보면서 뜻밖이라는 듯이 눈을 동그랗게 떴다.

"음. ―학교다."

토카는 만족한 것처럼 미소를 지으며 고개를 끄덕였다.

그렇다. 토카가 시도를 데려온 곳은 그들이 다니는 도립 라이젠 고등학교였다.

"왜 여기에 온 거야? 이틀 전까지만 해도 거의 매일같이 다니던 장소잖아."

"그래도 와 보고 싶었다. 자, 들어가자."

토카는 딱 잘라 그렇게 말하면서 시도의 팔을 잡아끌었다.

"어, 잠깐만 기다려."

토카가 이렇게 가고 싶어 하는 장소이니 같이 가주고 싶지만, 지금은 봄방학 기간이다. 그래서 학교의 정문은 굳게 잠겨 있었다.

"일단 옆문으로 들어가자. 학교에 놔두고 간 물건을 가지러 왔다고 말하면 아마 들여보내 줄 거야."

"오오, 그럼 그렇게 하자."

시도는 토카를 데리고 학교 안으로 들어간 뒤, 간단한 수속을 마치고 건물 안으로 들어갔다.

실내화가 아니라 손님용 슬리퍼를 신은 두 사람은 발소리를 내면서 아무도 없는 복도를 걸었다.

시도는 왠지 불가사의한 느낌이 들었다. 평소 매일같이 다니던 장소지만, 인적이 없다는 것만으로 마치 처음 보는 공간에 들어온 듯한 기분에 사로잡혔다.

하지만 토카의 목적은 그런 비일상적인 느낌을 즐기는 게 아니었다. 명확한 목적지가 있다는 것을 드러내듯 명확한 발걸음으로, 아무도 없는 건물 안을 거침없이 나아갔다.

그리고 그대로 계단을 올라간 토카는 그제야 걸음을 멈췄다.

시도와 토카가 생활하는 2학년 4반 교실 앞에서 말이다.

"—후후, 반갑구나."

토카가 교실 안으로 들어가더니, 차분한 발걸음으로 책상 사이를 걸어 다녔다.

그 말에 시도는 고개를 갸웃거렸다. 이곳은 매일같이 다녔던 이 학교 안에서도 가장 오랜 시간을 보낸 장소다. 반갑다는 표현은 적당하지 않은 것 같았다.

하지만 둘밖에 없는 조용한 교실을 보니— 시도의 뇌리에, 예전에 봤던 광경이 떠올랐다.

"아—."

그렇다. 아까 방문했던 곳이 토카와 시도가 처음 만난 장소였다면, 이 교실은 〈라타토스크〉로부터 정령과의 대화 담당으로 임명된 시도가 토카와 재회한 장소였다.

그때는 공간진 경보가 울리고 있었기 때문에 교실에 학생들이 없었다. 지금의 조용한 교실을 보니 그 광경이 떠올랐다.

그런 시도의 표정을 본 토카는 미소를 머금더니, 칠판 쪽으로 걸어갔다.

"생각났느냐? 이곳은—."

그리고 흰색 분필을 손에 쥐고, 검은색 칠판에 글자를 적었다.

—그녀의 이름인, 『토카(十香)』라는 두 글자를 말이다.

"네가, 나를 나로 만들어 준 장소다."

토카가 시도의 눈을 응시하면서 빙긋 웃었다.

아아, 그렇다. 토카. 그녀의 이름은 바로 그때, 시도가 지어 준 것이다.

"시도는 이름이 없던 나에게 이름을 지어 줬다. 그리고 수도 없이 그 이름에 구원 받았지. 정말…… 고맙다."

"아, 아니, 나는 그저……."

토카가 자신의 눈을 응시하며 그렇게 말하자, 시도는 멋쩍은 듯이 볼을 긁적였다.

확실히 토카에게 그 이름을 지어 준 사람은 시도였고, 그녀가 마음에 들어 해서 다행이라고 생각하지만…… 그 이름은 『처음 만난 날이 4월 10일이니까』라는 매우 단순한 이유에서 유래해 10일의 일본식 발음에서 따와 붙여준 것이었다.

하지만 그것도 무리는 아니다. 그런 극한 상황, 그리고 한정된 시간 속에서 좀 더 의미 있는 이름을 생각할 수 있을 리가 없는 것이다.

……뭐, 30일에 만난 여자아이에게 『미오』라는 이름을 지어 준 타카미야 신지를 생각해볼 때, 이게 자신의 타고난 센스라는 점을 부정할 수는 없지만 말이다.

하지만 유래가 어찌 되었든 간에, 이제 와서 그녀의 이름은 토카 이외의 그 무엇도 아니다. 그녀와 함께 보낸 1년이란 세월은 그만큼 강렬하고, 선명하게, 『토카』를 『토카』로 만들어준 것이다.

"……."

하지만 그것을 자각한 순간, 시도는 심장이 옥죄어드는 듯한 느낌을 받았다.

토카와 처음 만난 장소. 그리고, 토카에게 이름을 지어 준 교실.

토카와의 만남을 다시 되짚어보는 듯한 오늘의 여정이 시도에게 말로 형용할 수 없는 불안감을 안겨줬다.

마치, 토카가 자신의 죽음이 임박했다는 것을 알고 있

다……는 느낌을 받았다.

지나친 생각이라는 것은 알고 있다. 분명 토카는 시도와 처음 만났던 장소에 들르고 반가운 나머지, 이렇게 교실을 찾고 싶어졌을 뿐이리라.

하지만 이대로 토카를 내버려뒀다간, 그 불안한 망상이 현실로 변할지도 모른다. 시도는 숨을 들이마신 뒤, 토카를 바라보았다.

"―토카."

"음? 시도, 왜 그러느냐?"

토카는 의아하다는 듯이 눈을 동그랗게 떴다.

시도는 마음을 굳게 먹으며 입을 열었다.

"내 말 좀 들어 줘. 실은―."

그리고 단 둘밖에 없는 교실 안에서, 시도는 말했다.

토카의 안에는 또 다른 토카가 존재한다.

그 토카가 미오의 세피라를 차지했으며, 그 힘으로 지금의 세계를 만들어 냈다.

그리고― 이대로 있다간, 토카는 이 세계와 함께 소멸되고 말지도 모른다, 는 것을…….

"맙소사……."

토카는 시도의 이야기를 듣고 눈을 치켜뜨면서 그렇게 말했다.

"내 안에, 또 하나의 내가……?"

"……그래. 믿기지 않을지도 모르지만, 농담이나 거짓말이 아냐. 믿어줘."

시도의 말에 토카는 고개를 저었다.

"무슨 소리를 하는 것이냐. 내가 시도의 말을 의심할 리가 없지 않느냐. 게다가—."

토카가 눈을 가늘게 뜨더니, 자신의 가슴에 손을 댔다.

"또 하나의 나. 어렴풋하기는 하지만…… 짚이는 구석이 없는 것도 아니다."

"그래?"

"음. 내가 너무 괴롭고, 어찌할 수 없는 상황에 처했을 때—무시무시하면서도 믿음직한 무언가가, 나에게 와 주는 듯한 느낌이 들었지."

하지만, 하고 이어서 말한 토카는 손을 축 늘어뜨리며 고개를 들었다.

"……구체적으로 뭘 어떻게 하면 좋을지는 짐작조차 되지 않는다. 역시 또 하나의 나를 나오게 한 후에 봉인해야만 하는 것이냐?"

"……솔직히 말하자면 나도 모르겠어. 그게 옳더라도, 어떻게 해야 또 한 사람의 토카를 나오게 할 수 있는지도 모르겠어……."

"으음……."

토카는 표정을 굳히면서 팔짱을 꼈다.

"……미오의 세피라가 내 몸 안에 있다는 것 자체는 틀림없는 것이냐? 그리고 또 하나의 내가 그 힘을 이용해서, 이 세계를 만들었다는 것도……."

"응. 그건 틀림없어."

"흠. 그렇다면……."

그렇게 말한 토카는 두 손을 모아서 깍지를 끼더니, 미간을 찌푸리면서 마치 사이비 주술사처럼 「흐으으으으으음……」 하고 신음을 흘리기 시작했다.

"토, 토카……?"

"─타아아아아아앗!"

그리고, 힘찬 기합을 내지르면서 눈을 치켜떴다. 시도는 너무나 갑작스러운 일에 무심코 온몸을 부르르 떨었다.

"……으음, 안 되는 건가."

잠시 침묵이 흐른 후, 토카는 아쉽다는 듯이 한숨을 내쉬면서 깍지 낀 손을 풀었다.

"바, 방금 뭘 하려고 한 거야?"

"아, 내 안에 미오의 세피라가 있다며? 그렇다면 그 힘을 나도 사용할 수 있을지도 모른다고 생각했다. 그래서 『또 하나의 나여, 나와라!』 하고 염원해봤다만……."

토카는 그렇게 말하면서 자신의 몸을 내려다보더니 손을 쥐었다 폈다. ……보아하니, 딱히 아무런 변화도 일어나지 않은 것 같았다. 아니, 이렇게 토카와 이야기를 나눌 수 있는 것을 보면, 인격이 달라지지 않은 것이 명백했다.

"하하……. 뭐, 그렇게 뜻대로 될 리가…… 없, 지……."

바로 그때였다.

볼을 긁적이며 쓴웃음을 짓던 시도는 반쯤 무의식적으로

말을 멈췄다.

토카의 몸이 흐릿하게 빛나더니, 서서히 그 빛이 토카의 몸에서 떨어져 나온 후 인간의 형태를 이루기 시작한 것이다.

"이, 이건—."

"앗! 오오……."

시도와 토카가 경악하는 가운데, 그 빛은 한 소녀의 모습으로 변하면서 이 자리에 현현됐다.

칠흑빛 머리카락과 수정 같은 눈동자, 그리고 칠흑색 기사 갑주와 드레스를 합친 듯한 영장을 걸친— 토카와 똑같이 생긴 소녀가 말이다.

"……뭐냐?"

소녀— 반전 토카는 눈을 희미하게 뜨더니, 미간을 찌푸리면서 눈앞에 있는 시도를 노려보았다.

"—인간. 네놈, 대체 무슨 짓을 한 것이냐."

그리고 살의를 아낌없이 드러내면서 흉흉한 어조로 그렇게 말했다. 조그마한 동물 정도는 기절시키고도 남을 정도의 위압감을 느낀 시도는 무심코 뒷걸음질 쳤다.

"아, 아니, 나는 아무 짓도……."

"헛소리 하지 마라. 아무 짓도 안 했는데 내가 나올 리가 없다. 거짓말을 할 생각이라면—."

"오오!"

반전 토카는 말을 멈췄다. 아니— 정확하게 말하자면, 바로 옆에서 들려온 토카의 목소리에 말문이 막힌 것 같았다.

"네가 또 하나의 나구나! 만나서 반갑다……는 말은 적절치 않겠지. 전에 만난 적이 있으니 말이다."

"아니—."

토카에게 어깨를 잡힌 반전 토카는 당혹스러운 표정을 지었다. 하지만 토카는 개의치 않으며, 반짝이는 눈으로 말을 이었다.

"으음.『또 하나의 나여, 나와라!』하고 염원하기는 했다만, 이런 형태로 나올 줄은 몰랐다. 그건 그렇고, 나와 똑같이 생겼구나……. 아니, 조금 다른 구석도 있는 것 같다. 머리 모양 때문인가?"

"자, 잠깐만……."

토카에게 반쯤 압도당한 반전 토카는 자신과 똑같이 생긴 소녀를 말리려는 듯이 손바닥을 펼쳐보였다.

"어떻게 된 거지? 왜 나와 토카가 같이 존재하는 것이냐? ……설마, 그 여자의 힘을 사용해서 나를 구현시킨 것이냐?"

"잘은 모르겠다만, 아마 그렇게 된 것 같다!"

"……."

토카가 환한 미소를 지으며 그렇게 대답하자, 반전 토카는 입을 다물었다. 표정을 보아하니, 토카와 이런 형태로 얼굴을 마주하게 될 줄은 생각도 못한 것 같았다.

"……쓸데없는 짓 하지 마라. 나는 돌아가겠다. 그러니 너희끼리 알아서 놀아라."

"윽! 기…… 기다려!"

반전 토카가 그렇게 말하며 눈을 감자, 시도는 급히 그녀를 말렸다.

아까 토카의 내면으로 들어가 버렸던 반전 토카와 이렇게 재회했다. 이 기회를 놓칠 수는 없었다.

"왜 나를 말리는 거지? 내 손에 죽고 싶은 것이냐?"

"아, 아니, 그런 게 아니라……."

반전 토카가 무시무시한 눈길로 노려보자, 시도는 그대로 움츠러들었다. 이대로 반전 토카와 헤어질 수는 없다. 하지만 대체 그녀에게 무슨 말을 하면 좋을지, 짐작조차 되지 않았다.

판단을 실수하면, 반전 토카는 다시 토카의 안으로 들어가 버릴 것이다. 아니, 까딱 잘못하면 시도가 살해당할 수도 있었다. 뭔가, 좋은 방법이 없을까—.

시도가 생각에 잠겨 있을 때, 토카가 좋은 아이디어를 떠올렸는지 입을 열었다.

"내 말을 들어봐라, 나여! 나는 지금 시도와 데이트를 하고 있는데 말이다."

"……음?"

토카의 말에 반전 토카가 눈을 가늘게 떴다. 토카는 그런 반전 토카의 손을 움켜잡더니, 눈을 반짝이며 말을 이었다.

"괜찮다면 나도, 나와 같이 데이트를 하지 않겠느냐? 정말 재미있을 거다!"

"……아!"

토카가 그렇게 말한 순간, 시도는 바로 그거라는 듯이 주먹을 말아 쥐었다.

"나이스 아이디어야, 토카! 나, 토카, 너, 이렇게 셋이서 데이트하자!"

토카는 별생각 없이 한 말이겠지만, 그것은 그야말로 최적의 해답이라고 해도 과언이 아니었다.

원래라면 정령과의 데이트는 1대 1로 하는 게 가장 좋다. 하지만 토카와 반전 토카는 둘이자 하나인 존재였고— 무엇보다, 토카를 대할 때의 반전 토카의 태도는 시도를 대할 때보다 부드러운 느낌이 들었다.

"……뭐?"

하지만 반전 토카는 죽일 듯한 눈빛으로 시도를 노려보았다.

"네놈과 토카의 데이트이지 않느냐. 그러니 나를 끌어들이지 말고, 너희끼리 해라."

반전 토카가 토카의 손을 떨쳐냈다. 그러자 토카는 슬픈 표정을 지었다.

"안 되겠……느냐?"

"큭—!"

반전 토카는 세계를 지배하고 있는 정령답지 않게 난처한 표정을 지었다. 그 모습을 본 시도는 무심코 미소를 지었다.

"……뭐가 웃긴 것이냐, 인간. 죽고 싶은 것이냐?"

"아, 저기…… 잘못했습니다."

역시 시도를 대할 때의 반전 토카의 태도는 토카를 대할 때와는 다르게 냉혹했다. 시도는 순순히 고개를 숙였다.

그러자 반전 토카는 잠시 시도를 노려본 후, 작게 혀를 차면서 체념한 듯이 한숨을 내쉬었다.

"……어쩔 수 없지. 잠시 어울려주마."

"정말이냐?!"

반전 토카의 말에 토카는 환한 표정을 지으며 그녀의 손을 잡고 위아래로 흔들어댔다. 순순히 당하고 있는 반전 토카를 본 시도는 또다시 미소를 지을 뻔했지만─ 반전 토카의 날카로운 안광을 느끼고 허둥지둥 손으로 입을 가렸다.

반전 토카는 언짢다는 듯이 코웃음을 치더니 이내 눈을 내리깔았다.

다음 순간, 그녀가 입고 있던 영장이 옅은 빛을 내뿜으면서 평범한 옷으로 변했다.

토카가 봄 느낌이 물씬 나는 복장인데 반해, 그녀는 전체적으로 검은색을 띤 세련된 복장이지만 말이다.

"오오, 멋지구나!"

"흥. 내 세계를 돌아다닐 뿐이니 일부러 복장을 바꿀 필요는 없겠지만─ 토카의 체면을 살려줄 겸, 네 녀석들의 방식에 맞춰 주마."

"하하…… 영광이야."

"웃지 마라. 죽여 버릴 거다."

"어이, 나. 그런 소리를 하면 안 되지 않느냐."

"으……."

토카가 주의를 주자, 반전 토카는 입을 다물었다.

그 모습을 본 시도는 또 웃음이 날 뻔했지만, 어찌어찌 참으며 고개를 들었다.

"아, 아무튼…… 잘 부탁해. 으음……."

웃음을 참느라 볼이 떨리는 가운데 말을 잇던 시도는 곧 입을 다물었다.

이유는 단순했다. 그녀를 뭐라고 부르면 될지 생각이 나지 않았기 때문이다.

지금까지는 그냥 『토카』 혹은 『반전 토카』라고 불렀다. 하지만 지금은 바로 옆에 원래 토카가 있는 것이다. 그렇게 부르면 헷갈릴지도 모른다.

시도의 표정을 보고 그가 무슨 생각을 하는지 눈치챈 반전 토카가 코웃음을 치며 입을 열었다.

"이름이냐. ……그러고 보니 토카에게 이름을 지어 준 것도 네놈이었지? ―좋다. 내 이름도 지어다오. 네가 부르고 싶은 대로 나를 불러라."

"뭐……?"

시도는 그 말을 듣고 마음속으로 절규를 터뜨렸다. 토카에 이어 반전 토카의 이름까지 지어 주게 될 거라고는 생각도 못한 것이다.

게다가 토카는 옆에서 「오오! 그거 좋은 생각이다!」라고 외치면서 기대에 찬 눈길로 시도를 응시하고 있었다. 부담감이 어마어마했다.

"어, 으음…… 그럼……."

시도는 필사적으로 머리를 굴린 끝에—.

"—텐카……는 어떨까?"

그 이름을 입에 담았다.

그러자 토카는 오오 하고 탄성을 지르며 손뼉을 쳤다.

"역시 시도다! 멋진 이름이구나! 어떻게 쓰지?"

"으음……"

시도는 그 물음에 분필을 쥐고, 칠판에 적힌 『토카(十香)』라는 글자 옆에 『텐카(天香)』라고 적었다.

"오오, 멋지구나."

"흥."

토카가 그렇게 말하자, 반전 토카— 텐카는 작게 코웃음을 치면서 오른손을 가볍게 내저었다.

다음 순간, 텐카의 손가락이 그린 궤적을 따르듯, 칠판에 거대한 흠집이 생겼다. 시도는 무심코 「우왓!」 하고 비명을 지르면서 몸을 젖혔다.

한순간, 시도가 지어 준 이름이 마음에 들지 않은 거라고 생각했지만…… 아무래도 그렇지 않은 것 같았다. 유심히 보니 그 거대한 흠집은 약간 삐뚤어지기는 했지만 『텐카』라는 글자였던 것이다.

"……흥. 뭐, 좋다."

텐카는 귀찮다는 듯이, 그리고 거부하지는 않으며 그렇게 말했다.

급하게 생각한 이름이기는 하지만, 일단 거부하지는 않은

것 같았다. 안도한 시도는 한숨을 내쉬었다.

……『토카』의 한자 표기인 『十香』에서 『十』을 영어 표기로 바꿨을 뿐— 즉, 『TEN카』……라는 이름의 유래는 무덤까지 안고 가야겠다고 시도는 마음속으로 다짐했다.

"텐카, 이름이 생겨서 기쁜 건 알지만 교실을 망가뜨리면 안 된다. 반 친구들이 수업을 받을 수 없을 것이지 않느냐."

"……음."

토카의 말에 텐카는 눈썹을 살짝 찌푸리면서 손가락을 튕겼다.

그러자, 커다란 흠집이 났던 칠판이 점점 원상 복구됐다.

"오오. 잘했다, 텐카."

토카가 그렇게 말하며 텐카의 머리를 쓰다듬었다. 텐카는 마음에 들지 않는다는 듯이 그 손을 쳐낸 뒤, 시도를 쳐다보았다.

"그건 그렇고—."

텐카는 팔짱을 끼고 슬쩍 턱짓을 하며 그렇게 말했다. 시도는 자신이 토카와 텐카의 행동을 훈훈한 눈길로 쳐다보고 있던 것을 들킨 줄 알고 어깨를 부르르 떨었다.

하지만, 딱히 그렇지는 않은 것 같았다. 텐카의 눈에 맺힌 것은 분노나 불만이 아니라, 시도를 가늠하려는 듯한 눈빛이었다.

"데이트를 하자고 했지? 대체 어디에 갈 것이냐?"

"오오. 실은 나도 그게 좀 신경 쓰였다. 시도, 내가 억지를 부린 바람에 샛길로 새기는 했다만, 오늘은 뭘 할 것이냐?"

텐카가 차가운 눈길로, 토카가 눈을 반짝이며 그렇게 물었다. 시도는 똑같은 얼굴을 지닌 두 소녀에게서 뿜어져 나오는 아우라의 온도 차이에 허둥대면서도, 마음을 다잡으려는 듯이 크흠 하고 헛기침을 했다.

"아…… 오늘은 토카……와 텐카에게, 보여주고 싶은 게 있어."

시도가 그렇게 말하자, 토카와 텐카는 영문을 모르겠다는 듯한, 혹은 미심쩍다는 듯한 표정을 지으며 서로를 쳐다보았다.

◇

"히……, 히이이이이이이이이익!"

나츠미는 한심한 비명을 지르면서 자연공원 외곽의 길을 따라 도망 다녔다.

하지만 그러는 것도 당연했다. 왜냐하면 그녀의 뒤편에는ㅡ.

"불만. 도망만 다니지 말고 제대로 싸우는 게 어떨까요?"

온몸에 엄청난 바람을 두른 유즈루가 나무를 쓰러뜨리며 나츠미에게 쇄도하고 있었다.

그 모습은 의지를 지닌 회오리를 연상케 했다. 유즈루는 도망치는 나츠미의 등 뒤에 바싹 달라붙은 채, 이 공원을 초토화시키고 있었다. 가로등이 부러졌고, 벤치가 바람에 흔들렸으며, 지면이 바람에 흩날리는 카펫처럼 벗겨졌다.

게다가 그것은 단순한 바람이 아니었다. 천사 〈구풍기사(颶^{라파엘}

風騎士》)에 의해 생겨난, 영력을 머금은 폭풍이었다. 강도가 뛰어난 편이 아닌 나츠미의 영장은 저 바람에 휘말린 순간 걸레짝이 되고 말 것이다.

"말도 안 되는 소리 하지 마아아아앗! 그랬다간 나는 죽어 나자빠질 거란 말이야아아아앗!"

나츠미는 비명을 지르면서 자신의 불운을 저주했다. 설마 배틀로얄이 시작되자마자, 이런 토네이도 걸에게 걸릴 줄은 생각도 못했다.

유즈루는 겉모습만 보면 얌전해 보이지만, 실은 정령 중에서도 손꼽힐 만큼 혈기왕성하고 호전적인 정령이었다. 아니, 정확하게는 경쟁을 좋아한다는 표현이 적절할지도 모른다. 평소에는 그 대상이 카구야라서 거의 신경 쓰지 않았지만, 이렇게 전장에서 마주치게 된 나츠미는 그녀가 얼마나 무시무시한 존재인지 실감할 수 있었다.

하지만 이렇게 도망만 다니다간, 곧 잡혀서 걸레짝 코스를 밟게 된다. 나츠미는 필사적으로 도망을 다니면서 목이 찢어져라 외쳤다.

"하, 〈하니엘〉— 【천변만화경(千變萬化鏡)칼리도스쿠페】!"

그 말에 호응하듯, 나츠미가 쥔 빗자루 모양의 천사 〈하니엘〉이 찬란하게 빛나면서 변모하기 시작했다. 거대한 검의 천사— 〈오살공(鏖殺公)산달폰〉이 된 것이다.

그렇다. 거울의 천사 〈하니엘〉은 다른 천사의 형태와 힘을 모방할 수 있었다.

"우, 우라아아아아압!"

나츠미는 검자루를 두 손으로 움켜쥐고 그대로 뒤돌아서면서 〈하니엘〉을 휘둘렀다.

빛을 머금은 검의 궤적이 충격파를 이루더니, 바람을 가르면서 유즈루를 향해 뻗어갔다.

"반응. 하앗—!"

하지만 유즈루는 그 공격이 명중하기 직전에 몸을 비틀어 종이 한 장 차이로 피했다. 그리고 방금 찢겨나간 바람의 벽 또한 몇 초 만에 원상 복구됐다.

"허사. 꽤 괜찮은 일격이었지만, 그 정도로는 유즈루를 쓰러뜨릴 수 없어요."

"거짓말?!"

나츠미는 눈을 치켜뜬 뒤 또다시 필사적으로 회오리로부터 도망 다니기 시작했다.

그 후에도 어찌어찌 회오리에서 벗어나면서 〈하니엘〉을 변화시켜 반격을 도모했지만, 유즈루에게는 통하지 않았다.

〈메타트론〉의 광선도, 〈카마엘〉의 포격도, 그리고 〈미카엘〉을 이용한 사각지대의 공격마저도 유즈루는 신들린 반사 신경과 끝내주는 몸놀림으로 피했다.

하지만 어찌 보면 그것도 당연했다. 아무리 천사의 힘을 흉내 낼 수 있는 〈하니엘〉이라고 해도, 흉내 낸 천사의 권능을 100퍼센트 재현할 수는 없었다. 게다가 그것을 사용하는 이는 정령 중에서 기초능력이 가장 뒤떨어지는 나츠미인 것이다. AST와 DEM의 일반 위저드가 상대라면 몰라도, 천사의 힘을 극한까지 이끌어낼 수 있는 정령을 이길 수 있을 리 없었다.

할 줄 아는 건 많지만, 제대로 할 수 있는 건 없다. 그러니 권모술수가 동반되어야만, 이 천사는 최대 효과를 발휘할 수 있다. 정령과 정면대결을 펼치게 된 시점에서, 나츠미에게는 승산이 없다 해도 과언이 아니었다.

"우왓……?!"

얼마나 이렇게 도망을 다녔을까. 방심한 탓인지, 체력이 한계에 도달한 탓인지, 나츠미는 나무뿌리에 발이 걸리면서 그대로 넘어졌다. 얼굴부터 지면에 처박고 만 그녀는 그대로 바닥을 굴렀다.

그리고 유즈루는 그 틈을 놓치지 않았다. 자신의 몸을 감싸고 있던 바람을 확장시켜 나츠미를 둘러싸듯 좌우로 손을 펼쳤다.

나츠미가 욱신거리는 콧등을 문지르면서 고개를 들어보니, 그녀는 유즈루가 만들어 낸 회오리 안에 갇혀 있었다.

"어……, 어어어어……."

"포획. 이제 도망칠 수 없어요. 자, 정정당당하게 승부하죠."

유즈루는 그렇게 말하면서 펜듈럼처럼 생긴 천사, 〈라파엘〉— 【엘 나하쉬 묶아매는 자】를 거머쥐었다.

두 사람은 태풍의 눈이라 할 수 있는 공간에 있었다. 이곳에는 바람 한 점 없지만, 주위에서는 엄청난 돌풍이 휘몰아치고 있었다. 이제 나츠미는 도망칠 곳이 없었다. 체념한 그녀는 떨리는 손으로 〈하니엘〉을 고쳐 쥐었다.

"칭찬. 그 기개는 높이 사죠. ―그럼, 갑니다."

"히익……!"

―하지만, 유즈루가 나츠미를 주시하며 하늘을 박찬 바로 그때였다.

"―빈틈 발겨어어어어어어언!"

느닷없이 그런 목소리가 들려오더니, 유즈루가 만들어 낸 회오리의 위쪽에서, **또 하나의 회오리가 급강하했다.**

"반응. 큭―!"

"어……?"

유즈루가 미간을 찌푸리며 몸을 비틀더니, 【엘 나하쉬】를 종횡으로 휘둘러 자신의 몸을 지켰다.

그리고 다음 순간― 나츠미는 유즈루를 공격한 자의 정체를 뒤늦게 알아봤다.

"호오, 막아낸 건가. 하지만 칭찬하지는 않겠느니라. 나의 반신(半身)이라면, 이 정도 공격에 당할 리가 없지!"

낭랑한 목소리로 그렇게 말하며 이 자리에 나타난 소녀는 의기양양한 미소를 지었다. ―유즈루와 판박이인 얼굴로 말이다.

그렇다. 유즈루의 쌍둥이 자매이자, 그녀와 같은 천사의 절반을 지닌 정령, 카구야가 거대한 돌격창 【꿰뚫는 자】으로 유즈루를 공격한 것이다.

"응전. 카구야가 나츠미를 돕다니. 의외군요."

"흥! 착각하지 마라. 이 몸은 유즈루가 사냥감 앞에서 방심하지 않았는지 확인하려 했을 뿐이니라. 그리고—."

카구야가 【엘 레엠】의 끝으로 유즈루를 겨누면서 씨익 웃었다.

"—이 몸에게 진 유즈루가, 다른 정령에게 받은 대미지 탓에 졌다 같은 변명을 늘어놓으면 곤란하지!"

카구야가 그렇게 말하자, 유즈루는 훗하고 웃음을 흘렸다.

"유쾌. 잠시 안 본 사이에 유머 센스가 좋아진 것 같군요. 좋아요. 상대해 주죠. 나츠미는 카구야를 해치운 후에—."

그렇게 말하며 지면을 쳐다본 유즈루는 눈을 동그랗게 떴다.

카구야에게 정신이 팔린 사이, 나츠미가 모습을 감춘 것이다.

"크큭! 아무래도 놓친 것 같구나."

"한탄. 카구야 탓이에요. 이 울분은 카구야를 깔끔하게 박살을 내주면서 풀도록 하겠어요."

"재미있구나. 어디 해보거라. 그때 내지 못했던 결판을, 오늘 이 자리에서 내주겠노라!"

카구야와 유즈루가 몸에 바람을 두르더니, 동시에 하늘을 박찼다.

두 폭풍이 맞부딪치고, 뒤엉키더니, 주위를 파괴하면서 하늘로 사라졌다.

".........푸핫."

야마이 자매가 사라지고 몇 분 후......

주위의 안전이 확인됐을 즈음, 구겨진 채 지면에 쓰러져 있던 가로등이 옅은 빛을 내뿜으며 나츠미의 모습으로 변했다.

아무리 유즈루가 카구야에게 정신이 팔려 있었다고 해도 그녀가 만든 벽이 존재하는 이상, 나츠미가 밖으로 도망치는 것은 무리다. 나츠미는 유즈루의 주의가 카구야에게 향한 사이, 〈하니엘〉로 부서진 가로등으로 변신했을 뿐이었다.

"사······ 살았어······."

나츠미는 진땀을 흘리면서 한숨을 내쉰 뒤, 다른 정령에게 들키지 않도록 조심하면서 산길을 달렸다.

정보를 제압한 자가 세계를 제압한다.

그 말에 이의를 제기할 생각은 없으며, 어떤 의미에서 본다면 충분히 올바르다고 생각하지만— 아무리 정보를 손에 쥐더라도 어찌할 수 없는 일도 있다. 자연공원 한편의 나무그늘에 숨어 있던 니아는 인상을 찡그리며 그렇게 생각했다.

"으음······ 어떻게 한다~."

니아는 책의 천사 〈라지엘〉의 페이지를 손가락으로 매만지면서 땅이 꺼져라 한숨을 내쉬었다.

그럴 만도 했다. 아까부터 〈라지엘〉을 써서 다른 이들의 동향을 살피고 있었지만······ 조사를 하면 할수록, 절망적인 전력차만 깨닫게 됐다.

"우와~, 여동생 양과 오리링의 싸움은 대체 뭐야. 거의 괴수 대전쟁이잖아. 카구야양과 유즈룽도 장난 아니네. 저런 싸움에 휘말리는 건, 믹서 안에 다이빙하는 거나 다름없어……."

그렇게 중얼거린 니아의 이마에 진땀이 맺혔다.

확실히 〈라지엘〉은 파격적인 힘을 지닌 천사다. 이 세계의 온갖 사상을 『알 수 있는』 그 권능은 농담이 아니라 이 세상의 균형을 무너뜨릴지도 모른다.

하지만 그것은 천사의 권능을 총합적으로 봤을 경우의 이야기이며, 단순한 힘과 힘의 대결로 본다면 이야기가 달라진다.

아마 니아 본인이 지닌 전투능력은 정령들 중에서도 손꼽힐 정도로 낮을 것이다. 〈라지엘〉의 힘으로 다른 이들의 실력과 동향을 세세하게 파악할 수는 있지만, 그렇다고 해서 해치울 수 있는 것도 아니다.

〈라지엘〉의 권능인 미래기재(未來記載) 또한 상당한 시간과 수고를 들여야 하는 데다, 완전한 영장을 현현시킨 정령에게 충분히 효과를 발휘할 거라고 생각하기는 어렵다. 그렇다면, 니아가 조금이라도 승산을 얻기 위해선—

"……왜 비굴하고 쪼잔한 악당 같은 눈길로 저를 쳐다보는 거죠?"

니아는 자신의 옆에 서 있는 이를 힐끔 쳐다보았다. 그러자 마리아는 자신을 쳐다보는 니아를 미심쩍다는 듯이 응시했다.

그렇다. 아까부터 마리아가 팔짱을 낀 채 니아의 옆에 서 있었다.

〈프락시너스〉에 있는 그녀를 일부러 데려온 것은 아니다. 〈라지엘〉의 힘으로 마리아를 **한 명 더** 실체화시킨 것이다. 마리아의 의지를 공유하는, 부속 장치 같은 것이었다.

마리아는 〈프락시너스〉의 AI다. 하지만 그녀를 실체화하는 과정에서 〈라지엘〉의 권능을 이용했기에, 반쯤은 니아의 능력으로 이뤄져 있다고 해도 과언이 아니었다.

"—그렇다면, 마리아가 나를 도와줘도 룰 위반은 아니겠지……?"

니아는 눈을 깜빡이며 아양을 떠는 듯한 표정을 짓더니, 마리아에게 매달리려 했다. 하지만 마리아는 니아의 손이 닿기 직전에 한 걸음 움직이며 그녀의 손길을 피했다.

"확실히 그럴지도 모르지만, 그 작전에는 중요한 요소가 고려되어 있지 않아요."

"뭐? 그게 뭔데?"

"저의 의욕이에요. —왜 제가 니아를 위해 그렇게까지 해야 하는 거죠?"

마리아는 언짢은 표정을 지으며 그렇게 말했다. 그에 니아는 불만을 표시하듯 손을 세차게 내저었다.

"어~! 좀 도와줘도 괜찮지 않아~?! 내 덕분에 그렇게 염원하던 리얼 보디를 손에 넣은 걸 잊은 거야~?!"

"정정을 요구하겠어요. 니아 덕분이 아니라 〈라지엘〉 덕분이에요."

"나와 라지에몽은 일심동체거든~?! 그런 소리를 하면, 이제부터는 네 실체화에 필요한 영력을 빌려주지 않을 거야~!"

"뜻대로 하세요. 현재 〈밴더스내치〉 기술을 응용한 자율가

동형 단말의 개발을 진행하고 있어요. 〈라지엘〉만큼 정밀하지는 않겠지만, 머지않아 리얼라이저만으로 여러분과 함께 생활할 수 있게 되겠죠. 니아가 혼자서 얼마나 잘 싸울지 기대되는군요. 당신의 시체는 제가 거둬서 묻어드릴게요."

"저, 정말~! 센스 있는 니아 조크를 이해 못했나 보네~! 마리아는 정말 농담이 안 통한다니깐☆"

니아는 식은땀을 흘리면서 검지로 마리아의 코를 톡톡 두드렸다.

"⋯⋯정말, 한심하기 그지없군요."

그러자 마리아는 간지럽다는 듯이 미간을 찌푸리며 그렇게 말한 후, 하아 하고 한숨을 내쉬었다.

"어쩔 수 없군요. 조금만 도와드리도록 하겠어요."

"어! 정말이야?!"

니아가 눈을 반짝이며 몸을 쑥 내밀자, 마리아는 그런 그녀의 얼굴을 손으로 밀어내며 「단」 하고 덧붙여 말했다.

"조건이 있어요. 우승 상품인 시도에게 고백할 권리 말인데, 승리를 하게 된다면 저도 그 권리를 가지겠어요. 저를 『니아가 지닌 능력의 일부』로 해석한다면, 그 권리도 인정해야 할 테죠."

"어? 마리아도 소년에게 고백하고 싶은 거야?"

마리아의 말에 니아는 눈을 동그랗게 떴다.

"그러면 안 되나요?"

"아, 아니⋯⋯ 안 되는 건 아니지만, 뭐라고 말할 생각이야?"

"글쎄요. 『당신의 뇌를 데이터화해서, 영원히 함께 있고 싶다』 같은 건 어떨까요?"

"무서워! 실현 가능할 것 같아서 더 무섭네!"

"센스 있는 마리아 조크예요. 농담이 안 통하는 사람이군요."

아까 니아가 한 말을 흉내 내듯이 마리아가 그렇게 말했다. 아무래도 아까 들은 말에 앙갚음하고 싶었던 것 같았다.

……그래도 눈이 전혀 웃고 있지 않다는 것이 좀 신경 쓰이지만, 지적하면 안 될 것 같은 느낌이 들었다.

"—니아, 하지만 말이죠."

마리아가 화제를 바꾸려는 듯이 크흠 하고 헛기침을 했다.

"그 협정 자체가 부질없어질 가능성도 높아요. 설령 제가 도와드리더라도, 그런다고 이길 수 있을 만큼 정령은 녹록한 존재가 아니니까요."

"응? 뭐, 그건 그럴지도 모르지만……."

"〈라지엘〉 자체는 확실히 강력한 천사예요. 첩보 목적으로 본다면 최강이라 해도 과언이 아니죠. 하지만 그 권능도 완전 무결하지는 않아요. 상대의 위치를 항상 파악하면서, 저를 이용해 히트 앤드 어웨이 전법을 펼치는 것이 정석이겠죠. 니아 본인은 절대 전면에 나서면 안 돼요. 정령과 맞닥뜨리는 순간, 다 끝났다고 생각하세요."

"자, 잠깐만, 마리아. 무슨 소리를 하는 거야? 시작해 보기도 전에 그런 약한 소리를……."

니아가 눈썹을 찌푸리면서 그렇게 말하자, 마리아는 표정을 유지한 채 그녀의 뒤편을 손가락으로 가리켰다.

"응……?"

니아는 그 손가락 끝을 눈으로 좇듯 뒤편을 돌아보았고―.

"―흐음. 니아, 마리아. 이야기는 끝난 게냐?"

그곳에 있는 소녀의 모습을 본 순간, 그녀는 그 자리에서 굳어버렸다.

선녀를 연상케 하는 영장을 입은 장발 소녀였다. 오른손에는 열쇠 모양을 한 석장을 쥐고 있으며, 왼손을 허리에 댄 채 니아를 느긋한 눈길로 응시하고 있었다. 아무래도 니아와 마리아의 대화가 끝날 때까지 기다려 준 것 같았다.

―호시미야 무쿠로. 소녀의 이름이 머릿속에 떠오른 순간, 니아의 온몸에서 땀이 뿜어져 나왔다.

"무……, 무무무무, 무쿠찡……?! 어째서 여기에―."

니아는 말을 이으려다 숨을 삼켰다.

니아가 정령들의 위치를 조사해 봤을 때, 무쿠로는 한참 떨어진 곳에 있었다. 하지만 공간에 『구멍』을 뚫을 수 있는 〈미카엘〉을 지닌 무쿠로에게는 거리라는 벽이 존재하지 않는다고 해도 과언이 아니다. 그야말로 〈라지엘〉의 천적이라 할 수 있는 권능인 것이다.

그렇기 때문에 니아는 〈라지엘〉로 그녀의 동향을 실시간으로 파악해야만 했다. 〈라지엘〉은 전지의 권능을 지닌 천사지만, 사용자가 원하는 정보를 사용자가 원하는 범위 안에서만 알려주기 때문이다.

하지만 니아는 마리아를 아군으로 만드는 데 정신이 팔린 나머지, 몇 초 동안 〈라지엘〉에서 손을 떼고 있었다.

겨우 몇 초였지만, 그것만으로 충분했다. 결과적으로 무쿠로의 움직임을 제때 파악하지 못한 니아는 그녀의 접근을 허용하고 말았다.

"그럼 바로 시작하자꾸나. 전투태세를 취하거라. 마리아도 니아가 지닌 힘의 일부인 만큼, 참전을 허락하마."

무쿠로는 그렇게 말하며 〈미카엘〉을 거머쥐더니, 그 끝으로 니아를 겨눴다.

"잠깐만……!"

니아가 손바닥을 펼치고 무쿠로를 말리듯 앞으로 내밀었다.

하지만 그래봤자 아무 효과가 없다는 것은 니아가 가장 잘 알고 있었다. 그녀는 필사적으로 생각했다. 상대는 무쿠로다. 여러 정령들 중에서도 니아에게 있어 최악의 상대다. 마리아가 시간을 벌어주는 사이에 도망치려 한들, 〈미카엘〉을 지닌 그녀를 상대로는 부질없는 짓이리라. 그렇다고 정정당당하게 맞상대를 할 수도 없다. 자랑은 아니지만, 니아는 약했다. 그렇다면 어떻게 할까. 어떻게 하면 이 자리에서 살아남을 수 있을까. 어떻게 하면—.

"—간다, 니아."

무쿠로가 지면을 박차려는 듯이 자세를 낮췄다. 니아는 히익! 하고 숨을 삼키면서 엉덩방아를 찧더니— 새된 목소리로 외쳤다.

"기, 기다려, 무쿠찡! 우리…… 손을 잡지 않을래?!"

"······흐음?"

니아의 그런 궁색한 제안에, 무쿠로는 의아하다는 듯이 고개를 갸웃거렸다.

◇

"타아아아아아아아앗!"

"응전. 타앗~!"

─두 허리케인이, 자연공원을 유린했다.

야마이 카구야와 야마이 유즈루. 바람의 천사〈라파엘〉을 지닌 쌍둥이 정령이 혼신의 힘을 다해 몇 번이나 격돌했다. 공격을 주고받을 때마다 바람이 울었고, 허공이 울부짖었으며, 하늘이 삐걱거렸다.

그 모습은 그야말로 의지를 지닌 재해였다. 정령이 정령인 연유를, 두 사람이 온몸으로 똑똑히 증명하고 있었다.

이렇게 화려하게 싸우고 있는 만큼, 다른 정령들도 야마이 자매가 싸우고 있다는 것을 눈치챘으리라. 휘말리는 것을 피하려는 건지 아직 끼어드는 이가 없었다. 하지만 이 싸움에 종지부가 찍히는 순간, 피폐해진 승자를 노리는 다른 정령이 이 자리에 나타날 가능성은 충분히 존재했다.

그래도 카구야와 유즈루는 전심전력을 다해 싸웠다. 뒷일은 생각조차 하지 않았다. 지금 이 순간에 자신의 모든 것을 다 쏟아내려는 듯이, 상대방을 향해 영력을 퍼부었다.

확실히 시도에게 고백할 권리는 매력적인 상품이었다. 카구야와 유즈루도 시도에게 호의를 가지고 있지만, 구체적으로 그 마음을 전한 적이 없었다.

하지만, 지금은 그저— 자신의 절반과 싸우는 것이 너무나도 즐거웠다.

아아, 어쩌면 백 번이나 싸워 오면서도 이런 감각을 느낀 것은 처음일지도 모른다.

두 사람은 예전에 누가 하나가 된 야마이의 인격이 될 것인지를 걸고 몇 번이나 싸웠다.

하지만 그것은 자신이 아니라 상대방이 살기를 바라며 벌인, 『사투(死鬪)』가 아니라 『생투(生鬪)』였다.

패배한 자가 승리한다고 하는 비정상적인 승부, 그리고 그 승부에 종지부가 찍힌 순간에는 한 사람이 소멸하고 만다는 피할 수 없는 운명…… 그런 슬픈 싸움을, 야마이 자매는 되풀이해 왔다.

하지만, 지금은—.

"우오오오오오오!"

"선풍. 에잇!"

그런 걱정 없이, 자신의 전력을 발휘할 수 있었다.

그 기적에, 두 사람은 진심으로 감격하며 감사하고 있었다.

"크큭! 슬슬 숨이 차지 않느냐? 움직임이 둔해졌구나."

"지적. 그건 유즈루가 할 말이에요. 아까보다 바람의 기세가 약해졌군요."

"헛소리 마라!"

카구야는 웃으면서 그렇게 답하더니, 감개무량한 어조로 말을 이었다.

"이런 기회가 찾아올 줄이야. 기억하느냐. 아루비 섬에서의 일을 말이다."

"당연. 잊을 리가 없죠. 시도 덕분에 마지막 승부는 결판이 나지 않았던 것도 말이에요."

"음…… 시도에게는 고맙게 생각하고 있다. 덕분에 나와 유즈루 둘 다 사라지지 않고 함께 있을 수 있게 됐으니까 말이지."

"긍정. 그래요. 진심으로 감사하고 있어요. 하지만―."

유즈루의 말에 동의한다는 듯이, 카구야가 고개를 끄덕였다.

"그래. 그 마지막 승부가 결판이 나지 않았다는 것이 계속 마음에 걸렸다. ―하지만, 지금이라면……."

"동의. 드디어, 결판을 낼 수 있겠군요."

두 사람은 동시에 씨익 웃더니, 몸에 두른 바람을 없애면서 조용히 천사를 거머쥐었다.

이 두 사람에게는 별다른 신호가 필요 없었다. 카구야와 유즈루는 똑같은 타이밍에 하늘을 박차더니, 초고속으로 서로를 향해 돌진했다.

하지만― 바로 그 순간이었다.

"앗……?!"

"경악. 이건―!"

두 사람이 눈을 치켜뜨고 당황한 어조로 그렇게 외쳤다.

그러는 것도 당연했다. 두 사람이 격돌하려던 순간, 공간에 『구멍』이 생겨나더니, 그 안에서―

『―마리아 대대, 돌격합니다.』

수백 명이나 되는 마리아가 튀어나와 그대로 두 사람을 향해 돌격했기 때문이다.

"어……?! 마리아?!"

"당혹. 무슨 일이 일어난 거죠? 도대체 영문을―."

카구야와 유즈루는 당혹감에 사로잡힌 채 마리아의 파도에 휩쓸리고 말았다.

◇

"오……, 오오오오오오! 대단해~! 해냈어, 마리아! 무쿠찡!"

니아는 〈라지엘〉의 페이지를 만지면서 흥분한 어조로 그렇게 외쳤다.

그녀의 머릿속에는 〈라지엘〉을 통해 마리아의 대군에 휩쓸린 야마이 자매의 모습이 흘러들어오고 있었다. 그렇게 맹위를 떨치던 카구야와 유즈루도, 빈틈을 찌르며 수적 우세로 밀어붙이면 승리할 수 있다는 사실이 증명된 것이다.

하지만, 이 결과는 니아가 혼자서 만들어낸 것이 아니었다. 〈라지엘〉에서 눈을 뗀 니아는 무쿠로를 쳐다보면서 말아 쥔 주먹을 치켜들었다.

"역시 생각대로 됐어! 전지의 〈라지엘〉과 〈미카엘〉이 힘을 합치면 무서울 게 없어! 나와 무쿠찡 콤비는 최강이야!"

그리고 그렇게 외치면서 무쿠로의 손을 쥐고 마구 휘둘렀다.

그렇다. 아까 운 나쁘게 무쿠로와 마주친 니아는 자신의 능력이 얼마나 유용한지 어필했고, 일시적인 협력관계를 맺는 것에 성공했다.

그리고 그 효과는 방금 증명됐다. 〈라지엘〉로 상대의 위치와 동향을 파악하고, 〈미카엘〉로 『구멍』을 만들어서 수많은 마리아를 투입했다. 그런 단순하기 그지없는 전법이었다.

심플하기는 하지만— 아니, 심플하기 때문에 강력했다. 니아는 무심코 히죽거렸다.

"이야~, 믿기지가 않네. 1차전 탈락이 농후하다고 했던 내가 혹시 우승 후보? 곤란하게 됐는걸. 소년한테 뭐라고 말하지? 매일 아침 나한테 된장국을 끓여줘?"

니아는 작은 목소리로 그렇게 중얼거리며 히죽거렸다.

하지만 이내 니아의 표정은 원래대로 돌아왔다. 이 작전의 공로자인 무쿠로의 표정이 좋지 않던 것이다.

"응? 무쿠찡, 왜 그래~? 무쿠찡 덕분에 대승리를 거뒀잖아."

"음……. 그럴지도 모르지만, 뭐랄까…… 이긴 느낌이 들지 않는구나. 진짜 이런 방법으로 이겨도 괜찮은 건지……."

무쿠로가 그렇게 말하며 고개를 숙였다. 그러자 니아는 허둥지둥 말을 이었다.

"무, 무슨 소리를 하는 거야! 무슨 수를 써서라도 일단 이기고 봐야지! 그런 걸 신경 쓰다간 이길 수 없어! 무쿠찡은 소년에게 고백하고 싶은 거잖아?"

"……그건…… 그렇다만……."

무쿠로는 으음 하고 낮은 신음을 흘렸다. 니아는 식은땀을 흘리면서 뒷걸음질 쳤다.

"……으음, 무쿠찡은 의외로 뼛속까지 무인이구나……. 하지만 이제 와서 방침을 변경할 수도 없는데……."

니아는 무쿠로에게 들리지 않도록 작은 목소리로 그렇게 중얼거렸다. 그러자 옆에 있던 마리아가 낮은 목소리로 입을 열었다.

"뭐, 정면대결 노선으로 갈아탄다면 〈라지엘〉의 필요성은 줄어들 테니, 동맹이 파괴된 순간에 가장 먼저 당하게 될 사람은 니아겠죠. ─아니, 이 작전이 잘 풀린다고 하더라도, 마지막에 남은 무쿠로를 어떻게 쓰러뜨릴 생각이죠?"

"윽……."

니아는 마리아의 말에 말문이 막혔다.

확실히 그 말이 옳았다. 동맹을 제안해서 시간을 벌기는 했지만, 단 한 명만이 승자가 될 수 있다면 결국 마지막에는 싸워야 한다. 그리고 정면대결을 하게 된다면, 아마 니아에게는 승산이 없을 것이다. 니아는 인상을 찡그리며 생각에 잠겼다.

"……어느 정도 인원이 줄어들면, 적당히 이유를 둘러대며 무쿠찡과 강적을 싸우게 하는 거야. 그리고 피폐해졌을 때, 등 뒤에서 확 기습을……."

"확실히 그건 매우 니아다운 교활한 작전이군요. 어느 정도

숫자가 줄어든 시점에서『그대는 이제 필요 없느니라』같은 소리를 듣지 않기를 빌죠."

"으윽……! 무쿠찡은 그런 소리 안 하거든?! 우리 동맹의 유대는 그렇게 간단히 깨지지 않아~!"

"뻔뻔하게 배신을 획책한 사람이 그런 소리를 해봤자 설득력이 없죠."

"—아까부터 뭘 그렇게 소곤거리고 있는 게냐."

"꺄앙!"

느닷없이 마리아 이외의 다른 인물의 목소리가 들리자, 니아는 꼬리를 밟힌 강아지 같은 비명을 질렀다. 고개를 돌려보니, 무쿠로가 미심쩍다는 듯이 눈썹을 찌푸리며 니아를 쳐다보고 있었다.

"아, 아아아, 아무것도 아냐! 그것보다 다른 애들이나 노리자! 자~, 지금 배틀을 벌이고 있는 건……."

니아는 필사적으로 얼버무린 후, 다시 〈라지엘〉의 페이지에 손가락을 대고 지금 전투 중인 정령들을 검색했다. 혼자 있는 자보다, 전투 중이라 상대방에게 정신이 팔린 이가 허를 찌르기 쉽기 때문이다.

"으음~, 오리링과 여동생 양, 그리고 욧시~와 밋키~가 싸우고 있네. 흠흠, 그럼 욧시~와 밋키~부터 노려볼까! 마리아, 멤버 스탠바이! 무쿠찡은 내 신호에 맞춰『구멍』을 만들어!"

니아의 지시에 마리아는 한숨을 내쉬며 고개를 끄덕였다. 그리고 무쿠로는 내키지 않는 듯한 표정을 지으면서도 〈미카엘〉을 고쳐 쥐었다. 불만이 있는 것 같지만, 일단 니아의 지시에 따르려는 것 같았다.

일단 그 점에 안도한 니아는 정신을 집중했다. 그리고 요시노와 미쿠의 전투를 관찰하면서, 두 사람이 빈틈을 보이는 순간을 기다렸다.

하지만— 바로 그때였다.

"······으, 음······?!"

"앗—."

무쿠로와 마리아가 경악한 것처럼 눈을 치켜떴다.

"어······? 두 사람 다 왜 그래? 무슨 일—."

그 모습에 니아가 〈라지엘〉을 통한 관찰을 중단하고 두 사람이 쳐다보는 곳을 향해 고개를 돌렸고— 다른 이들과 마찬가지로 눈을 치켜떴다.

하지만 그것도 무리는 아니었다. 왜냐하면 그곳에는······.

"—무쿠로! 니아, 마리아!"

지금 토카와 데이트를 하고 있어야 할 시도가 있었던 것이다.

자연공원의 운동장 쪽에서는 초봄답지 않은 극한의 냉기가 휘몰아치고 있었다.

입에서 흘러나오는 숨결은 새하얗고, 지면에는 서리가 생겼으며, 마치 냉동고 안에 있는 것처럼 공기가 피부를 사정없이 찔렀다.

그것은 전부, 요시노의 천사 〈자드키엘〉이 펼친 힘의 여파였다. 요시노가 탄 거대한 토끼 모양의 천사가 냉기를 조종할 때마다 주위의 기온이 급격하게 내려간 것이다.

하지만, 그런 와중에—.

"끼이이이이이얏호오오오오오오오오!"

미쿠의 피는 눈마저 녹일 것처럼 뜨겁게 끓어오르고 있었다.

"〈가브리엘〉—【행진곡】, 【행진곡】, 한 번 더 【행진곡】!"

미쿠는 몸 주위에 현현시킨 찬란한 건반을 손가락으로 두드리며 용맹한 곡을 연주하고 있었다. 소리의 천사 〈가브리엘〉의 권능을 이용한, 모든 것을 고양시키는 노래였다. 이 곡을 연주할 때마다, 미쿠의 몸은 활력으로 가득 채워졌다.

"어, 어어……?!"

『잠깐……, 이게 뭐야~?! 이런 것도 가능해~?!』

요시노, 그리고 〈자드키엘〉에 깃든 『요시농』이 동요한 목소리로 그렇게 외쳤다.

그럴 만도 했다. 정령 중에서도 신체능력이 뛰어난 편이 아닌 미쿠가, 아까부터 요시노가 날린 얼음 탄환과 고드름을 전부 피하고 있는 것이다.

"우후후~! 제가 언제까지나 예전과 다름없을 거라고 생각하면 곤란해요~! 아이돌은 자신의 실력을 계속 갈고닦아야 비로소 아이돌이라 할 수 있으니까요~!"

미쿠는 그렇게 말하며 윙크를 했다.

그렇다. 그때— DEM 일본지사에서 싸우다 시도에게 목숨을 구원 받은 후, 미쿠는 아이돌 활동을 하면서도 정령으로서 자신만의 전투방식을 계속 연구해왔다.

정령들과 힘을 합쳐 싸울 때는 그들을 돕기만 하면 된다. 미쿠보다 강한 정령들이 여러 명 있으니 말이다. 그녀들의 힘을 상승시켜 주는 편이 효율적이라고 판단되면, 미쿠는 다른 이들의 지원에 전념했다.

하지만 정령이 미쿠 한 사람뿐일 때, 두 번 다시 시도를 위험에 처하게 하지 않도록— 그리고, 이번에야말로 미쿠가 시도를 지킬 수 있도록, 혼자서도 싸워나갈 방법을 모색했던 것이다.

"〈가브리엘〉— 【독주(獨奏)솔로】!"

미쿠는 그렇게 외치면서 손가락을 튕겼다. 그 순간, 지면에서 찬란하게 빛나는 은통(銀筒) 하나가 모습을 드러냈다.

그것은 〈가브리엘〉을 구성하는 파츠 중 하나였다. 평소 같으면 상대방을 조종할 수 있는 『소리』가 저 은통에서 뿜어져 나오지만—.

"—하앗!"

미쿠는 그 은통을 뽑아들더니, 마치 쿵푸 영화의 주인공이 곤봉을 다루듯 화려하게 휘두르며 전투태세를 취했다.

『어엇?! 뭐하는 거야~?!』

『요시농』이 당황한 어조로 그렇게 말하면서 얼음 장벽을 만들었다.

하지만 미쿠는 미소를 머금고 회전을 가미한 은통을 눈에 보이지 않을 만큼 빠른 속도로 내질렀다.

"아뵤오오오오오오오—!"

은통의 끝이 연달아 얼음으로 된 벽에 꽂혔다. 게다가 그것은 단순한 찌르기가 아니었다. 일격을 날릴 때마다 은통이 몽환적인 『소리』를 자아냈고— 그 소리는 눈에 보이지 않는 충격파가 되어서 요시노를 덮쳤다.

예전처럼 무질서하게 충격을 흩뿌리는 것이 아니라, 날카롭게 벼린 파괴의 『소리』가 특정방향을 향해 뿜어졌다. 강화된 미쿠의 완력이 더해진 그 연속 공격은 요시노의 견고한 얼음을 간단하게 박살냈다.

"꺄아—!"

『말도 안 돼~!』

요시노와 『요시농』은 비명을 지르면서 후방으로 이탈했다. 그러자 미쿠는 씨익 웃으며 더러워진 볼을 엄지로 훔쳤다.

『큭……. 미쿠도 꽤 하네. 역시 시도 군에게 고백할 권리 때문에 의욕이 불타오르나 봐.』

『요시농』이 빈틈없이 상대를 살피면서 낮은 목소리로 그렇게 말했다. 미쿠는 그 말에 동의한다는 듯이 고개를 끄덕였다.

"그야 물론이죠~. 그 수줍음 많은 달링이 어떤 반응을 보일지…… 상상만 해도 끝내줘요~! 그걸 반찬 삼아 공깃밥 세 그릇은 먹을 수 있을 것 같아요!"

미쿠가 주먹을 말아 쥐며 그렇게 외치자, 요시노는 식은땀을 흘리며 쓴웃음을 흘렸다.

그 모습을 본 미쿠는 히죽거렸다.

"하지만— 저는 딱히 달링을 독점하고 싶은 게 아니에요~. 저는 달링 못지않게 여러분도 사랑하거든요. 달링이 결혼을 한다면, 일부다처제가 허용되는 나라에 가서 저희 모두를 아내로 맞아줬으면 좋겠다고 생각해요. 앗, 뭣하면 제가 달링을 포함해 여러분 전원을 아내로 삼는 것도 좋겠네요."

"미, 미쿠 씨……."

『어~, 그럼 왜 이렇게 의욕이 넘치는 거야~?』

요시노는 또 쓴웃음을 지었고, 『요시농』은 입술을 삐죽 내밀면서 그렇게 물었다. 미쿠는 은통을 거머쥐며 말을 이었다.

"왜긴 왜겠어요~. 아까 말했다시피 달링이 어떤 반응을 보일지 기대되는 데다, 달링과 토카 양의 데이트를 위해서라도 최선을 다해야만 하잖아요~. 게다가—."

"……게다가?"

요시노는 의아하다는 듯이 고개를 갸웃거렸다. 그에 미쿠는 눈을 반짝이며 말을 이었다.

"— 영력이 바닥나서 영장을 현현하지 못하게 되면 패배…… 라면, 진 분들은 달링에게 봉인됐을 때처럼 실오라기 하나 걸치지 않은 상태가 되는 거잖아요~?! 그렇다면— 그 모습을 보기 위해서라도 끝까지 살아남을 수밖에 없다고요~!"

미쿠가 열변을 늘어놓자, 요시노는 무심코 한 걸음 물러섰다.

"그, 그랬군요……."

『이야…… 미쿠가 이렇게 강한 이유를 이제야 알겠어.』

요시노와『요시농』은 더욱 경계심을 품으며 자세를 낮췄다.

하지만 미쿠는 이 두 사람을 놓칠 생각이 없었다. 〈가브리엘〉의 은통을 치켜든 채, 힘차게 지면을 내디뎠다.

"〈가브리엘〉—【론도】!"

다음 순간, 미쿠의 발밑……이 아니라, 요시노와『요시농』을 둘러싸듯 수많은 은통이 생겨나더니, 둘을 옭아 묶으려는 듯이 부채꼴 모양으로『소리』를 토했다.

"앗! 요시농!"

『알아!』

요시노와『요시농』이 그것을 겨우 눈치채고 상공으로 몸을 피신시켰다.

하지만 그것도 미쿠의 노림수였다. 숨을 들이마신 미쿠는 공중에 있는 요시노를 향해 힘껏『소리』를 토했다.

"—와앗!"

"꺄아……!"

『우왓~!』

광범위하게 퍼져나간『소리』는 위력은 약하지만 피하기 어려웠다. 요시노와『요시농』이 그 충격파를 맞고 잠시 움츠러들었다.

미쿠는 그 틈을 이용해 허공을 박차듯 하늘로 날아오르더니, 손에 쥔 은통을 휘둘렀다.

"갑니다~!"

"……윽!"

요시노의 눈썹이 희미하게 움직인 순간, 냉기가 소용돌이를 만들며 얼음벽을 만들어 냈다. 하지만 미쿠의『소리』가 담긴 일격은 그 얼음을 단숨에 파괴했다.

　얼음이 생성되고, 미쿠가 그것을 부순다. 그런 공방전이 반복되는 사이, 점점 얼음의 생성 속도가 미쿠의 스피드를 쫓아가지 못하게 됐다.

『요시노! 이대로는 안 돼! 당하고 말 거야!』

"알아……! 그러니까―."

　얼음 알갱이가 흩날리는 가운데, 요시노와『요시농』이 이야기를 주고받았다. 아마도 미쿠의 맹공으로부터 벗어날 방법을 의논하고 있는 것이리라.

"그렇게는― 안 돼요!"

　미쿠가 그렇게 외치면서 또다시 벽을 부순 뒤, 〈가브리엘〉의 은통을 치켜들었다.

　그리고 그 끝에 파괴의『소리』를 집중시킨 후―.

"―【교향곡】!"

　해머처럼 휘두르며, 단숨에 그 충격파를 발산했다.

"꺄아아아아아아아앗!"

『우갸~!』

　주위에 엄청난 굉음이 울려 퍼지더니, 〈가브리엘〉의 공격을 정통으로 맞은 〈자드키엘〉과 요시노의 영장이 빛의 입자로 변하며 사라졌다.

　―미쿠가 승리한 것이다. 그녀는 엄청난 달성감을 느끼며

온몸을 부르르 떨었다.

"와아! 해냈어요오오오! 저, 혼자서도 어엿하게 싸울 수—."

하지만, 미쿠는 말을 멈췄다.

그럴 만도 했다. 영장이 사라진 바람에 반라 상태가 된 요시노가 지면에 풀썩 주저앉더니…….

"미쿠 씨……. 아, 아픈 건 싫어요……."

—라고 말하면서 눈물이 맺힌 눈으로 미쿠를 올려다본 것이다.

"요……, 요요요요, 요시노 양……!"

그 뇌쇄적인 모습과 목소리를 접한 미쿠의 이성은 단숨에 증발했다.

"거, 걱정하지 마세요! 아프게 안 할게요오오오! 하지만 그런 모습으로 이런 곳에 있다간 감기에 걸릴 거예요! 제가 책임지고 안전한 장소까지 데려다드릴게요~! 자, 이쪽으로—."

그렇게 말하며 요시노에게 다가간 미쿠는 그제야, 요시노의 손가락에 빛으로 된 실 같은 것이 달려 있다는 사실을 눈치챘다.

"저기…… 죄송해요, 미쿠 씨."

"어?"

다음 순간, 미쿠는 등 뒤에 나타난 거대한 그림자에 짓눌리며, 그대로 의식을 잃었다.

잔존 정령, 10명 중 9명.

단장(斷章)/4 Reunion

　예의 그 이상한 남자와 재회한 것은, 그로부터 얼마 지나지 않은 때였다.

　또 하나의 자신 ― 그 남자는 『토카』라고 불렀던가 ― 의 마음이 흐트러지더니, 또 자신의 의식이 표층으로 끌려나오고 만 것이다.

　하지만, 토카의 마음에서 흘러들어온 감정은 일전의 강렬한 절망과 약간 달랐다. 적막, 망각― 잊어선 안 되는 무언가를 잊은 듯한, 그런 영문 모를 불안감이라고나 할까. 정체를 알 수 없는 고통에 휩싸여 있었다.

　눈을 뜬 장소는 이전처럼 전장 한가운데가 아니라, 수많은 사람들로 우글거리는 마을 안이었다.

　그리고 그녀는 우여곡절 끝에 예의 그 남자― 시도와 재회했으며, 잠시 동안 이야기를 나눴다.

뭐, 오리가미라는 여자의 꾐에 넘어가 무쿠로라는 여자와 승부를 하는 등, 여러모로 성가신 일이 벌어졌지만…… 수확이 전혀 없었던 것은 아니었다.

보아하니, 시도는 선량한 인간이었다. 적어도 토카를 절망에 빠뜨리려는 의도는 없는 것 같았다. 하지만 이상하게도, 토카의 절망과 슬픔은 전부 이 남자에 관한 일에서 기인하고 있었다. 시도가 상처 입으면 토카 또한 자신의 몸이 잘려나간 것 같은 고통을 느꼈고, 시도가 고통스러워하면 토카 또한 마음이 무거워졌다.

……그야말로 불가사의한 현상이다. 그 점을 알게 된 그녀는 사라지기 전에 이런 말을 남겼다.

"─나를."

"뭐……?"

시도는 영문을 모르겠다는 표정을 지었다. 그녀는 냉담한 눈길로 그를 내려다보면서 말을 이었다.

"『토카』를, 슬프게, 만들지 마라."

제4장 마지막까지 남은 자는

온기를 머금은 바람이 볼을 매만졌다.

며칠 전까지만 해도 코트를 걸쳐야 했지만, 지금 텐구시에는 새로운 계절이 다가오고 있다는 것을 눈으로 확인할 수 있었다. 파릇파릇하게 자란 잔디와, 나무에 맺힌 꽃봉오리…… 그리고 흩날리는 꽃가루 때문에 마스크를 쓴 사람들도 있었다. 그런 점들이 모이고 모여, 이 마을은 점점 봄의 색깔로 물들어가고 있었다.

학교를 나선 시도 일행은 그런 풍경을 보면서 마을 걷고 있었다.

매일같이 다니던 통학로, 역 앞의 큰길과는 다른 방향으로 향하면서 말이다. 학교에서 멀어질수록 점점 커다란 건조물과 찻길이 줄어들었으며, 그것을 대신하듯 나무와 들판 같은 자연의 경치가 눈에 들어왔다.

토카와 텐카는 시도의 옆에 서 있었다. 토카는 신기하다는 듯이 주위를 둘러보면서 「오오, 시도. 저건 무엇이냐?」 하고 즐거운 어조로 묻고 있었지만, 텐카는 입술을 꾹 다문 채 별 말 하지 않았다.

하지만— 그렇게 얼마나 걸었을까. 텐카의 눈썹이 희미하게 떨리더니, 그녀는 걸음을 멈췄다. 그리고 먼 곳을 쳐다보듯 고개를 들었다.

"—이 감각은…… 흠, 그래. 〈라지엘〉의 숙주는 감이 좋나 보구나."

"뭐?"

텐카가 혼잣말을 중얼거리자, 시도는 무심코 그녀에게 되물었다.

그에 텐카는 언짢다는 듯이 미간을 찌푸리고는 시도를 노려보듯 쳐다보며 입을 열었다.

"아무것도 아니다. 나는 신경 쓰지 마라. 네놈은 토카만 신경 쓰면 된다."

"무슨 소리를 하는 거야? 그럴 수는 없어. 모처럼 셋이서 데이트를 하고 있는 거니까……."

"흥."

시도가 볼을 긁적이면서 쓴웃음을 흘리자, 텐카는 또다시 코웃음을 쳤다.

"그것보다, 보여주고 싶다는 것이 있는 곳에는 아직도 도착하지 않은 것이냐? 토카의 시간을 헛되이 빼앗지 마라."

그리고 불만을 드러내듯 그렇게 말했다. 그러자 토카는 고개를 저었다.

"헛되이 빼앗는 게 아니다, 텐카. 이렇게 시도, 그리고 너와 함께 처음 와보는 길을 걷는 것만으로도 나는 즐거우니까 말이다. 데이트라는 건 꼭 뭔가를 하는 게 아니다. 누군가와 함께 있으면서 즐겁다고 느낀다면, 그것이 바로 데이트인 거지."

"—그런 거냐."

토카가 반박을 할 거라고는 생각도 못했는지 텐카가 눈을 슬며시 치켜떴다. 그런 텐카의 표정 변화를 아는지 모르는지, 토카는 의기양양하게 가슴을 펴며 말을 이었다.

"데이트에 있어서는 내가 선배니까, 텐카에게도 이것저것 가르쳐 주마! 나만 믿어라!"

"……흠. 그럼 그 데이트의 진수라는 것을 가르쳐다오."

텐카는 그렇게 말한 후, 시도 쪽을 힐끔 쳐다보았다.

"—들었지? 목숨을 건졌구나, 인간."

"어? 나, 방금 목숨이 오락가락했던 거야?"

"방금만이 아니다. 너의 모든 행동에 목숨이 걸려 있다고 생각해라. 토카를 조금이라도 불쾌하게 만들어봐라. 그 순간, 네 머리와 몸통이 작별하게 만들어 주지."

"어어……."

그 흉흉한 말, 그리고 농담처럼 느껴지지 않는 기백에 압도당한 시도는 무심코 한 걸음 물러섰다. 하지만 그런 텐카를 본 토카가 미간을 찌푸렸다.

"텐카, 그런 소리를 하면 어찌하는 것이냐. 그리고 데이트란 건 서로가 『즐거움』을 가지고 함께하는 것이다. 시도에게만 그런 요구를 하면 안 되는 거다."

"……그렇구나. 그럼 역시 내가 함께 할 필요는 없겠구나. 나는 토카나 인간에게 나눠줄 만한 향락을 가지고 있지 않으니 말이지."

"무슨 소리를 하는 거냐. 아까도 말했지 않느냐. 우리는, 너와 함께 있는 것만으로도 『즐겁다』. 시도도 그렇지?"

토카가 동의를 구하듯 미소를 지으며 시도를 쳐다보았다. 그러자 그는 힘차게 고개를 끄덕이며 대답했다.

"응. 물론이야."

"……흥."

텐카는 고개를 돌리면서 코웃음을 쳤다. 퉁명한 태도이기는 하지만, 그녀는 자기 나름대로 동의의 뜻을 표시한 것 같았다.

토카도 그렇게 판단한 것 같았다. 그녀는 만족한 것처럼 고개를 끄덕이며 말을 이었다.

"음. 알았으면 됐다. 그럼 사과를 해라. 시도에게 『잘못했습니다』라고 말해봐라."

"……뭐?"

토카의 말에 텐카는 인상을 찡그렸다.

하지만 토카가 방긋방긋 웃으며 한 말을 거부할 수 없는 건지, 엄청 인상을 쓰면서 시도를 쳐다보았다.

"잘, 못, 했, 습, 니, 다."

"……으, 응."

시도는 이렇게 말 한 마디 한 마디에 살의가 담긴 사과는 처음 받았다. 텐카가 살기어린 눈빛으로 쳐다보며 그렇게 말하자, 시도는 등에서 식은땀이 나는 것을 느끼면서 고개를 끄덕였다.

하지만, 계속 위축되어 있을 수도 없었다. 시도는 마음을 다잡으려는 듯이 헛기침을 한 후, 두 사람을 향해 돌아섰다.

"—자, 토카. 텐카. 실은 곧 목적지에 도착할 거야. 그리고, 두 사람한테 부탁하고 싶은 게 있는데……."

"음? 뭐냐?"

"……."

토카는 환한 표정을 지으면서, 텐카는 아무 말 없이, 시도를 쳐다보았다. 시도는 그런 두 사람을 향해 오른손과 왼손을 내밀면서 말했다.

"여기서부터 목적지에 도착할 때까지, 눈을 감아주면 안 될까? —두 사람을, 깜짝 놀라게 해주고 싶거든."

"오오! 그거 재미있겠구나!"

시도의 부탁에 토카는 바로 눈을 감으며 시도의 손을 꼭 움켜쥐었다.

하지만 텐카는 내키지 않는 듯한 표정을 지으며 시도를 노려보았다.

"나는 됐다. 네놈과 토카만—."

"'텐카.'"

하지만 시도와 토카가 동시에 텐카의 이름을 부르자, 그녀는 벌레라도 씹은 표정을 지었다. 그리고 순순히 눈을 감더니, 시도의 손 위에 자신의 손을 올려놓았다.

"좋아. 그럼 천천히 나아갈 테니까, 발밑을 조심해."

시도는 그렇게 말한 뒤, 두 사람을 인도하듯 손을 잡아끌면서 뒤돌아선 채 걸음을 옮기기 시작했다.

눈을 감고 있는데도 두 사람의 발걸음은 흐트러지지 않았다. 뒤돌아서서 걷고 있는 시도보다 걸음이 안정된 것처럼 보였다. 그 정도로 시도를 신뢰하고 있는 건지, 아니면 시야가 차단되어도 아무렇지 않게 걸을 수 있을 만큼 다른 감각이 뛰어난 건지…… 아마 토카는 양쪽 다일 것이며, 텐카는 후자이리라.

시도는 두 사람에게 추월당하지 않도록 뒤를 돌아보며 천천히 걷다가, 길모퉁이를 돈 후에 멈춰 섰다.

"─자, 도착했어. 두 사람 다 눈을 떠봐."

시도는 그렇게 말하며 두 사람에게 신호를 보내듯 손에 살며시 힘을 줬다. 그러자 토카와 텐카는 미리 짜기라도 한 것처럼 동시에 걸음을 멈추고, 동시에 눈을 떴다.

그리고─.

"─와아……!"

"──."

두 사람은 그대로 눈을 동그랗게 떴다.

하지만 그것도 무리는 아니었다. 시도도 처음으로 이 경치를 봤다면 비슷한 반응을 보였을 것이 틀림없었다.

─그렇다. 시야를 가득 채우고 있는, 멋진 벚나무를 본다면 말이다.

몇 그루나 되는지 알 수 없는 벚나무에는 갓 피어난 꽃이 흐드러지게 피어 있었다. 그 모습은 호화로우면서도 유려했다. 그리고 현란하면서도─ 덧없었다. 보는 이들의 눈길을 빼앗는, 몽환적인 광경이었다.

바로 그때, 한줄기 바람이 불었다. 나무들 사이로 분 바람이 하늘을 우러르듯 뻗은 나뭇가지를 흔들자, 수많은 꽃잎이 일제히 흩날렸다.

"오오……!"

"……"

벚꽃잎이 눈보라처럼 흩날렸다. 엄청난 양의 꽃잎이 연분홍색 격류가 되더니, 마치 눈보라처럼 토카와 텐카를 집어삼켰다.

"이, 이게 뭐냐……. 꽃……인 것이냐?"

머리카락과 어깨에 꽃잎이 잔뜩 붙은 토카가 흥분했는지 볼을 붉혔다. 시도는 그 꽃잎을 손으로 털어주면서 미소를 머금었다.

"그래. 벚꽃이라는 거야. 전부터, 토카에게 보여 주고 싶었어."

시도는 그렇게 말하며 벚나무를 올려다보듯 고개를 들었다.

그렇다. 토카와 데이트를 하게 된 순간, 시도의 뇌리에 가장 먼저 떠오른 장소는 바로 이곳이었다.

이유는 지극히 단순했다. ―토카가, 아직 본 적이 없는 풍경이라고 생각했기 때문이다.

작년 4월 10일에 만난 후, 시도는 토카와 함께 다양한 경치를 보았다. 학교, 마을, 바다, 단풍, 그리고 눈…… 그때마다 토카는 신기하다는 듯이 눈을 반짝였다.

하지만, 토카의 영력을 봉인했을 당시에는 이미 텐구시 인근의 벚꽃이 진 후였다. 그래서 이 풍경만은 아직 보여 주지 못했다.

어쩌면 잘된 것일지도 모른다. 지금까지 토카에게 보여 주지 못했기 때문에, 토카는 처음으로 벚꽃을 보는 순간을 텐카와 함께 맞이할 수 있었으니 말이다.

"―텐카, 어때? 아름답지?"

"……음."

시도가 말을 걸자, 멍하니 벚꽃을 올려다보고 있던 텐카가 어깨를 희미하게 떨면서 고개를 돌렸다.

"내가 아니라 토카에게 물어봐라. 토카만 즐거워한다면, 나는 그걸로―"

거기까지 말한 텐카가 갑자기 입을 다물었다.

그녀의 등 뒤로 몰래 다가간 토카가…….

"이얍!"

방금 주워 모은 벚꽃잎을 텐카의 머리에 뒤집어씌운 것이다.

수많은 꽃잎이 흩날리면서 텐카에게 흩뿌려졌다. 곧 텐카는 온몸이 벚꽃잎으로 범벅이 됐다.

"하하하, 빈틈을 보이니 당하는 거다!"

"······호오?"

순식간에 꽃의 요정 같은 모습이 된 텐카는 도끼눈을 뜨면서 즐거운 듯한 어조로 그렇게 말하더니, 물에 젖은 개처럼 몸을 흔들어서 꽃잎을 털어냈다.

"하앗!"

그리고 눈에 보이지 않는 속도로 꽃잎을 주워 모아 답례라는 듯이 토카에게 그것을 뿌렸다. 그러자 토카의 긴 머리카락이 연분홍색 꽃잎으로 아름답게 꾸며졌다.

"푸웁······!"

"훗, 이걸로 비긴─."

하지만 이번에도 텐카는 말을 끝까지 잇지 못했다.

이유는 생각해 볼 필요도 없었다. 토카와 텐카가 그렇게 장난을 치는 사이에 꽃잎을 주워 모은 시도가 텐카에게 꽃잎 샤워를 시킨 것이다.

"훗. 텐카. 등 뒤를 살펴야 할 거 아냐."

"이놈······."

텐카는 시도를 노려보더니, 바닥에 떨어진 돌멩이를 주워들며 도망치는 시노를 쫓았다.

"어······, 왜 나한테는 몇 곱절로 복수하려고 하는 건데?!"

"닥쳐라! 나를 얕본 죄는 그 목숨으로 갚아라!"

"토, 토카! 살려줘~!"

"음! 기다려라, 시도! 금방 꽃잎을 모아서 도와주러 가마!"

"뭐…… 이익! 비겁하지 않느냐! 인간!"

벚꽃이 흩날리는 가로수 길에서, 세 사람의 술래잡기가 시작됐다.

◇

"어―."

나무가 무성하게 자란 숲속에서, 무쿠로는 눈을 치켜뜨며 할 말을 잃었다.

그럴 만도 했다. 자신을 부르는 목소리에 고개를 돌려보니― 토카와 데이트를 하고 있을 시도의 모습이 눈에 들어온 것이다.

무쿠로만이 아니다. 옆에 있는 니아와 마리아 또한 경악에 찬 표정을 짓고 있었다.

무쿠로는 치켜들고 있던 〈미카엘〉을 내리고 시도를 향해 돌아섰다.

"나리…… 이런 데서 뭘 하고 있는 게냐? 토카와 데이트를 하고 있는 줄 알았는데 말이다."

무쿠로가 그렇게 묻자, 시도는 감개무량하다는 듯이 숨을 내쉬면서 이렇게 말했다.

"아, 토카와의 데이트는 무사히 끝났어. 이제 안심해도 돼."

"아! 그게 정말이냐?"

시도의 대답에 무쿠로는 눈을 동그랗게 떴다. 시도는 상냥한 미소를 지으며 말을 이었다.

"—자초지종은 코토리한테서 들었어. 다들, 나와 토카의 데이트를 위해 최선을 다해 준 거지? 정말 고마워. 내가 최선을 다할 수 있었던 건, 전부 너희 덕분이야."

"나리……."

"하지만 이제 괜찮아. 더는 싸울 필요 없어. 자, 다른 애들이 있는 곳으로—."

"—잠깐만 있어봐~."

바로 그때, 시도의 말을 막듯 니아가 입을 열었다. 그녀는 오른 손가락으로 〈라지엘〉의 페이지를 매만지며, 시도를 날카로운 안광으로 노려보았다.

"니아……? 왜 그러느냐?"

무쿠로가 영문을 모르겠다는 투로 그렇게 말하자, 니아는 「므흐흥」 하고 기묘한 웃음소리를 흘리면서 시도를 손가락으로 가리켰다.

"일이 너무 술술 풀리는 것 같아서 말이지~. 혹시나 싶어서 〈라지엘〉로 조사해 보기를 잘했네. 소년으로 변해서 기습을 하려고 하다니, 꽤나 약아빠진 수를 쓰네. 응? **낫**쿨."

"뭐……?!"

무쿠로는 숨을 삼키면서 나시 시도의 얼굴을 쳐다보았다. 그 얼굴만 보면 시도가 틀림없지만— 그 상대는 니아의 말을 듣자마자 미간을 살짝 찌푸렸다.

"……큭……."

그 모습을 본 니아는 씨익 웃었다.

"여전히 끝내주는 변신이네. 하지만 무쿠찡이라면 몰라도, 나한테 그런 작전을 쓰는 건 악수 아닐까~? 낮층이라면 그 정도는 알 것 같은데……."

니아는 그렇게 말하더니, 이내 뭔가를 눈치챘는지 「아하」 하고 말했다.

"그래. 욧시~를 도우려는 거구나. 가만히 있었다간, 욧시~와 밋키~가 우리한테 당했을 테니까 말이야. 욧시~와 사이가 좋은 낮층은 그냥 두고 볼 수 없었을 거야. 으음, 운이 좋았네. 뜻밖의 사냥감이 낚였어. 후~하하하!"

니아는 악역처럼 웃음을 흘리더니, 다시 시도로 변한 나츠미를 손가락으로 가리켰다.

"이 자리에 나타난 순간, 네 운은 바닥이 난 거야! 무쿠로 선생님, 잘 부탁드립니다!"

"그렇게 잘난 척을 해놓고, 마지막에는 무쿠로한테 의지하는 건가요."

니아의 등 뒤에 있던 마리아가 그녀를 흘겨보면서 그렇게 말했다. 하지만 니아는 개의치 않으며(이마에 땀방울이 맺히기는 하지만), 신뢰로 가득 찬 눈길로 무쿠로를 쳐다보았다.

"흐음……."

하지만, 무쿠로는 바로 나서지 않았다.

반론을 하지 않는 것을 보면, 이 시도가 가짜라는 사실은 틀림없어 보였다. 시도의 모습을 이용해 무쿠로를 속이려 한 나츠미에게 분노를 느끼고 있기는 했다. 하지만―

"······맞아."

그런 무쿠로의 마음속을 헤아린 것처럼, 나츠미는 시도의 모습을 한 채, 시도와 똑같은 목소리로 입을 열었다.

"이건 바보짓이 분명해. 〈라지엘〉이 있는 이상, 아무리 똑같이 변신하더라도 정체가 탄로 날 게 뻔하거든. —하지만, 말이야."

나츠미는 날카로운 눈길로 무쿠로를 응시했다.

"나는 내 행동을 후회하지 않아. 설령 지금 이 자리에서 당하더라도 상관없어. —무쿠로, 너는 어때? 니아의 손바닥 위에서 놀아나며 마지막 승자가 되어서 고백할 권리를 손에 넣더라도, 당당히 가슴을 펴고 시도 앞에 설 수 있겠어?"

"······윽, 무쿠, 는—."

그 말을 들은 순간, 무쿠로의 가슴이 욱신거렸다.

아까부터 마음에 걸리던 점이 언어가 되어, 똑똑히 인식하게 된 듯한 느낌이 들었다. 상대가 가짜라는 것은 알고 있지만, 시도의 모습과 목소리로 저런 말을 하니 대미지가 어마어마했다.

—사실 무쿠로는 시도에게 고백을 하고 싶은 것이 아니었다. 시도는 무쿠로를 받아줬고, 가족이 되자고 말해줬다. 무쿠로에게는 그것이 전부였다. 그 이상의 무언가를 바랄 생각이 없었다.

그렇다면 무쿠로는 왜 시도에게 고백할 권리를 손에 넣으려 하는 것이냐— 그것은 **아무도 고백을 하지 않았으면** 하기 때문이다.

무쿠로는 시도를 좋아하며, 그렇기 때문에 그가 영원히 변치 않았으면 했다. 시도가 누구 한 사람만을 바라보기를 원치 않는 것이다.

하지만, 지금의 무쿠로에게 시도의 앞에 설 자격이 있을까.

니아의 방식을 부정할 생각은 없다. 이런 싸움에서 누군가와 손을 잡는 것은 정석이라 할 수 있다. 이기기 위해 최선을 다하는 그 자세는 아름답다고 생각한다.

하지만— 무쿠로의 성미에는 맞지 않는다. 그저 그뿐인 것이다.

"어…… 어어어?! 낫츙, 뭐하는 거야?! 위장 캐릭터는 정체가 들통 나면 『쳇, 들켰군!』하고 도망치거나 그냥 당해야 하는 거 아냐?! 왜 무쿠찡을 농락하려고 하는 건데?!"

"……흥, 내가 말했지? 애초부터 들킬 줄 알았다고 말이야. 하지만 무쿠로가 니아의 방식을 마음에 들어 하지 않는다는 것도 은근슬쩍 눈치챘거든. —무쿠로! 자기 자신에게 솔직해지는 게 어때?!"

"소년의 말투로 그런 소리를 하는 건 너무 약았잖아아아아 아앗! 속지 마, 무쿠찡! 나와 함께 천하를 거머쥐자!"

"—니아, 니아."

바로 그때, 마리아가 니아의 어깨를 손가락으로 톡톡 두드렸다. 니아는 짜증 섞인 눈길로 마리아를 힐끔 쳐다보았다.

"마리아, 왜 그래?! 나, 지금 바쁘거든?!"

"어쩌면, 비상사태가 발생한 걸지도 몰라요."

"그건 나도 알고 있거든?! 마리아도 무쿠찡을 좀 말려보란 말이야!"

"아니, 그것과는 다른 건이에요."

"……뭐?"

마리아가 그렇게 말하자, 니아는 미간을 찌푸렸다.

"헤, 헤헷……."

바로 그때, 뭔가를 눈치챈 듯한 나츠미가 시도로 변한 채 웃음을 흘렸다.

"……미안해, 무쿠로. 내가 방금 한 말은 너무 개의치 마. 그냥 입에서 나오는 대로 떠들었을 뿐이거든. 나는 그저― **시 간을 끌고 싶었을 뿐이야.**"

"뭐……?"

"어……?"

나츠미의 말에 무쿠로는 의아하다는 듯이 고개를 갸웃거렸다. 니아 또한 미심쩍다는 듯이 미간을 찌푸렸다.

나츠미는 천천히 고개를 들어 하늘을 올려다보았다.

무쿠로와 니아 또한 덩달아 하늘을 올려다보았고―.

"음―."

"아……."

어느새 그곳에 존재하는 누군가를 본 그녀들은 눈을 동그랗게 떴다.

그럴 만도 했다. 그들은 바로…….

"크, 크큭……. 꽤 하는구나. 음, 꽤 하는걸."

"분노. 각오는…… 되어 있겠죠?"

엉망이 된 영장을 걸친 카구야와 유즈루가 분노에 찬 표정을 지으며 그곳에 있었다.

"히익……! 카, 카구양, 유즈룽……?! 마리아 대대가 당하다니……. 아니, 그것보다 어떻게 여기를—."

니아는 말을 끝까지 잇지 못했다.

아마 무쿠로와 마찬가지로 눈치를 챈 것이리라. —근처에 있는 나무의 상단부가 『니아는 여기→』라고 적힌 간판으로 변했다는 사실을 말이다.

이런 짓이 가능한 정령은 단 한 명뿐이었다. 니아는 새파랗게 질린 얼굴로 나츠미를 쳐다보았다.

"나…… 낫츠으으으으으응!"

"아하하……. 카구야와 유즈루가 탈락하지 않았다는 건 알고 있었거든. 이렇게 해두면, 앙갚음을 하러 올 거라고 생각했어."

그렇게 말한 나츠미는 책 모양을 한 천사를 손바닥에 출현시켰다. —〈라지엘〉을 모방한 〈하니엘〉이었다. 아무래도 저 책을 통해 야마이 자매가 무사하다는 사실을 확인한 것 같았다.

"야, 악았어, 낫층! 어떻게 이런 계략을 쓰냔 말이야~! 자기 힘으로 정정당당하게 이기자는 기개 같은 건 없는 거냐~?!"

"뻔뻔한 것! 그딴 소리를 늘어놓지 마라아아아앗!"

"보복. 봐주지 않겠어요. 유즈루와 카구야의 결판을 방해한 죗값은 니아가 직접 치르세요."

카구야와 유즈루가 분노를 터뜨리며 그렇게 외치더니, 하늘을 박차며 니아를 덮쳤다.

"히이이이이익! 도와줘, 마리아아아아아아앗!"

니아는 한심한 비명을 지르면서 나무 사이를 가르며 요리조리 도망쳤다.

그리고 한동안 비명과 고함, 그리고 엄청난 풍압에 나무가 쓰러지는 소리가 들렸지만— 이내 잦아들었다. 니아가 당한 건지, 아니면 무사히 도망친 건지는 모르겠지만, 야마이 자매도 이곳으로 돌아오지는 않았다.

"......음."

무쿠로는 작게 한숨을 내쉰 뒤, 여전히 시도의 모습을 하고 있는 나츠미를 향해 걸어갔다.

"......윽!"

나츠미는 화들짝 놀라며 어깨를 부르르 떨었지만, 곧 체념한 것처럼 전투태세를 취했다.

"......뭐, 이렇게 될 줄 알았어. ......좋아. 저 두 사람을 여기로 부른 사람은 나니까 말이야. 하다못해 모든 영력을 발산한 후에 박살이 나주겠어."

나츠미는 체념한 투로 그렇게 말했다. 하지만 무쿠로는 아무 말 없이 상대를 응시하더니, 두 손을 벌리고 힘껏 안아줬다.

"아......, 어? 저기......?"

그 행동이 의외였던 건지, 나츠미는 당황한 목소리를 냈다. 그러자 무쿠로는 가늘게 숨을 내쉬면서 말을 이었다.

"─그대의 말이 시간을 벌 요량으로 대충 늘어놓은 것일지라도, 그 덕분에 중요한 사실을 깨달았다는 것은 사실이니라. 고맙다. ─무쿠는, 무쿠가 긍지로 여길 수 있는 승리를 거머쥐도록 하겠느니라."

무쿠로는 그렇게 말하며 포옹을 풀었다.

"……설령 가짜일지라도, 나리에게 또 공격을 할 수는 없지. ─다음에 마주치게 된다면, 그때는 다른 모습으로 나타나거라. 그때는 전력을 다해 싸워주마."

무쿠는 그렇게 말하고 미소를 지은 뒤, 지면을 박차듯 하늘로 날아올랐다. ─자신의 전력을 다할 수 있는 전장을 찾기위해…….

"……, ……, ……."

홀로 남겨진 나츠미는 잠시 동안 숨을 쉬지 못했다.

갈비뼈를 부수고 튀어나오는 것은 아닌가 싶을 정도로 심장이 격렬하게 뛰었다. 손가락 끝이 저렸고, 시야 또한 뿌옇게 변했다.

"…………푸하아아아아아아아……."

나츠미는 무쿠로의 모습이 시야에서 사라진 후에야 크게 한숨을 내쉬었다. 그와 동시에 온몸이 옅게 빛나면서 원래 모습으로 돌아왔다.

"……나, 오늘 구사일생을 얼마나 겪는 거야……? 방금은 진짜로 탈락하는 줄 알았네⋯⋯."

나츠미는 그렇게 말하며 자신의 몸을 내려다보더니, 방금 자신을 껴안았던 무쿠로의 감촉을 되새기듯 손으로 만져봤다.

"⋯⋯⋯⋯여자 가슴, 최고."

나츠미는 낮은 목소리로 그렇게 중얼거린 후, 다른 정령에게 들키지 않도록 수풀 속에 숨었다.

◇

"히익⋯⋯, 히익⋯⋯!"

니아는 숨을 헐떡이면서 나무가 무성한 산길을 내달렸다.

뒤편에서는 카구야와 유즈루가 일으킨 폭풍과, 무수한 마리아들이 격돌하는 소리가 들렸다.

그렇다. 마리아에게 야마이 자매를 막아달라고 부탁한 니아는 어찌어찌 그 두 사람에게서 도망친 것이다.

하지만 아직 안심할 수는 없었다. 기습을 했는데도 저 두 사람을 해치우지 못했으니 말이다. 아무리 마리아의 숫자가 많더라도, 그것만으로 쓰러뜨릴 수 있을 리가 없다. 그리고 마리아라는 벽이 뚫린 순간, 가구야와 유즈루는 정령들 중 최고의 속도로 니아를 추적할 것이다. 그러면 그대로 끝이다.

그래서 니아는 서두르고 있었다. 무쿠로를 대신할, 새로운 파트너를 찾기 위해서⋯⋯.

"지금, 누가 남아 있지⋯⋯?! 가르쳐줘, 라지에몽⋯⋯!"

니아는 당황한 목소리로 그렇게 외치면서 〈라지엘〉을 현현시킨 후, 계속 도망치면서 책의 페이지에 손가락을 댔다.

첩보에 있어서 〈라지엘〉의 권능은 강력하기 그지없다. 분명 니아와 손을 잡으려 하는 정령이 있을 것이다. 가능하면 누군가와 싸워서 피폐해진 정령이 적당하다. 그편이 니아와 손을 잡을 확률이 큰 것이다. 무쿠로처럼 성격과 신조 때문에 협력을 질색하는 자도 있겠지만, 〈라지엘〉의 힘이 탐나지 않는 이는 없으리라. 잘만 구슬린다면…….

─바로 그때였다.

"우왓!"

그런 생각을 하며 달리던 니아가 갑자기 뭔가에 부딪쳐 엉덩방아를 찧었다.

한순간, 나무에 부딪쳤다고 생각했지만─ 그렇지 않았다. 니아가 느낀 감촉은 나무보다 부드럽고, 또한 탄력적인 몸이었다.

"아야야야……. 대체 뭐야─."

그 순간, 니아는 말문이 막혔다.

지금 자신이 부딪친 이의 정체를 알게 된 것이다.

"─어머, 어머. 니아 양. 이렇게 급하게 어디를 가시는 거죠?"

좌우 불균형하게 묶은 검은 머리카락과 백자처럼 새하얀 피부, 그리고 몸에 걸친 것은 십자가가 곳곳에 그려져 있는 흉흉한 느낌의 드레스…….

소녀는 **한번 보면 절대 잊을 리 없는 시계 모양의 눈동자**를 미소의 형태로 만들며 상냥하게 웃어 보였다.

"—윽!"

그 표정은 부드럽고, 목소리 또한 온화했다. 하지만 니아는 누가 자신의 옷 안에 얼음 덩어리를 집어넣은 듯한 착각에 사로잡혔다.

"쿠, 쿠루밍……"

"예, 예."

니아가 떨리는 목소리로 상대의 이름을 입에 담자, 소녀—토키사키 쿠루미는 장난스럽게 고개를 끄덕였다.

"저는 다툼을 좋아하지는 않지만, 이렇게 마주쳤으니 전장의 법칙에 따라 싸울 수밖에 없답니다."

쿠루미가 슬퍼하는 듯한 시늉을 하며 그렇게 말하자, 니아는 작은 목소리로 「……하하, 나이스 조크……」하고 중얼거렸다.

"자, 만약을 위해 물어보는 거지만, 마지막으로 남기고 싶은 말이 있으신가요?"

"으, 으음, 쿠루밍. 혹시나 해서 묻겠는데, 나와 손을 잡을 생각은—."

"—그러면, 저한테 어떤 이득이 있죠?"

니아와 마찬가지로 〈라지엘〉을 지닌 정령은 그렇게 말한 후, 처절하기 그지없는 미소를 머금었다.

—잔존 정령, 10명 중 8명.

◇

　"······니아야."

　"확인. 니아군요."

　수많은 마리아를 격퇴한 카구야와 유즈루는 짓이겨진 개구리처럼 산길에 널브러져 있는 여성을 내려다보며 그렇게 중얼거렸다.

　영장이 벗겨져 반라 상태인 니아는 때때로 발끝이 경련이 일어난 것처럼 떨리고 있었다. 아무래도 기절한 것 같지만, 이따금씩 신음을 흘렸다. 제대로 박살이 난 것 같았다.

　"아까 마리아들이 사라지는 걸 보고 혹시나 하기는 했는데······ 우리한테 잡히기 전에 다른 누군가에게 당한 걸까?"

　"추측. 아마 그렇게 된 것 같아요. 뭐, 마리아가 반란을 일으켰을 가능성도 없지는 않지만 말이에요."

　"아······."

　카구야가 「그럴지도 모르겠네······」 같은 의미가 담긴 신음을 흘리더니, 분통을 터뜨리듯 발을 동동 굴렀다.

　"젠장~. 대체 누가 우리 사냥감을 채간 거야? 제대로 앙갚음을 해줄 생각이었는데 말이야."

　"한숨. 어쩔 수 없죠. 니아를 쓰러뜨린 누군가와는 상관없을 일일 테니까요."

　"뭐, 그건 그렇지만······. 하아, 정말. 느긋하게 퍼질러 자고 있네."

"주의. 영장을 현현하지 못하게 됐으니, 니아는 이미 탈락했어요. 엉덩이를 맴매해 주고 싶은 심정은 이해하지만, 탈락자에게 해를 입히는 건 룰 위반이에요."

"나, 나도 알거든?"

카구야는 유즈루의 말을 듣고 마음을 진정시켰다.

"……."

"……."

그들은 잠시 동안 니아의 등을 쳐다보다가, 누가 먼저랄 것 없이 동시에 서로를 쳐다보았다.

"─자, 의도치 않은 형태로 훼방꾼이 사라졌는데……."

"긍정. 칼을 뽑아 들었으면 무라도 썰어야죠."

"그럼……."

"당연."

카구야와 유즈루는 동시에 씨익 웃더니, 또 동시에 지면을 박차면서 거리를 벌린 후에 천사를 거머쥐었다.

카구야가 쥔 거대한 돌격창 【엘 레엠】.

유즈루가 쥔 펜듈럼 【엘 나하쉬】.

가장 빠른 천사 〈라파엘〉을 구성하는 두 무기는 거듭된 싸움으로 인해 표면에 미세한 금이 생겨 있었다.

아니, 그뿐만이 아니었다. 두 사람이 입은 구속복 같은 형태의 영장도, 각자의 어깨에 현현된 외날개도, 찢겨지거나 부서지면서 그 단면으로 영력의 빛이 흘러나오고 있었다.

서로가 한계에 도달했다는 사실은 두 사람 다 이해하고 있었다.

사실 협력을 한다는 선택지도 없지는 않았다. 다른 정령들이 어떤 상황인지는 모르지만, 전원이 만전의 상태일 거라고는 생각하기 어려웠다. 그렇다면, 야마이 자매의 콤비네이션으로 승리를 거머쥐는 것도 불가능하지는 않으리라.

하지만 카구야와 유즈루는 주저 없이 이 선택지를 골랐다.

확실히 시도에게 고백을 할 권리는 매력적이다. 카구야도, 유즈루도, 시도에게 전하지 못한 마음으로 각자의 가슴을 가득 채우고 있었다. 멋쩍음, 어떤 대답을 들을지 모른다는 데서 비롯되는 두려움, 혹은 다른 누군가를 향한 배려……. 그런 것들 때문에 이 핑크빛 감정을 소중히 가슴속에 담아두고만 있었다. 그것을 시도에게 전할 계기가 탐나지 않을 리가 없다.

하지만, 그것보다도…….

피가 아닌 존재 그 자체를 나눠가진 자신의 반신이, 자기 이외의 다른 누군가에 의해 탈락하는 결말을— 도저히 견딜 수가 없을 것 같았다.

"—갈게, 유즈루."

"응전. 바라는 바예요."

두 사람은 한 걸음 내딛은 후, 동시에 지면을 박찼다.

그 순간, 주위의 나무들이 술렁거렸다. 희미하게 지면이 떨리더니, 다음 순간에는 충격파가 주위를 휘감았다.

만약 이 승부에 입회인이 있더라도, 두 사람의 움직임을 파악하지 못할 것이다.

그 정도로 카구야와 유즈루의 움직임은 빨랐다. 두 사람 다 영력이 한계에 도달했는데도 말이다.

하지만 그들은 서로의 움직임을 정확하게 파악하고, 극한까지 압축된 의식 속에서 무수한 공방을 주고받았다.

카구야가 【엘 레엠】을 드릴처럼 회전시키며 내지르자, 유즈루는 【엘 나하쉬】를 소용돌이처럼 회전시키며 【엘 레엠】을 휘감았다. 그에 두 사람의 힘이 반발하더니, 순식간에 두 천사가 박살나고 말았다.

"흡—!"

"—핫!"

하지만 두 사람은 멈추지 않았다. 카구야와 유즈루는 말아 쥔 주먹에 남아 있던 모든 영력을 불어넣고, 있는 힘껏 상대를 두들겨 팼다.

두 사람의 주먹이 아름답게 교차하며 서로의 몸에 꽂혔다.

"커헉……!"

"고……통……."

두 사람의 일격이 작렬한 곳에서 엄청난 충격파가 생겨나더니, 이미 너덜너덜해진 두 사람의 영장을 단숨에 날려버렸다.

빈라 상내가 된 카구야와 유즈루는 비틀거리다 그대로 지면을 향해 쓰러졌다.

두 사람은 대자로 지면에 나란히 누웠다.

"하아……, 하아……."

"……, 후우……."

한동안 두 사람의 가슴이 격렬하게 들썩였고, 거친 숨소리가 주위를 지배했다.

　그리고 그 소리가 잦아들었을 즈음, 카구야가 하늘을 쳐다보며 웃음을 터뜨렸다.

　"하, 하하하하……, 아아~ 역시 이렇게 되네. 어쩌면 이길 수 있을지도 모른다고 생각했는데……."

　그러자, 유즈루 또한 훗 하고 웃음을 흘렸다.

　"동의. 유즈루도 마찬가지예요. 【엘 레엠】을 박살낸 순간, 이길 수 있을지도 모른다고 생각했어요."

　"어? 그런 것까지 똑같았던 거야? 그럼, 으음, 이걸로……."

　"추산(推算). 봉인 후의 승부를 별개로 치면, 이걸로 100전 25승 25패─ 50무승부예요."

　카구야는 유즈루의 말을 듣고 또다시 웃음을 터뜨렸다.

　"다음에야말로─ 내가 이길 거야."

　"허언. 오히려 박살을 내주겠어요."

　카구야와 유즈루는 서로를 바라보다가, 후들거리는 팔을 들어 올려서 주먹을 가볍게 맞댔다.

─잔존 정령, 10명 중 6명.

◇

　벚나무 가로수길에서 한참 노닥거린 시도 일행은 근처에 있

는 전통찻집으로 향했다.

조금 지쳐서 잠시 쉬고 싶어진 데다, 주된 이유는 바로 한창 놀던 와중에 토카의 배에서 꼬르르르륵…… 하는 소리가 났기 때문이다. 제대로 된 점심 식사는 나중에 하기로 하고, 일단 간식이라도 좀 먹을까 싶어 적당한 가게에 들어갔다.

그곳은 꽤 분위기 있는 가게였다. 가게 앞에는 붉은색 양탄자가 깔린 평상과 햇빛 차단용 대형 전통 양산이 설치되어 있었으며, 바람에 흩날리는 벚꽃이 풍류 넘치는 풍경을 자아내고 있었다. 시도 일행은 그런 풍경의 일부가 되어, 방금 주문한 먹거리가 나올 때까지 기다렸다.

"—아."

바로 그때, 바람에 흩날리며 날아온 벚꽃잎이 시도가 든 찻잔 안의 녹차 표면에 떨어지며 희미한 파문을 자아냈다.

시도의 옆에 앉아 있던 토카는 그 모습을 보더니 눈을 동그랗게 떴다.

"오오, 시도의 차에 벚꽃잎이 들어갔다! 으음, 아름답구나…… 내 차에도 들어오지 않으려나……."

"하하. 그건 벚꽃에게 물어봐야……."

"—흥."

시도가 뭐라 말하려던 순간, 텐카가 코웃음을 쳤다.

그와 동시에 바람이 불더니, 벚꽃잎 두 장이 토카의 찻잔 안으로 들어갔다.

"오오! 내 찻잔에도 꽃잎이 들어왔다! 그것도 두 장이나 말이다!"

"……텐카, 네가 한 거지?"

"무슨 소리인지 모르겠구나."

시도가 식은땀을 흘리며 묻자, 텐카는 시치미를 떼면서 고개를 돌렸다. ……뻔히 티가 났다. 이곳은 그녀의 세계. 이 정도는 아무것도 아니리라.

뭐, 그렇다고 해서 추궁을 해봤자 소용없었다. 토카도 기뻐하는 것 같으니 그냥 넘어가자. 그렇게 판단한 시도는 쓴웃음을 짓기만 했다.

"—오래 기다리셨습니다~."

일본 전통 복장을 한 점원이 접시가 놓인 쟁반을 들고 나타났다. 토카는 그 목소리를 듣고 환하게 웃었다.

"오오, 왔구나! 오래 기다렸다!"

점원도 이렇게 환영을 받을 거라고는 생각하지 못한 건지, 아하하 하고 웃으면서 평상 위에 접시를 놓았다.

접시 위에 놓인 동그란 과자를 본 토카는 그 과자처럼 눈을 동그랗게 떴다.

"오오?! 시도, 이게 무엇이냐?"

"사쿠라모치야. 옅은 핑크색이 예쁘지? 안에는 팥이 들어 있어."

"호오…… 그럼 저 벚꽃잎을 본떠서 만든 건가. 그래, 아름답구나. 그럼 저건 뭐지?"

토카가 텐카 앞에 놓인 접시를 손가락으로 가리켰다. 그곳에는 토카 앞에 놓인 것과는 약간 다른 형태를 한 전통과자가 놓여 있었다.

토카의 것은 동그랗게 뭉친 형태였고, 텐카 쪽은 납작하게 빚은 떡으로 팥을 감싼 형태였다.

"아, 텐카도 사쿠라모치구나."

"뭐? 하지만 형태가 꽤 다른 것 같구나."

"도묘지(道明寺)와 쵸묘지(長命寺)— 간단하게 말하자면 칸사이풍과 칸토풍이야. 이 가게에는 양쪽 다 있으니까, 비교를 하면서 먹어 보는 것도 좋겠다 싶었거든."

"오오, 그거 좋구나! 그럼 먹어 보자!"

"—잠깐만."

토카가 힘찬 목소리로 그렇게 말한 순간, 텐카가 사쿠라모치가 놓인 접시를 손에 들면서 시도를 노려보았다.

"텐카, 왜 그래?"

"이 과자에 붙어 있는 건 나뭇잎 아니냐? 네놈, 감히 토카에게 이딴 걸 먹일 심산인 거냐?"

텐카는 그렇게 말하면서 사쿠라모치를 감싼 벗나무 잎을 손가락으로 가리켰다. 시도는 납득한 것처럼 쓴웃음을 지었다.

"처음 보면 확실히 당황스러울 거야. 그건 벗나무 잎을 소금에 절인 건데, 먹을 수 있는 거니까 안심해도 돼."

"······정말이겠지?"

"물론, 정말— 우읍?!"

시도는 말을 멈췄다. 아니— 정확하게 말하자면, 끝까지 잇지 못했다.

"그럼 네놈이 먹어 봐라."

텐카가 시도의 입에 사쿠라모치를 집어넣었기 때문이다.

"……읍! ……우읍?!"

시도는 깜짝 놀랐지만, 텐카가 미심쩍은 눈길로 쳐다보고 있었기에 캑캑거릴 수도 없었다. 어떻게든 호흡을 가다듬은 후, 입안의 사쿠라모치를 씹었다. 사쿠라모치 자체는 맛있어서 불행 중 다행이었다.

그 모습을 본 토카는 불만을 표시하듯 입술을 삐죽 내밀었다.

"으으……. 텐카는 참 약았다. 자기 혼자만 『아~』를 하다니……. 시도, 나도 『아~』를 하겠다!"

"……윽?!"

토카가 그렇게 말하면서 이쑤시개로 사쿠라모치를 집어 시도에게 내밀었다. 시도로서는 텐카가 자신의 입에 넣은 사쿠라모치를 삼킨 후에 그것을 먹고 싶었지만—

"……."

—왜 토카의 사쿠라모치를 먹지 않는 거냐? 죽고 싶으냐? 라고 말하는 듯한 텐카의 시선 때문에 그럴 수가 없었다. 결국 시도는 떡 두 개를 한꺼번에 머게 됐다.

"오오. 시도, 어떠냐?! 맛있느냐?!"

"……, ……."

시도는 말을 할 수가 없었다. 그저 미소를 통해 그 말에 수긍했다. 그러자 토카는 만족했는지 미소를 지었다.

"음, 그거 다행이구나! 그럼 텐카, 우리도 먹자꾸나!"

"……흠."

아무래도 시도가 사쿠라모치를 먹는 모습을 보고 납득을 했는지 텐카는 이쑤시개를 과자에 찔러 넣었다.

하지만 토카가 합장을 하며 고개를 살짝 숙이는 모습을 보더니 움직임을 멈췄다.

"잘 먹겠습니다!"

"……."

그에 텐카는 이쑤시개에 꽂힌 사쿠라모치를 접시에 내려놓고, 토카를 따라하듯 합장을 했다.

"잘 먹겠습니다."

그리고 토카와 같은 말을 한 그녀는 사쿠라모치를 살펴본후, 그것을 입에 넣었다.

그때, 먼저 사쿠라모치를 입에 넣었던 토카가 눈을 크게 떴다.

"앗! 오오, 이건 정말 맛있구나……! 달고, 약간 새콤하며, 좋은 향기가 나는 게…… 처음 느껴보는 맛이다!"

"하하, 마음에 든 것 같아 다행이야. ―텐카는 어때?"

"……나쁘지는 않다."

시도의 물음에 텐카는 고개를 돌리며 그렇게 말했다.

눈빛이 날카롭고 말투가 퉁명하기는 하지만, 왠지 표정에서 만족감이 묻어나는 것 같았다.

그제야 시도는 깨달았다. 텐카의 반응이 처음 만났던 당시의, 인간에게 불신감을 가지고 있던 토카와 똑같다는 것을 말이다.

"……."

그 점을 눈치챈 순간, 시도는 문득 생각했다. 확실히 텐카는 행동이 거칠지만, 그녀 또한 사리사욕을 위해 세계를 자신의 입맛대로 뜯어고칠 정령 같아 보이지는 않는다고 말이다.

"……인간, 왜 그러지? 나한테 불만이라도 있는 것이냐?"

"아, 아냐……."

아무래도 시도가 아무 말 없이 텐카를 한동안 쳐다보고 있었던 것 같았다. 그는 얼버무리려는 듯이 고개를 돌렸다. 그러자, 시도의 오른편에서 이쑤시개에 꽂힌 사쿠라모치가 불쑥 튀어나왔다.

"텐카! 이 사쿠라모치도 맛있다. 먹어 봐라!"

"……, 음."

텐카는 눈앞에 있는 사쿠라모치를 쳐다보더니, 그녀 또한 자신의 사쿠라모치를 이쑤시개에 끼워서 토카를 향해 내밀었다.

필연적으로 두 사람의 손은 시도의 눈앞에서 교차되었다.

"오오, 고맙다!"

토카가 환하게 웃으면서 텐카가 내민 사쿠라모치를 입에 넣었다. 그러자 텐카 또한 토카가 내민 사쿠라모치를 먹었다.

두 사람은 시도 앞에서 사쿠라모치를 음미했다. 그 신기한 광경을 본 시도는 무심코 쓴웃음을 흘렸다.

"으음……! 이것도 맛있구나! 아까와는 다른 식감을 즐길 수 있다!"

"……음, 그렇구나."

토카는 만면에 미소를 지으며 고개를 끄덕였고, 텐카는 미간을 약간 찌푸렸다. 다른 반응을 보이고 있지만, 두 사람 다 만족한 것 같았다.

바로 그 때—

"……윽?!"

먼 곳에서 뭔가가 폭발하는 소리가 들렸다. 시도는 온몸을 부르르 떨면서 그쪽을 쳐다보았다.

"이, 이 소리는 뭐야……."

"—개의치 마라."

시도가 경악했지만, 텐카는 태연한 표정을 지으며 그렇게 말했다.

"오지랖 넓은 녀석들이 난리를 피우고 있는 것뿐이다. 네놈은 토카와 계속 데이트를 하면 된다."

"뭐……? 텐카, 그게 무슨—."

시도가 당혹스러워하며 텐카를 쳐다보았다. 지금의 그녀라면 이 세상에서 일어나고 있는 일을 전부 파악하고 있더라도 이상할 것이 없었다. 하지만 오지랖 넓은 녀석들이란 대체…….

시도가 그런 생각을 하고 있을 때, 토카가 그의 손을 움켜잡았다.

"토카?"

시도가 놀라면서 그쪽을 쳐다보니, 토카는 방금 그 굉음에 전혀 개의치 않는 것처럼 환한 미소를 짓고 있었다.

"─저기, 시도. 다음에 갈 곳은 내가 정해도 되겠느냐? 이 마을에는 텐카에게 보여 주고 싶은 곳이 잔뜩 있다."

"그, 그건 괜찮은데……."

"그러냐! 그럼 가자. 자, 시도. 텐카의 손을 잡아라."

토카는 그렇게 말하면서 평상에서 일어섰다. 하지만 시도는 토카의 말을 듣고 눈을 크게 뜨고 텐카를 쳐다보았다. 그러자 텐카가 언짢은 눈길로 시도를 노려보았다.

"그러니까 나는 신경 쓰지 말라고 했지 않느냐. 둘이서─."

"괜찮지 않느냐. ……이럴 기회는, 이제 없을 테니까 말이다."

토카가 텐카의 말을 끊듯 그렇게 말하더니, 이내 쓸쓸함이 묻어나는 미소를 머금었다.

"─윽!"

그 미소를 본 순간, 시도는 심장이 옥죄어드는 듯한 느낌을 받았다.

그리고 다음 순간, 누군가가 시도의 왼손을 움켜잡았다. 무슨 바람이 분 것인지, 아까까지 난색을 표하던 텐카가 시도의 손을 움켜쥔 것이다.

"……흥. 갈 거라면 서둘러라, 인간. 데이트 시간은 한정되어 있으니 말이다."

"으, 응……."

시도는 얼이 나간 듯한 반응을 보였지만, 토카와 텐카의 손을 잡은 채 자리에서 일어났다. 그러고 보니, 아까 두 사람을 벚나무 가로수길로 데려왔을 때와 같은 구도였다.

그걸 눈치챈 토카는 눈을 반짝이며 기뻐했다.

"좋아, 그럼 가자! 우선 이쪽이다!"

토카는 그렇게 말하면서 가볍게 걸음을 내디뎠다. 텐카 또한 토카와 마찬가지로 걸음을 옮겼다. 오른손은 상냥하게, 그리고 왼손은 약간 거칠게 당겨졌다.

"……"

두 사람에게 이끌리며 벚나무 가로수길을 걷던 시도는 아까 토카가 한 말을 떠올렸다.

―이럴 기회는, 이제 없을 테니까 말이다.

그 말은 토카와 텐카가 동시에 존재할 기회를 의미하는 것이리라.

하지만, 어째서일까―.

한순간, 시도는 그 말이 다른 의미를 지니고 있는 것처럼 들렸다.

◇

"미쿠 씨는 괜찮을까……."

『걱정 안 해도 돼~. 그냥 기절했을 뿐이잖아.』

요시노가 걱정하는 듯한 어조로 말하자, 〈자드키엘〉에 깃든 『요시농』이 가라앉은 목소리로 그렇게 대꾸했다.

요시노는 현재 〈자드키엘〉에 매달려 있으며, 기절한 미쿠를 자신의 뒤편에 태운 채 공원 안을 이동하고 있었다. 그녀의 몸에는 아까 박살이 났던 영장이 다시 현현되어 있었다.

그렇다. 요시노의 영력은 아직 바닥나지 않았다. 미쿠가 방심하도록 만들기 위해, 일부러 천사와 영장을 해제한 것이다.

그리고 요시노가 미쿠의 주의를 끄는 사이, 다시 현현된 〈자드키엘〉을 원격조작해서 미쿠를 등 뒤에서 습격했다. …… 솔직히 말해 정정당당한 방식이라고는 할 수 없지만, 아까 전의 미쿠는 그 정도로 방심 못할 상대였다.

겨우겨우 승리를 거둔 요시노는 영장을 잃고 반라 상태가 된 미쿠를 차마 내버려둘 수가 없는지, 안전한 장소까지 이동시키고 있었다.

"음…… 으음…… 안 돼요, 요시노 양……. 그렇게 빨아도 아무것도 안 나와요……."

"꺄아……!"

그런 잠꼬대가 들리는가 싶더니, 느닷없이 등 뒤에서 뻗어 나온 손이 요시노의 몸을 더듬었다. 그 바람에 요시노는 무심코 어깨를 부르르 떨었다.

그 진동이 〈자드키엘〉을 조종하는 실에 전해진 건지, 미쿠의 몸이 〈자드키엘〉의 등에서 떨어졌다.

"죄, 죄송해요……!"

요시노는 허둥지둥 〈자드키엘〉에서 내려와 안면이 지면과 격돌한 미쿠를 들어 올려서 다시 〈자드키엘〉에 태웠다. …… 사실 이런 일이 벌써 세 번째였다. 미쿠는 좀 이동했다 싶으면 잠꼬대를 하면서 요시노에게 안겨든 것이다.

『정말~. 미쿠는 진짜로 기절한 게 맞아~? 나는 터치 엄금이거든~?』

"쿨…… 쿨……."

『요시농』이 물었지만, 미쿠는 곤한 숨소리만 낼 뿐이었다.

……평소 같으면 자는 척하는 거라고 의심할지도 모르지만, 일전에 〈프락시너스〉의 수면실에서 미쿠의 잠버릇이 얼마나 나쁜지 똑똑히 봤던 요시노는 그저 쓴웃음을 지을 수밖에 없었다. 더 고약한 잠버릇을 선보이기 전에 빨리 다른 곳에 눕혀두는 것이 좋겠다고 생각한 요시노는 적당한 장소를 찾기 위해 〈자드키엘〉을 타고 이동했다.

"아……."

그렇게 한동안 나아간 요시노는 쉼터 같은 장소를 발견했다. 목제 벤치와 테이블이 놓여 있으며, 그 위에는 간이 지붕이 설치되어 있었다.

탈락자는 〈라타토스크〉에서 보호해 준다고 했으니, 한동안은 이곳에 둬도 될 것이다. 그렇게 판단한 요시노는 미쿠를 〈자드키엘〉에서 내린 후, 벤치에 뉘였다.

그러자—.

"……응? 킁킁……."

냄새를 맡는 것처럼 미쿠의 코가 벌렁거리더니, 그대로 의자에서 굴러 떨어진 그녀는 지면을 기듯 이동하기 시작했다.

"미쿠 씨……?"

『진짜 엄청난 잠꼬대네……. 그런데, 대체 어디 가는 거지?』

요시노와 『요시농』이 깜짝 놀라고 있는 사이, 미쿠는 걸음을 멈추더니― 쉼터 옆에 세워져 있는 가로등을 향해 그대로 몸을 날렸다. 그리고 그대로 가로등에 쪼오오오오오옥! 하고 정열적인 키스를 했다.

"미, 미쿠 씨, 뭐하는 거예요……?!"

요시노는 허둥지둥 미쿠를 가로등에서 떼어내려 했다.

하지만, 다음 순간―

"꺄아―!"

그런 새된 비명이 들리더니, 미쿠가 끌어안고 있던 가로등이 빛을 내뿜으면서 조그마한 소녀로 변했다.

"나, 나츠미 씨?!"

그 광경을 본 요시노는 눈을 동그랗게 뜨면서 소녀의 이름을 외쳤다.

나츠미는 방심한 자기 자신을 저주하고 싶었다.

……아니, 수면 중인 미쿠의 괴물 같은 후각을 저주해야 할지도 모르지만, 그랬나간 어마어마한 대가를 치를 것 같았기에 관뒀다.

무쿠로와 니아의 협력관계를 무너뜨린 나츠미는 다음 행동방침을 정하기 위해, 〈라지엘〉을 베낀 〈하니엘〉로 정령들의 동향을 살폈다.

나츠미가 우선 경계한 이는 〈라지엘〉을 지닌 니아와 쿠루미였다. 나츠미의 천사 〈하니엘〉은 상대의 허를 찌를 때 진가를 발휘한다. 하지만 그것을 불가능하게 만드는 존재가 바로 전지의 천사 〈라지엘〉이었다.

니아가 순식간에 나츠미의 정체를 알아낸 것처럼, 그야말로 천적이라고 해도 과언이 아닐 정도로 상성이 나빴다. 〈라지엘〉이 전장에 남아있는 한, 나츠미는 뭔가로 변신해서 숨어 있을 때에도 전혀 방심할 수 없었다.

나츠미가 무쿠로와 니아의 협력관계를 무너뜨린 것도 그런 이유 때문이었다. 두 사람이 요시노와 미쿠의 싸움에 개입하려고 했기 때문이라는 것도 이유이기는 하지만, 전장 전체를 세세하게 살피는 니아가 어디에든 병력을 파견할 수 있는 무쿠로와 손을 잡고 있는 것은 나츠미에게 있어 지나치게 위험한 상황이었다.

'……아, 니아는 쿠루미에게 당했구나. 하지만 쿠루미는 거의 대미지를 입지 않은 상태네……. 성가신걸…….'

공원 쉼터에서 상황을 파악하고 있는데, 초목을 헤치며 나아가는 소리가 들려왔다.

'……윽!'

소리가 들린 곳을 쳐다보니, 수풀 너머로 커다란 토끼의 귀 끝부분이 보였다. ─틀림없었다. 요시노의 〈자드키엘〉이었다.

아직 나츠미를 발견하지 못한 것 같지만, 아무래도 이 쉼터를 향해 오는 것 같았다.

'큭……'

함부로 움직였다간 발각될지도 모른다. 나츠미는 잠시 고민한 후, 〈하니엘〉을 발동시켜서 자신의 모습을 가로등으로 변화시켰다.

딱히 기습할 생각은 아니다. 그저, 가능하면 요시노와는 싸우고 싶지 않았다. 〈라지엘〉을 지니지 못한 요시노라면, 자신을 찾지 못할 것이다.

……그리고 그 선택의 결과, 이런 상황에 처하고 말았다.

"……하아, 정말!"

나츠미는 인상을 찡그리더니, 아직도 자신의 볼을 쪽쪽 빨고 있는 미쿠를 밀쳐냈다. 미쿠는 엄청난 힘으로 나츠미에게 매달렸지만, 완전한 영장을 현현시킨 나츠미의 완력을 당해낼 수는 없는지 그대로 뒤편으로 벌러덩 쓰러졌다.

"아앙…… 나츠미 양, 너무해요……"

미쿠가 그런 잠꼬대를 늘어놓았다. 잠들어 있으면서도 개개인을 구별할 수 있는 것 같았다. 나츠미는 몸을 부르르 떨면서 요시노를 향해 고개를 돌렸다.

"……요시노."

나츠미는 요시노의 이름을 불렀다.

……하지만, 더는 말을 잇지 못했다. 그 후에 무슨 말을 하면 좋을지 알 수가 없었다.

애초에 이곳은 전장이다. 정령들이 투쟁을 벌이고 있는 장소인 것이다. 얼굴을 마주친다면, 「정정당당하게 승부하자」 이외의 말은 필요 없으리라.

하지만, 가능하다면 나츠미는 요시노와 마주치고 싶지 않았다. 상냥하고 고귀한 여신 요시노를 향해 무기를 겨누고 싶지 않았다. 그리고 요시노가 시도에게 고백하고 싶어 한다면, 그것을 방해하고 싶지 않다는 심정이 나츠미의 마음속 어딘가에 존재했다.

나츠미에게도 시도에게 전하고 싶은 마음이 없는 건 아니다. 하지만 그런 것은 요시노가 품고 있는 마음에 비하면 보잘것없으리라. 게다가 시도 또한 고백을 받는다면 나츠미 같은 애보다는 요시노나 다른 정령에게 받는 것에 더 기뻐할 것이다.

그렇다. 딱히 나츠미는 이 자리에서 탈락해도 상관없었다. 요시노에게도 나쁜 일은 아니었다. 분명 이해해 주리라. 그렇다면 되도록 고통을 느끼지 않게끔 하며 영력을 소비한 후에……

—바로 그때였다.

"……윽!"

머릿속을 가득 채우고 있는 생각을 말하려던 나츠미는 그대로 숨을 삼켰다.

이유는 단순했다. 지면을 박차며 옆에 있던 〈자드키엘〉에 올라탄 요시노가—.

"나츠미 씨, 아직 남아 있었군요. —기뻐요."

—라고 말하며 빙긋 웃더니, 전투태세를 취한 것이다.

"어, 잠깐…… 요시노……?"

요시노가 뜻밖에도 호전적인 반응을 보이자, 나츠미는 당황했다.

　설마, 그 상냥한 요시노가 이런 반응을 보일 거라고는 생각도 못했다. 전장의 분위기는 이 정도로 사람을 달라지게 만드는 것일까. 아니면 그 정도로 시도에게 고백을 하고 싶은 걸까……

　"……"

　거기까지 생각이 미친 나츠미는 입술을 깨물었다.

　아마 양쪽 다일 것이다. 하지만 요시노의 표정을 보니— 나츠미와 경쟁한다는 사실에 기쁨 같은 것을 느끼고 있는 것처럼 보였다.

　그 순간, 나츠미는 아까 자신이 했던 말을 떠올렸다.

　『—나는 내 행동을 후회하지 않아. 설령 지금 이 자리에서 당하더라도 상관없어. —무쿠로, 너는 어때? 니아의 손바닥 위에서 놀아나며 마지막 승자가 되어서 고백할 권리를 손에 넣더라도, 당당히 가슴을 펴고 시도 앞에 설 수 있겠어?』

　그것은 대충 입에서 나오는 대로 한 말이었다. 야마이 자매가 올 때까지 시간을 벌기 위해 그냥 늘어놓았을 뿐인, 종잇장처럼 얄팍하고 가벼운 말이었다.

　하지만, 무구로는 그 말을 동해 깨날았다. 나츠미의 말을 듣고…… 진심으로 자랑스럽게 여길 수 있는 승리를 쟁취하겠다고 말했다.

　—그렇다면, 나츠미는? 자기 입으로 그렇게 말한 나츠미가, 그 말을 저버려도 괜찮을까?

"……하아, 정말. 젠장, 젠장. ……이런 건, 진짜 내 취향이 아닌데……."

나츠미는 푸념을 늘어놓으며 빗자루 모양의 천사를 현현시켜 빙글빙글 회전시키더니, 그것을 요시노를 향해 겨눴다.

"……정령, 나츠미. 천사는 〈하니엘〉. ―정정당당하게……."

그리고 머리에 쓴 모자의 갓 부분을 아래로 살짝 잡아당기며, 그렇게 선언했다.

"……아!"

그러자 요시노는 기쁘다는 듯이 더욱 진한 미소를 머금은 후, 인사를 하듯 〈자드키엘〉을 앞쪽으로 숙이게 하면서 대답했다.

"정령, 요시노. 천사는 〈자드키엘〉. ―승부, 해요."

◇

정령 중에서 가장 강한 자는 누구인가.

누군가가 그런 질문을 던진다면, 다들 각자 다른 인물을 언급하지 않을까?

최강이라고 해도, 그 판단 기준은 사람마다 다르다. 영력을 가장 잘 다루는 자. 강력한 천사를 지닌 자. 지략이 풍부한 자― 분명 각각의 분야에는 각각의 제왕이 존재하며, 싸움의 결과라는 것은 그런 요소가 복합적으로 뒤엉킨 끝에 내려질 것이다. 『가장 강한 자』라는 것은 간단히 정의내릴 수 있는 것

이 아니다.

"큭―."

하지만, 1대 1로 벌이는 순수한 싸움만을 고려해 볼 때, 그 정점을 다투는 자 중에는 토비이치 오리가미가 분명 거론될 것이다. 코토리는 사방팔방에서 날아오는 광선을 종이 한 장 차이로 피하면서 그런 생각을 했다.

방대한 영력, 모든 것을 파괴하는 빛의 천사 〈메타트론〉, 그리고― 정령들 중에서 가장 많은 실전을 치르며 쌓은 경험치, 위저드 특유의 강인한 정신력…….

아름다운 외모와 달리, 저 새하얀 정령은 자신과 대치한 자의 심장을 얼어붙게 만들 정도의 압도적인 힘을 지녔다.

하지만―.

"〈카마엘〉……!"

코토리 또한 가만히 당할 수는 없었다. 고함을 지르듯 천사의 이름을 외친 그녀는 불꽃으로 변한 도끼의 날을 조종해 하늘에 떠 있는 수많은 〈메타트론〉을 쳐냈다.

"흡―!"

오리가미는 그때마다 새로운 〈메타트론〉을 현현시켜서 끝없이 광선을 쐈다. 하지만 아무리 오리가미라도 영력이 무한하지는 않을 것이다. 언젠가 영력이 바닥나서 〈메타트론〉이 사라진 순간― 코토리는 승기를 거머쥘 것이다.

하지만 그 순간이 찾아왔을 때, 코토리에게 힘이 남아 있지 않다면 의미가 없었다. 〈메타트론〉의 광선은 코토리의 영장을, 천사를, 혹은 손발을, 몇 번이나 꿰뚫었다. 〈카마엘〉은 그때마다 치유의 불꽃으로 그녀의 몸을 재생시켰지만, 코토리의 영력 그 자체가 바닥이 나버린다면 그 재생능력을 발휘할수 없게 되는 것이다.

즉, 이것은 전심전력과 전심전력의 격돌이었다. 누가 먼저 힘이 바닥날지를 걸고 펼치는, 그야말로 불꽃 튀는 소모전인 것이다.

"쳇―."

하지만, 그런 전투를 치르던 코토리가 작게 혀를 찼다.

전황은 거의 호각, 이라고 말하고 싶었지만, 사실 아주 약간 오리가미에게 밀리고 있었다.

이유는 아마도, **인간으로서의** 전투능력이 차이나기 때문이리라.

〈카마엘〉과 〈메타트론〉은 특기분야와 권능이 다르지만, 양쪽 다 강력한 천사다. 그 힘은 대등하다고 해도 과언이 아니다.

하지만 평소 사무 업무를 볼 때가 많을 뿐만 아니라 연령적으로도 신체가 완성되지 않은 코토리, 그리고 일상적으로 훈련을 해오면서 수도 없이 실전을 치른 오리가미 사이의 차이가 이 극한상황에서 드러나고 있었나.

"좀 더― 실력을 갈고닦을 걸 그랬네."

인상을 찡그린 코토리는 〈카마엘〉을 휘둘러 불꽃의 칼날을 흩뿌렸다. 코토리에게 광선을 쏘려던 〈메타트론〉의 『깃털』이 그 불꽃에 휘말려 타버렸다.

하지만 그 공격에서 벗어난 다른 『깃털』에서 쏘아진 빛이 코토리의 옆구리를 스쳤다.

"큭⋯⋯!"

고통에 인상을 찌푸린 코토리는 몸을 비틀면서 그 『깃털』을 불태웠다.

작열감과 함께 옆구리의 상처와 찢겨진 영장이 재생되는 가운데, 코토리는 오리가미를 노려보았다.

―적은 일기당천(一騎當千), 만부부당(萬夫不當)의 빛의 정령이다.

하지만, 코토리는 물러설 수 없었다. 왜냐하면―.

"⋯⋯감히 여동생보다 먼저 오빠에게 고백을 하겠다고? 그딴 건― 절대 허락 못해애애애앳!"

코토리가 고함을 지르더니, 양손으로 움켜쥔 〈카마엘〉을 치켜들며 오리가미를 향해 돌진했다.

그와 동시에 수많은 〈메타트론〉이 코토리를 겨눴지만, 그녀는 개의치 않으며 맹렬하게 돌진했다. 이대로 소모전을 벌이다간, 아마 코토리가 먼저 힘이 바닥나고 말 것이다. 그렇다면, 재생을 위한 영력이 남아 있는 동안에 오리가미에게 유효타를 먹이는 게 필수―.

하지만 바로 그때였다.

"앗⋯⋯?!"

가슴 언저리에서 느껴지는 뜻밖의 감촉에 코토리는 당황하고 말았다.

한순간, 사각지대에서 〈메타트론〉이 공격을 한 거라고 생각했지만— 그렇지 않았다. 고개를 움직여 쳐다보니, 허공에 생긴 『구멍』에서 튀어나온 열쇠 같은 것이 코토리의 가슴에 꽂혀 있었다.

고통은 느껴지지 않았다. 하지만 그 사실을 뇌가 인식한 순간, 코토리는 방심한 자기 자신을 저주했다.

그것은 바로 무쿠로의 〈미카엘〉이었다. 오리가미에게 정신이 팔린 바람에, 공격을 당할 때까지 눈치채지 못한 것이다.

"큭—!"

이대로 열쇠가 돌아가 힘이 『잠겨』 버린다면, 그 순간에 자신의 패배는 확정된다. 코토리는 어떻게든 〈미카엘〉에서 벗어나기 위해 몸을 비틀었다. 하지만, 이미 늦었다……!

그러나—.

"—【방(放)】."
（시플뢰르）

『구멍』 너머에서 들려온 말은, 코토리가 예상한 것과 달랐다.

"어……?"

다음 순간, 코토리는 몸에서 힘이 넘쳐나는 것을 느꼈다. 〈메타트론〉의 움직임이 아까보다 확연하게 보였다. 코토리는 자신을 향해 날아오는 광선을 전부 피한 뒤, 몸을 회전시키며 후방으로 이탈했다.

"이건……."

틀림없다. 【세그바】가 아니라, 대상자의 잠재력을 해방시켜주는 【시플뢰르】다. 코토리도 웨스트코트와 싸울 때 이 권능을 경험한 적이 있었다.

"—윽!"

코토리가 자신의 손바닥을 쳐다보고 있을 때, 오리가미의 숨소리가 들렸다.

그쪽을 쳐다보니, 아까 전의 코토리와 마찬가지로 오리가미의 몸에도 〈미카엘〉이 꽂혀 있었다.

그리고 역시 코토리와 마찬가지로 열쇠가 돌아간 순간, 오리가미의 몸에서 뿜어져 나오는 영력이 급격하게 늘어났다.

"……무쿠로."

오리가미가 의아하다는 듯이 미간을 찌푸리며 허공을 쳐다보았다.

그러자 그 말에 답하듯, 아까보다 커다란 『구멍』이 생겨나더니, 그 안에서 무쿠로가 모습을 드러냈다.

그녀가 걸친 영장은 평상시의 영장과 달랐다. 【시플뢰르】에 의해 본래의 힘을 해방시킨, 전장에 선 장군처럼 용맹한 모습을 하고 있었다. 손에 쥔 〈미카엘〉 또한, 석장 형태에서 미늘창 같은 모습으로 바뀌었다.

"음. 잠시 실례하겠노라. 우선 허를 찌른 것을 사죄하마. 【시플뢰르】로 힘을 해방시켜 주겠다고 말해봤자, 신용하지 않을 거라는 생각이 들어서 말이다."

"이게 무슨 짓이지?"

오리가미가 그렇게 묻자, 무쿠로는 고개를 끄덕이며 입을 열었다.

"—뻔하지 않느냐. 전투로 피폐해진 그대들을 해치워봤자, 무쿠는 분명 만족하지 못할 것이니라. 이것으로, 전원이 전심 전력을 다할 수 있게 됐지. —자, 덤벼 보거라. 둘이서 한꺼번에 덤벼도 되느니라."

무쿠로는 그렇게 말하더니, 자신만만한 미소를 지으며 〈미카엘〉을 치켜들었다.

"……"

순식간에 상황을 파악한 오리가미는 눈썹을 살짝 찌푸렸지만, 코토리와 무쿠로 두 사람을 동시에 상대하겠다는 듯이 〈메타트론〉을 전개했다.

그에 코토리는 숨을 가늘게 내쉬더니, 〈카마엘〉의 불꽃을 온몸에 두르며 외쳤다.

"—좋아. 너희에게, 여동생의 힘을 똑똑히 보여주겠어!"

◇

"〈하니엘〉—!"

나츠미가 찢어질 듯한 기합을 내지르며 〈하니엘〉을 휘두르자, 【칼리도스쿠페】에 의해 그 형태가 변했다.

〈하니엘〉이 빛을 내뿜으며 거대한 도끼로 형태가 바뀌었다. 〈카마엘〉— 코토리가 지닌 불꽃의 천사는 불꽃의 칼날을 일렁이며 요시노가 탄 〈자드키엘〉에게 쇄도했다.

"『요시농』!"

『그래~!』

요시노는 〈자드키엘〉을 조종해서 얼음으로 된 벽을 만들어 냈다. 〈카마엘〉의 불꽃이 그 벽의 중간 부분까지 박히며 얼음을 녹였지만, 요시노에게 공격이 닿지는 않았다. 유즈루는 뛰어난 속도로 나츠미의 공격을 전부 피했지만, 요시노는 저 두꺼운 얼음벽으로 나츠미의 공격을 전부 받아내고 있었다.

진짜 〈카마엘〉의 소유주인 코토리가 공격을 했다면 이야기가 달라지겠지만, 나츠미에게는 이 정도가 한계였다.

아무리 편리할지라도, 가짜는 가짜에 불과하다. —정말 자신에게 어울리는 천사였다. 전투 도중에 그런 생각이 든 나츠미가 자조 섞인 웃음을 흘렸다.

"하지만…… 가짜에게는 가짜 나름의 방식이라는 게 있어……!"

나츠미는 그렇게 외치며 움켜쥔 도끼를 힘차게 치켜들었다.

그러자 〈하니엘〉이 다시 빛을 내뿜더니— 이번에는 거대한 토끼처럼 생긴 인형으로 변했다.

그렇다. 요시노가 탄 〈자드키엘〉을 똑같이 베낀 것이다.

"어……?!"

『꺄아~! 요시농이 생이별한 쌍둥이야?!』

요시노와 『요시농』도 이번에는 놀랐는지 경악을 금치 못했다.

"쏴, 〈자드키엘〉!"

나츠미는 가짜 〈자드키엘〉을 조종해서 거대한 얼음 탄환을 여러 개 날렸다.

"큭—!"

요시노는 그것을 막아내기 위해 새로운 얼음벽을 만들어냈다. 하지만, 놀란 탓에 대처가 한 발 늦고 말았다. 거대한 얼음 덩어리가 격돌하더니, 얼음 알갱이가 찬란하게 빛나면서 사방에 흩뿌려졌다.

한순간, 극히 짧은 한순간이지만, 요시노를 지키는 얼음벽이 완전히 파괴됐다.

그리고 그 짧은 틈이야말로— 나츠미가 필사적으로 거머쥔 승기였다.

"〈라파엘〉—【하늘을 달리는 자】!"

그렇게 외친 순간, 〈하니엘〉이 또 변했다.

날개가 달린 거대한 활— 그 활에 걸린 화살은 모든 것을 꿰뚫는 창이요, 활시위는 모든 것을 옭아매는 사슬이었다.

야마이 자매의 〈라파엘〉— 두 사람이 지닌 천사가 합체한 형태였다.

"오오오오오오오오오오오오!"

나츠미가 고함을 지르며 혼신의 힘을 다해 활시위를 당긴 후— 〈자드키엘〉의 이마를 향해 화살을 쐈다.

—그 순간이었다.

화살의 끝부분을 기점으로 엄청난 폭풍이 휘몰아치더니, 주위에 있던 나무, 근처에 있던 쉼터, 그리고 기절한 미쿠가 흩날렸다.

나선 형태로 소용돌이를 그리는 영력의 바람이 모든 것을 쓸어버리며 요시노와 〈자드키엘〉을 향해 뻗어 갔다. 아무리 요시노라도, 이제 와서 얼음벽을 만들어 낸들 이 공격을 막아 낼 수 없을 것이다.

하지만—.

"……윽?!"

폭풍이 소용돌이치는 가운데, 눈을 가늘게 뜨고 있던 나츠 미는 무심코 숨을 삼켰다.

〈라파엘〉 필살의 화살이 명중하려던 순간, 갑자기 〈자드키엘〉이 사라져버린 것이다.

"아니—."

눈 한번 깜박일 정도의 찰나가 흐르고, 그제야 나츠미는 눈 치챘다.

〈자드키엘〉은 사라진 것이 아니라— 그 형태를, 극한까지 응축시킨 것이었다.

"〈자드키엘〉—【동개(凍鎧)】……!"

백은색 갑옷을 몸에 두른 요시노가 그 장갑의 일부를 희생 시키면서 〈라파엘〉의 일격을 흘려보낸 뒤, 그대로 나츠미를 향해 육박했다.

"큭……!"

나츠미는 허둥지둥 〈하니엘〉을 발동시키려 했지만—.

"—하아앗!"

요시노가 날린 눈보라에 의해, 몸에 걸친 영장이 완전히 찢 겨 나가고 말았다.

—잔존 정령, 10명 중 5명.

"······하아······, 하아······."

요시노는 크게 어깨를 들썩이며 숨을 내쉰 뒤 그대로 무너지듯 무릎을 꿇었다.

온몸에 걸친 백은색 갑옷— 【시론】은 투구 왼편과 왼쪽 어깨의 장갑이 파괴됐다. 마음 같아서는 다시 갑옷을 생성하고 싶지만, 요시노의 영력도 한계에 도달했기 때문에 그럴 수 없었다. 그 정도로 아슬아슬한 싸움이었던 것이다.

『꺄아~! 요시농의 귀가~!』

"미, 미안해, 요시농······. 나중에 고쳐줄게······."

【시론】은 〈자드키엘〉을 응축해서 몸에 두르는 공방일체의 형태다. 즉, 현재 『요시농』의 의식은 갑옷에 깃들어 있는 것이다. 본체인 토끼 모양 퍼핏 인형은 요시노의 품속에 있지만, 『요시농』의 감각으로는 머리와 어깨가 절반 정도 사라진 상태이리라. 요시노는 토끼의 왼쪽 귀였던 부분을 쓰다듬으면서 그렇게 말했다.

"앗—."

그제야 나츠미에게 생각이 미친 요시노는 고개를 들고 쓰러져 있는 그녀를 향해 걸어갔다.

"나, 나츠미 씨, 괜찮으, 세요?"

"……아…… 응……. 온몸이 엄청 아프고, 무지 피곤한 데다, 죽을 것 같을 정도로 추운 것만 빼면 괜찮아……."

괴로운 듯한 목소리로 그렇게 말한 나츠미가 「에취!」 하고 기침을 했다.

『그래 가지고 괜찮다고 할 수 있을까?』

『요시농』이 태클을 날리자, 나츠미는 힘없이 웃으면서 손을 내저었다.

"……진짜로 괜찮아. 모든 영력을 다 써서 그런지…… 아니면, 요시노와 전력을 다해 싸운 덕분인지는 모르겠지만―."

나츠미는 헤헷 하고 웃으면서 말을 이었다.

"왠지…… 기분 좋아……."

"나츠미 씨……."

요시노는 온화한 미소를 머금고 희미하게 떨리고 있는 나츠미의 손을 움켜쥐었다.

그때였다.

"―아아, 정말 아름다운 광경이군요. 사력을 다해 싸운 자들이 서로의 건투를 치하하는 건가요. 보고만 있어도 마음이 깨끗해지는 것 같아요."

뒤편에서 들려온 그 목소리에 요시노가 몸을 부르르 떨었다.

"……윽."

"쿠루미…… 씨."

요시노가 그 이름을 중얼거리자, 지면에 생긴 그림자에서 한 소녀가 모습을 드러냈다. ―토키사키 쿠루미. 이 승부를 제안한 자이자, 최악의 정령이라 불리는 소녀였다.

그녀를 본 나츠미는 쳇 하고 작게 혀를 찼다.

"……꽤나 절묘한 타이밍에 나타났네. 피폐해진 승자를 쓰러뜨려서 어부지리를 노리려고, 우리의 싸움이 끝날 때까지 기다리고 있었던 거야……? 정말…… 성격 한번 끝내주게 더럽다니깐."

"어머, 어머. 그런 오해를 사니 참 슬프군요."

쿠루미는 그렇게 말하며 눈물을 훔치는 듯한 동작을 취했다. —뭐, 눈물이 한 방울도 나지 않을 뿐만 아니라, 얼굴에 어린 미소만 봐도 그녀가 그저 우는 시늉을 할 뿐이라는 것을 알 수 있지만 말이다.

"이유와 과정이 어찌 됐든 간에, 중요한 건 이 순간이랍니다. 미쿠 양과 나츠미 양은 영력이 바닥나서 탈락했고, 이 자리에는 요시노 양과 저만 서 있죠. 그렇다면, 저희가 해야 할 일은 하나뿐이지 않나요? 저 또한, 시도 씨에게 전하고 싶은 마음이 산더미처럼 있답니다."

쿠루미가 입가를 일그러뜨리며 그렇게 말하자, 요시노는 온몸에【시론】을 걸친 채 몸을 일으켰다.

"……요시농."

『응. 싸울 수밖에 없겠네. —쿠루미, 미안하지만 시도 군에게 고백할 권리는 요시노가 차지할 거야~!』

『요시농』이 투지가 어린 목소리로 그렇게 말했다. 평소의 요시노라면 방금 그 말을 듣고 부끄러워했겠지만— 지금 이 순간만큼은 그 말에 동의한다는 듯이 고개를 끄덕였다.

요시노의 몸에 남아 있는 영력은 얼마 되지 않았다. 몸에 두른 【시론】 또한 반파 상태다.

그에 반해 쿠루미의 영장은 상처 하나 나있지 않았다. 두 사람의 전력차는 그야말로 압도적이었다.

하지만—.

"……질 수 없어요. 시도 씨에게 마음을 전할 사람은, 바로 저예요."

그렇다고 해서, 이대로 물러설 수는 없었다. 싸워보지도 않고 포기한다면, 전력을 다해 자신과 싸운 미쿠와 나츠미를 볼 면목이 없다. 요시노는 가늘게 숨을 내쉰 뒤, 자신의 온몸을 탄환으로 삼으려는 듯이 몸을 앞쪽으로 숙였다.

"그 기개는 높이 사죠. —자, 그럼 시작해볼까요. 전력을 다해 덤비세요. 상대는 약해빠진 저랍니다. 요시노 양의 노력 여하에 따라, 어쩌면 이길 수 있을지도 몰라요."

쿠루미는 도발을 하듯 손을 까딱거리며 그렇게 말했다.

"……하아아아아아아아아아아아앗!"

요시노는 온몸에 냉기를 두르고, 쿠루미를 향해 그대로 돌진했다.

—잔존 정령, 10명 중 4명.

◇

하늘에서는 난전이 펼쳐지고 있었다.

오리가미, 코토리, 무쿠로. 강대한 힘을 지닌 세 정령이 전력을 다해 삼파전을 벌이고 있는 것이다. 하늘에서 빛이 춤추고, 불꽃이 휘몰아쳤으며, 공간에 느닷없이 『구멍』이 생겼다. 일격에 승패를 결정지을 수 있는 힘을 지닌 천사의 권능이, 무질서하게 펼쳐졌다.

"——."

한순간이라도 긴장을 풀었다간 치명상을 입을지도 모르는 긴장감 속에서, 오리가미는 차분하게 상황을 분석했다.

무쿠로의 【시플뢰르】에 의해 잠재능력이 해방됐기 때문인지, 평소보다 머릿속이 맑은 것 같았다. 이 혼전 속에서도 두 사람의 움직임이 평소보다 명확하게 보였다.

전황은— 대등하다고 할 수 있을 것이다. 공격 횟수는 〈메타트론〉을 지닌 오리가미가 가장 앞서지만, 접근전에서는 코토리가 유리하며, 또한 그녀에게는 불꽃을 통한 재생능력이 있다. 웬만한 공격으로는 그녀에게 대미지를 입힐 수 없으리라.

그렇다고 아까처럼 코토리의 영력이 바닥날 때까지 〈메타트론〉으로 총공격을 할 수도 없었다.

왜냐하면 이 전장에는 열쇠의 천사 〈미카엘〉을 지닌 무쿠로가 있기 때문이다. 그녀는 공간에 『구멍』을 만들어 자신이 원하는 장소와 연결할 수 있다. 즉, 상대의 공격을 상대에게 그대로 되돌려 줄 수 있는 것이다. 그저 무작위하게 광선을 흩뿌려서는 자신이 펼친 공격에 그대로 당할지도 모른다.

하지만 이대로 균형을 유지해서는 이길 수 없었다. 오리가미는 각오를 다진 뒤, 숨을 들이마시며 의식을 집중시켰다.

"―〈메타트론〉!"

그리고 그 이름을 부르며 하늘에 떠 있는 것 이외의 새로운 『깃털』을 현현시켰다.

그 숫자는 100개나 되었다. 오리가미의 몸에 남아 있는 대부분의 영력을 동원해, 결사의 작전을 펼친 것이다.

"아니⋯⋯!"

"―음."

오리가미가 승부수를 던지려 한다는 사실을 눈치챈 것일까. 코토리와 무쿠로의 표정에 긴장감이 묻어났다.

오리가미는 천천히 손을 들어 올리더니, 무수한 『깃털』들을 향해 호령하듯 힘차게 말했다.

"무너뜨려, 【광검(光劍)카두르】!"

오리가미의 지시에 따라 100개나 되는 『깃털』이 빛의 궤적을 남기며 동시에 하늘에서 춤췄다.

평소의 몇 배나 되는 숫자를 자랑하는 〈메타트론〉이 사방팔방에서 코토리와 무쿠로를 향해 광선을 쐈다. 코토리는 몸을 비틀어서 그것을 피하거나, 혹은 〈카마엘〉로 쳐내면서 그 포위망을 벗어나기 위해 하늘을 갈랐다.

무쿠로 역시 코토리와 비슷한 움직임을 보이는 와중에, 〈미카엘〉로 공간에 『구멍』을 만들어 오리가미에게 〈메타트론〉의 광선을 되돌려줬다. 허공에 생겨난 『구멍』에서 뿜어져 나온 빛이 오리가미의 영장을 꿰뚫거나, 혹은 그녀의 다리를 스치고 지나갔다.

"큭—!"

하지만 오리가미는 피하지 않았다. 몸을 빛으로 변화시켜 공격을 피하는 영력조차 아까울 뿐만 아니라, 무쿠로가 이런 반격을 할 것이라는 것도 사전에 예상했기 때문이다. 그렇기 때문에, **공격이 되돌아오더라도 몇 발 정도는 견뎌낼 수 있도록, 일부러 출력을 낮췄다.**

그렇다. 오리가미의 진정한 노림수는 이 일제공격이 아니었다. 【카두르】의 공격은 어디까지나 코토리와 무쿠로의 주의를 끌면서 빈틈을 만들어 내기 위한 미끼에 지나지 않았다.

"—지금이야."

코토리가 휘두른 〈카마엘〉을 거둬들이는 타이밍과, 무쿠로가 〈미카엘〉을 허공에서 뽑아 드는 타이밍이 일치했다. 그녀들이 천사를 사용한 직후에 생기는 그 한순간의 빈틈— 오리가미는 날카로운 감각으로 그것을 감지한 뒤, 『깃털』에서 뿜어져 나오는 광선을 그물처럼 교차시키면서 그녀들의 퇴로를 차단했다.

"어……?!"

"이건—!"

뭔가 수상하다는 것을 그제야 눈치챈 코토리와 무쿠로는

말을 삼켰다.

하지만— 이미 늦었다. 오리가미는 치켜든 두 손을 단숨에 휘두르며 외쳤다.

"—【포관(砲冠)】!"

그 순간, 오리가미의 목소리에 호응하듯 코토리와 무쿠로의 머리 위에서 각각 왕관 형태로 결집되어 있던 『깃털』들이 엄청난 광선을 방출했다.

이것이야말로 오리가미의 최종수단이었던 것이다.

어마어마한 숫자의 【카두르】는, 두 개의 【아티리프】를 숨기기 위한 위장이었다.

"……!"

"——!"

코토리와 무쿠로는 소리 없는 비명을 남기며 빛에 삼켜졌다.

아무리 힘이 해방된 두 사람일지라도, 【아티리프】를 정통으로 맞는다면 무사하지 못할 것이다. 오리가미는 승리를 확신하면서도, 방심하지 않으며 영력을 계속 방출했다.

하지만—.

"……〈카마……엘〉, —【포(砲)】……!"

찬란하게 빛나는 영력의 격류 속에서 희미하게 그림자가 꿈틀거리는가 싶던 순간, 오리가미를 향해 진홍색 불꽃이 일직선으로 쏘아졌다.

"—윽!"

오리가미는 아슬아슬하게 그 공격을 피했다. 엄청난 불꽃이 방금까지 오리가미의 머리가 있던 장소를 가르고 지나갔다. 영장을 두르지 않았다면 접근하기만 해도 몸이 타들어갈 것만 같은 그 농밀한 열기가 피부를 태우며 하늘을 갈랐다.

"……아……깝, 네……."

포문으로 변한 〈카마엘〉을 한손에 장착한 코토리가 분하다는 듯이 웃더니, 그 말을 남기고 지면을 향해 추락했다. ─몸에 걸친 영장과 천사를, 아름다운 빛의 입자로 변화시키며…….

엄청난 내구력과 집념이었다. 오리가미는 존경심마저 느낄 정도였다. 〈메타트론〉의 혼신의 일격을 맞으면서도 반격을 할 줄은 몰랐던 것이다.

"……윽!"

하지만, 그것으로 끝이 아니었다. 새로운 기척을 감지한 오리가미는 공중에서 몸을 비틀었다.

그러나 코토리의 【메기도】를 피하느라 자세가 무너졌던 바람에 반응이 늦어지고 말았다. 그리고─

"나리는─ 누구에게도, 넘겨줄 수 없다……!"

무쿠로는 그 한순간만으로 충분했다.

너덜너덜해진 영장을 걸친 무쿠로가 허공에 나타나더니, 금이 간 천사를 내질렀다.

미늘창으로 변한 〈미카엘〉의 칼날이 오리가미의 영장을 포착했다. 그 순간, 무쿠로가 〈미카엘〉을 비틀면서 외쳤다.

"〈미카엘〉─【해(解)】!"

〈미카엘〉의 선단을 기점으로— 오리가미의 영장이, 완전히 분해되고 말았다.

"——."

오리가미는 실오라기 하나 걸치지 않은 상태로 허공에 뜬 채, 의식이 멀어져가는 느낌에 사로잡혔다.

"—아아아아아!"

격렬한 감정이 온몸을 휘감았다.

무쿠로는 금방이라도 부서질 것처럼 손상된 〈미카엘〉의 자루 부분을 움켜쥔 채, 눈물을 흘리며 승리의 함성을 내질렀다.

아래편을 쳐다보자, 천사를 잃은 채 추락하고 있는 코토리가 눈에 들어왔다. 그리고 고개를 들자, 정신을 잃은 오리가미의 모습이 보였다.

둘 다 온몸에 소름이 돋을 정도로 무시무시한 강적이었다. 사실 무쿠로 또한 한계에 도달한 상태였다. 겨우겨우 영장과 천사를 유지하고 있지만, 〈메타트론〉의 일격으로부터 몸을 지키느라 상당한 양의 영력을 소모했다. 그러니 부서진 영장을 다시 현현하는 것은 어려우리라.

하지만— 승자는 무쿠로다. 이 하늘에 마지막까지 떠 있는 이는 바로 무쿠로였다.

그렇지만 기뻐하고 있을 때가 아니다. 무쿠로는 난전 끝에 코토리와 오리가미라는 강대한 상대를 쓰러뜨렸다. 하지만 자연공원에는 다른 정령이 남아 있을지도 모른다.

그렇다면, 아직 끝나지 않았다. 잠시 휴식을 취한 후, 상황을 파악—.

바로 그때였다.

"—윽!"

무쿠로는 긴장한 나머지 숨을 삼켰다.

날카로운 살기가 무쿠로의 온몸을 감쌌다.

그 이유는 곧 알아챘다. 어느새 무쿠로의 주위에 오리가미가 의식을 잃으면서 사라졌던 〈메타트론〉여러 개가 떠 있었던 것이다.

"아니……?!"

이 믿기지 않는 사태에 무쿠로는 눈을 치켜떴다. —설마【헤레스】로 영장이 파괴되었는데도, 오리가미는 전투불능 상태가 되지 않은 건가?!

바로 그때, 무쿠로는 자신을 둘러싼 수많은 『깃털』이 〈메타트론〉의 깃털과는 미묘하게 다르다는 사실을 눈치챘다.

그것은 어둠을 응축시킨 듯한, 칠흑색 『깃털』이었다.

예전에 무쿠로는 저 깃털을 본 적이 있었다.

그렇다. 그것은—.

"—미안해요, 무쿠로 양."

그런 무쿠로의 생각을 막으려는 듯이, 아래편에서 목소리가 들려왔다.

그쪽을 쳐다보니, 의식을 잃었던 오리가미의 몸이 공중에 떠 있었다.

—오리가미가, 천천히 고개를 들었다.

오리가미의 눈동자에는, 평소의 그녀와 전혀 다른 의지가 어려 있는 것처럼 보였다.

"하지만, 저도— 질 수는 없어요. 이츠카 군을— 좋아하니까요."

"……윽! 그대는—."

무쿠로는 칠흑빛 『깃털』의 집중포화를 받았고, 이후 영장과 함께 의식을 잃었다.

—잔존 정령, 10명 중 2명.

"……윽, 아—."

오리가미는 짤막한 숨을 내쉬면서 의식을 되찾았다.

"——아!"

정신이 나가 있었던 시간은 한순간에 불과했다. 정신을 차린 오리가미는 온몸을 긴장시키며 자신이 현재 처한 상황을 파악했다.

—하늘에서, 떨어지고 있다. 오리가미는 그것을 이해한 순간, 의식을 집중해 몸을 부유시켰다.

이어서 자신의 몸을 살펴보았다. 영장은 남아 있지 않지만, 몸 안에서 희미한 영력이 느껴졌다. 그렇지 않다면 하늘을 날 수도 없으리라.

"후우—."

오리가미는 짤막하게 숨을 내쉬면서 영력을 발현시켜 영장을 현현시켰다. 한정 영장보다도 믿음직하지 못하지만, 일단 얇은 비단 같은 영력이 온몸을 감쌌다.

한계에 거의 도달했다. 하지만— 아직 한계는 아니다. 오리가미는 기이한 느낌에 눈썹을 찌푸렸다.

오리가미는 아까 극한까지 영력을 쥐어짜냈다. 그러니 불완전한 형태로라도 이렇게 영장을 전개할 수 있을 리 없었다. 마치 누군가가 그녀에게 영력을 나눠준 것만 같았다.

코토리와 무쿠로는 주위에 없었다. 코토리를 쓰러뜨린 것은 기억한다. 하지만 다음 순간, 오리가미는 무쿠로에게 당했다. 하지만, 이건—.

"—윽!"

바로 그때, 지상에 있는 무언가를 발견한 오리가미가 그곳을 향해 급강하했다.

그리고 지면에 착지한 뒤— 그곳에 쓰러져 있는 소녀에게 다가갔다.

"—무쿠로."

그렇다. 그녀는 영장을 잃은 채 곤히 잠들어 있는 무쿠로였다.

오리가미는 당혹스러웠다. 이 상황만 보면, 오리가미가 무쿠로를 쓰러뜨린 것처럼 보였다. 하지만 오리가미는 그 순간을 기억하지 못했다. 한순간이기는 하지만 완전히 의식을 잃었던 것이다. 의식을 잃은 상태에서 몸이 저절로 반격을 펼치기라도 한 것일까?

"……."

하지만, 오리가미는 생각을 중단했다. 의문이 풀린 것은 아니다. 그저 지금 고민해야 할 일은 그것이 아니라고 판단한 것이다.

과정이야 어찌 되었든 간에, 지금 서 있는 이는 무쿠로가 아니라 오리가미다. 그렇다면 승자로서, 다음 싸움에 대비해야만 한다.

확실히 코토리, 무쿠로 같은 위험한 정령을 쓰러뜨리기는 했지만, 오리가미 또한 상당한 대미지를 입었다. 아직 남아 있는 자가 누구인지는 모르지만―.

바로 그때였다.

"―윽!"

오리가미는 급히 뒤쪽을 돌아보았다.

아주 미세하지만, 그곳에서 소리가 들린 듯한 느낌이 들었다.

그리고 그런 오리가미의 반응에 발각됐다는 사실을 눈치챈 것인지, 그 소리의 주인이 엄청난 속도로 지면을 박차며 오리가미에게 쇄도했다.

"―〈메타트론〉……!"

오리가미는 의식을 집중해서 천사를 현현시켰다. 생겨난 『깃털』은 딱 하나뿐이지만, 오리가미의 현재 상태를 감안하면 한 개라도 현현되어서 다행일 지경이었다. 오리가미는 표적을 조준한 후, 광선을 쐈다.

하지만 그 수수께끼의 습격자는 탄환처럼 몸을 회전시키더니, 〈메타트론〉의 광선을 피하면서 그대로 오리가미의 품속으로 파고들었다.

"아니—!"

그 찰나와도 같은 순간, 오리가미는 압축된 의식 속에서 생각했다.

—대체, 누구지?

위협적이라 여겼던 코토리와 무쿠로는 쓰러뜨렸다. 그리고 이자는 나츠미나 니아, 미쿠보다 빠르다. 그렇다면 카구야 혹은 유즈루일까. 아니, 지금까지 남아 있을 가능성이 가장 높은 건, 아마도 쿠루미—.

다음 순간, 오리가미의 눈이 자신을 노리는 습격자의 모습을 포착했다.

—곳곳이 파괴된, 백은색 갑옷을…….

"———요시노—."

그 말을 끝으로, 오리가미의 의식은 다시 어둠속으로 가라앉았다.

—잔존 정령, 10명 중—.

단장(斷章)/5 Dear

'……'

거듭된 표층으로의 현현 때문인지, 그녀는 또 하나의 자신—토카의 감각 기관을 통해 세계에 대해 단편적으로나마 느낄 수 있게 됐다.

아니, 그뿐만이 아니었다. 예전부터 느껴지던 토카의 감정을 보다 확연하게 느낄 수 있게 됐다.

이제 그녀는 심심하다는 느낌에 사로잡힐 시간이 거의 없었다. 토카가 사는 장소, 토카가 다니는 학교, 토카가 먹는 음식, 토카가 즐기는 일상— 그 모든 정보가, 토카의 눈과 귀를 통해 흘러들어왔기 때문이다.

그리고, 그런 일상의 중심에 항상 있는 이가, 그 남자— 시도였다.

맛있는 것을 먹으면, 토카의 마음이 기쁨을 느꼈다.

아름다운 것을 보면, 토카의 마음이 행복을 느꼈다.

즐거운 일을 하면, 토카의 마음 또한 즐거워했다.

하지만 시도와 함께 그 순간을 맞이하면, 그 감정이 몇 배, 몇십 배가 되어 그녀에게 전해졌다.

아니, 그뿐만이 아니었다. 그를 바라보는 토카의 마음속에는 다른 이를 볼 때는 느껴지지 않았던 정체불명의 감정이 싹터 있었다.

'이건⋯⋯.'

점점 그녀 또한, 토카가 그런 감정을 느끼게 만드는 시도에게 흥미를 가지게 됐다.

토카의 눈으로 시도를 볼 때마다, 그녀 또한 그의 모습을 좇게 됐다.

그리고, 점점 이해하게 됐다.

이것은―.

이, 감정은―.

제5장 상냥한 신

"—자, 어떠냐, 텐카. 이곳에서는 텐구시를 한눈에 볼 수 있다."

기나긴 계단을 오른 끝에 언덕 위에 있는 공원에 도착한 토카는 의기양양한 목소리로 그렇게 말했다.

그렇다. 1년 전, 토카와 처음으로 데이트를 한 시도가 마지막으로 그녀를 데리고 방문했던 공원이 바로 이곳이었다. 이 언덕을 따라 나있는 듯한 계단 끝에 있는 이곳에서 보는 풍경은 그야말로 절경이었다. 이곳에 오려면 꽤나 고생을 해야 하지만, 와 볼 만한 가치가 충분히 있는 장소였다.

하지만 텐카는 주위를 둘러보더니, 뭔가를 눈치챈 듯한 어조로 이렇게 말했다.

"흠…… 그래. 여기구나. 네 안에서 본 적이……."

"으음, 그러냐……."

텐카의 말에 토카는 풀이 죽었다. 그러자 텐카는 고개를 저었다.

"아니, 내가 착각했던 것 같구나. 처음 와 보는 곳이다. 안내해다오."

"아! 오오, 알았다!"

그 말에 토카의 표정이 환해졌다. 그 모습을 본 텐카는 작게 한숨을 내쉬었다.

"……하하."

그 한숨에 담긴 것이 귀찮음이나 질색이 아니라, 안도에 가까운 감정처럼 느껴진 시도는 무심코 웃음을 흘렸다.

확실히 아직 텐카의 목적은 알지 못하며, 한순간도 방심할 수 없는 상대라는 점 또한 변함이 없다. 하지만, 이렇게 같이 지내보니, 토카와 텐카는 자신의 보물을 소개하고 싶어 안달이 난 여동생과 그런 여동생을 사랑해 마지않는 언니처럼 느껴졌다.

아니, 실제로 토카는 그렇게 생각하고 있으리라. 벗나무 가로수길을 벗어난 후, 시도와 텐카는 토카에게 안내를 받으며 여러 장소를 돌아봤으며— 그곳들은 하나같이, 시도나 정령들과 함께 가 본 적이 있는 레스토랑이나 게임 센터였다.

토카는 또 하나의 자신인 텐카에게 보여 주고 싶은 것이다.

자신이 이 세계에서 알게 된 재미있는 것들을, 다른 이들과 함께 보낸 즐거운 시간을…….

시도가 감개무량한 기분을 맛보며 눈을 가늘게 뜨자, 토카는 뭔가를 떠올린 것처럼 손뼉을 쳤다.

"맞다. 이 경치를 보면서 먹는 소프트 아이스크림이 참 맛있지……. 잠시만 기다려라. 저 밑에 있는 매점에 가서 사오겠다!"

"뭐? 그럼 나도—."

"괜찮다! 너희는 벤치에 앉아서 기다리고 있어라!"

토카는 시도의 말을 막듯 손바닥을 펼쳐 보이더니, 그대로 방금 올라온 계단을 엄청난 속도로 뛰어 내려갔다. ……확실히 시도가 같이 가는 것보다, 토카 혼자 다녀오는 편이 빠를 것 같았다.

"……."

"……."

하지만 그 덕분에 새로운 문제가 하나 발생했다. 토카가 자리를 비운 덕분에, 텐카와 단둘이 있게 된 시도는 식은땀을 흘리며 입을 다물었다.

오늘 데이트를 통해 텐카에 대한 이미지가 달라진 것은 사실이다. 하지만 그것은 어디까지나 토카와 같이 있을 때의 이야기이며, 텐카가 시도를 대하는 태도는 딱히 변함이 없었다.

하지만 이대로 입을 다물고 있을 수도 없었다. 애초에 오늘 데이트는 텐카와 할 예정이었던 것이다. 그녀의 마음을 열지 못한다면, 아마 영력을 봉인하지도 못할 것이다.

그렇게 생각해 볼 때, 어쩌면 이 시간은 토카의 배려일지도 모른다. 그렇게 생각한 시도는 기합을 넣듯 주먹을 말아 쥐었다.

"이, 일단…… 앉을까?"

"……음."

텐카는 짤막하게 대답하더니, 공원 가장자리에 있는 벤치에 앉았다.

텐카는 시도의 제안에 의외로 순순히 응했지만— 아마 토카가 방금 했던 말에 따랐을 뿐이리라. 승부는 이제부터다.

시도는 텐카의 옆에 앉으면서 말을 이었다.

"저기…… 오늘은 어땠어?"

"……"

"나는 즐거웠어. 토카도 즐거운 것 같더라. 혹시 마음에 든 장소는 있어?"

"……"

"벗나무 가로수길이나, 게임 센터 같은 곳은 어땠어? 마, 맞다. 사쿠라모치도 맛있었지?"

"……"

시도가 은근슬쩍 말을 걸었지만, 텐카는 묵묵히 마을을 쳐다보기만 했다.

"으윽……"

시도는 마음이 무너질 것 같았지만, 이대로 포기할 수는 없었다. 그는 텐카의 흥미를 끌 만한 화제가 없는지 필사적으로 생각했다.

"아, 그래. 텐카. 저기—"

"—왜, 이렇게 된 거지?"

그때, 텐카가 시도의 말을 끊듯 갑자기 입을 열었다.

"뭐……? 무, 무슨 소리야?"

"오늘 있었던 일 전부 말이다. 왜 토카는 나를 현현시켰지? 왜 네놈과의 데이트에 나를 동참시켰지? 네놈과 함께 지내는 것이 토카의 바람이었던 것 아니냐?"

"그건―."

시도는 입을 다물었다.

그 의문에 답할 수 없었기 때문은 아니다. 토카가 텐카에게 데이트를 제안한 이유는 뻔했다. 그저 텐카와 함께 즐거운 시간을 보내고 싶었을 뿐일 것이다. 또 한 명의 자신에게도, 자신이 알고 있는 멋진 것들을 알려주고 싶었을 뿐이리라.

하지만, 시도는 텐카가 방금 한 말이 신경 쓰였다.

―텐카는 왜, 그런 말을 한 것일까.

텐카는 현재 신이나 다름없는 존재라고 해도 과언이 아니다. 그렇기에 시도는 위화감을 느꼈다. 토카에게 휘둘리고 있는 듯한― 아니, 토카를 이 세상의 중심처럼 여기고 있는 듯한, 그녀의 발언이 말이다.

"텐카, 너는―."

그래서 시도는 반쯤 무의식적으로 그 질문을 입에 담았다.

전에도 한번 물어본 적이 있는 질문을, 모든 의문의 기점이라 할 수 있는, 그 질문을⋯⋯.

"―왜, 이 세계를 만든 거야?"

"⋯⋯."

시도의 물음에 텐카의 눈썹이 희미하게 떨렸다.

그 표정을 본 순간, 시도는 마음속으로 아차 했다. 하지만 이미 말해버렸으니 어쩔 수 없다. 게다가 이것은 언젠가 꼭 물어봐야만 하는 의문이었다.

텐카는 잠시 동안 침묵에 잠겼지만, 이내 흥 하고 코웃음을 쳤다. 그리고 시도를 내려다보는 듯한 눈길로 쳐다보며 입을 열었다.

"말했을 텐데? 세계를 손에 넣는 것도 나쁘지 않을 것 같다고—."

"—거짓말이야."

"……."

시도가 텐카의 눈을 응시하며 그렇게 말하자, 그녀는 인상을 쓰며 혀를 찼다.

"꽤나 자신감이 넘치는구나, 인간. 힘을 추구하는 데 이유가 필요할 것 같으냐? 왜 내가 거짓말을 한다고 생각하는 거지?"

"그건— 모르겠어. 하지만 네가 그런 이유로 이런 짓을 했을 거라는 생각이 들지 않아."

"헛소리 하지 마라. 네놈이 대체 나에 대해 뭘 안다고 그렇게 떠들어대는 거지?"

"—알아. 적어도 네가 토카를 진심으로 좋아하고, 지는 걸 싫어하며— 실은 상냥하다는 걸 말이지."

"네놈……."

시도가 그렇게 말한 순간, 텐카는 발끈하면서 벤치에서 일어났다. 그 순간, 그녀의 언짢은 기분을 표현하듯, 그녀의 온몸에서 눈에 보이지 않는 충격파가 뿜어져 나왔다. 벤치가 짓이겨졌고, 지면이 함몰됐으며, 주위에 있던 울타리가 부서졌다. 시도 또한 그대로 튕겨나고 말았다.

"큭……!"

시도는 지면을 굴렀지만, 곧바로 몸을 일으키며 텐카를 쳐다보았다. 그런 시도를 본 텐카는 언짢다는 듯한 눈길로 그를 응시했다.

"너의 그 불손과 우롱을 더는 허락하지 않겠다. 자, 목을 내밀어라. 네 머리와 몸통을 분리시켜주마."

텐카는 그렇게 말하며 오른손을 치켜들었다. 그러자 칠흑색을 띤 빛이 모여들며 거대한 검을 형성했다. ─〈나헤마〉. 텐카가 지닌 검의 마왕이었다.

"큭……!"

그 흉흉한 영력을 느낀 시도는 무심코 미간을 찌푸렸다.

오늘 하루 동안 텐카와 함께 보낸 시도는 그녀가 자신을 진짜로 죽이려 들지는 않을 거라고 생각했다. 하지만 지금 텐카에게서 뿜어져 나오는 것은 명백한 살의였다.

시도의 생각이 물렀던 것일까. 아니면 텐카가 살의를 품을 정도의 발언을 그가 한 것일까. 어느 쪽인지는 알 수 없지만, 이대로 있다간 진짜로 살해당하고 말지도 모른다. 시도는 시선을 날카롭게 만들고 의식을 집중하며 외쳤다.

"─〈산달폰〉!"

그러자 그 외침에 호응하듯, 〈나헤마〉와 쌍을 이루는 검의 천사가 모습을 드러냈다. 시도는 그 천사의 칼자루를 쥐고,

땀을 흘리며 전투태세를 취했다.

"〈산달폰〉인가. 나와 칼부림을 하려고 하다니, 배짱 한번 좋구나."

텐카는 차가운 눈길로 쳐다보며 그렇게 말한 뒤, 〈나헤마〉를 치켜들며 순식간에 시도에게 쇄도했다.

"큭⋯⋯!"

텐카가 일직선으로 휘두른 검을, 시도는 겨우겨우 막아냈다. 천사와 마왕의 영력이 격돌하자, 주위에 엄청난 충격파가 퍼져나갔다.

"호오, 막아냈나. 하지만, 그 정도 실력으로 대체 언제까지 버틸 수 있을까?"

"큭— 하아아아아아앗!"

시도는 온몸에서 느껴지는 고통을 무시하며 전력을 다해 〈나헤마〉를 쳐낸 뒤, 그대로 〈산달폰〉을 그어 올렸다.

물론 이런 공격이 텐카에게 통할 리 없었다. 간단히 막아내거나, 손쉽게 피할 것이다. 하지만 텐카의 공격을 계속 막아내는 것이 불가능한 이상, 시도는 공격을 펼칠 수밖에 없었다.

하지만—.

"⋯⋯윽?!"

시도는 숨을 삼켰다.

시도가 〈산달폰〉을 휘두른 순간, 텐카는 몸에서 힘을 빼며 〈나헤마〉를 쥔 손을 축 늘어뜨린 것이다.

마치, 시도의 공격을 일부러 맞으려는 것처럼⋯⋯.

"──."

시도는 허둥지둥 공격을 멈추려 했다. 하지만 이미 휘두른 〈산달폰〉의 궤도를 바꾸는 것은 어려웠다. 검의 천사로 날린 일격이 무방비한 텐카의 몸을─.

"─시도!"

하지만 바로 그때였다.

시도를 부르는 외침과 함께 누군가가 오른편에서 시도를 향해 몸을 날렸다. 시도는 그 누군가와 뒤엉킨 채, 그대로 지면을 나뒹굴었다.

"아야야…… 토, 토카?"

시도는 이 갑작스러운 일에 놀랐지만, 자신의 몸을 꼭 끌어안은 채 함께 바닥에 쓰러진 소녀의 이름을 불렀다. 많이 당황했던 건지, 그녀가 들고 있었던 것으로 보이는 소프트 아이스크림이 주위에 흩뿌려져 있었다.

"시도. 무슨 일이 있었던 건지는 모르겠지만, 진정해라. 텐카는 나쁜 정령이 아니다. 텐카가 이 세계를 만든 건─."

"토카."

텐카가 토카를 말리려는 듯이 입을 열었다. 하지만, 토카는 개의치 않으며 말을 이었다.

"─텐카가 이 세계를 만든 건, 전부, 나 때문이다."

◇

"—하아, 진짜 난장판을 만들어버렸군요."

CR-유닛 〈바나르간드〉를 장비한 마나는 공중에서 눈앞에 펼쳐진 광경을 쳐다보며 한숨을 내쉬었다.

하지만 그러는 것도 당연했다. 마나의 눈앞에는 100년 동안 일어날 천재지변이 한꺼번에 일어난 것은 아닌가 싶을 만큼 엄청난 파괴가 자행된 흔적이 펼쳐져 있는 것이다.

나무들은 전부 쓰러졌고, 지면은 도려내졌으며, 운동장과 광장은 그 흔적조차 남아 있지 않았다. 자초지종을 모르는 사람에게 이 광경을 사진으로 찍어서 보여준다면, 『괴수영화』, 『씨뿌리기 전에 갈아둔 밭』, 『초콜릿 시리얼』 같은 소리를 할 것이다. 몇 시간 전까지만 해도 녹음이 우거진 자연공원이 었다는 게 믿기지 않는 참상이었다.

"토카 씨의 힘을 봉인하기만 하면 세계가 원래대로 되돌아올 거라지만…… 그래도 좀 심한 거 아닌가 싶네요."

정령이라는 존재의 강대함과 위험함을 다시 한 번 느낀 마나는 또다시 한숨을 내쉬었다.

하지만 그 격전 덕분인지, 이 주위는 마나도 느낄 수 있을 만큼 농밀한 영력의 잔재로 가득 차 있었다.

"……아, 이럴 때가 아니죠."

그때, 뭔가를 떠올린 듯 마나의 눈썹이 희미하게 떨렸다.

정령들이 거창하게 날뛴 흔적들을 잠시 넋이 나간 듯이 쳐다보고 있었지만, 마나가 자연공원 상공에 온 이유는 따로 있었다.

그렇다. 그것은 바로 영력이 바닥난 정령들을 수색하는 것이다.

전투가 종료되었다는 보고를 받은 후, 마나는 〈라타토스크〉의 기관원과 연계해서 정령들을 보호하고 있었는데…… 아직 발견하지 못한 정령이 몇 명 있었다.

마나는 머릿속으로 지령을 내려 〈바나르간드〉에 탑재된 리얼라이저를 발동시켰다. 그러자 마나의 망막에 이 일대의 지도가 투영됐다. ……뭐, 원래 지형과는 꽤나 달라졌기 때문에 대략적인 좌표 역할 밖에 못하지만 말이다.

마나가 그런 생각을 하며 쓴웃음을 짓고 있을 때, 투영된 맵에 생체반응을 알리는 아이콘이 표시됐다.

"—아, 저기 있네요."

마나는 공중에서 몸의 방향을 바꾸고 스러스터를 가동시켜서 그 아이콘이 가리키는 장소를 향해 일직선으로 강하했다.

그리고 지면에 닿기 직전에 몸을 비튼 후, 지면에 두 발로 착지했다. 그 순간 발생한 풍압에 의해 주위에 남아 있던 나뭇잎이 흩날렸다.

"자—."

마나는 근처에 있던 정령에게 다가갔다. —〈라타토스크〉 사령관, 이츠카 코토리가 영장을 잃은 채로 낙엽 위에 누워 있었다.

"코토리 씨, 코토리 씨. 괜찮나요?"

마나가 어깨를 흔들자, 코토리는 낮은 신음을 흘리면서 천천히 눈을 떴다.

"으음…… 마, 나……?"

"예. 수고 많았어요."

마나가 빙긋 웃으면서 그렇게 말하자, 코토리는 주위를 둘러본 후에 자신의 몸을 내려다보았다.

그리고 그대로 벌떡 일어나더니 양손으로 몸을 가렸다.

"마, 마나, 너, 대체 뭘……!"

"진정해버리세요, 코토리 씨. 아직 정신을 못 차려버렸나 보네요."

"뭐? 아……."

코토리는 그제야 상황을 이해한 것 같았다. 그녀는 다시 자신의 몸을 쳐다본 뒤, 땅이 꺼져라 한숨을 내쉬었다.

"아— 그래. 내가 졌구나."

"아쉽지만, 그렇게 되어버린 것 같네요."

그렇게 말한 마나는 들고 있던 가방에서 옷 한 벌을 꺼내 코토리에게 건네줬다.

"받아요. 날씨가 꽤 풀리기는 했지만, 그런 꼴로 있다간 감기에 걸려버릴 거예요."

"응……. 고마워."

"별거 아니에요. 그것보다, 일어설 수 있겠어요? 다른 사람들은 이미 모여 있어요. —물론 수색 작업은 여성 기관원만으로 진행했으니까 안심하세요."

"빈틈이 없네."

코토리는 그렇게 말하며 웃은 뒤 옷을 걸쳤다. 그리고 한숨을 내쉬며 질문을 던졌다.

"—그러고 보니, 결국 마지막까지 살아남은 건 누구야? 오리가미? 아니면 무쿠로? 아, 그 자리에 없었던 정령일 가능성도 있겠네. 그럼…… 쿠루미?"

코토리가 불안함이 묻어나는 목소리로 물었다. 그에 마나는 눈을 내리깔고 천천히 고개를 저었다.

"승자는— 요시노 씨래요."

"—뭐?"

코토리는 마나의 대답에 뜻밖이라는 듯이 눈을 동그랗게 떴다.

"요시노? 요시노라면…… 그 요시노?"

"예. 뭐, 마나도 결과를 들어버리기만 했을 뿐이에요. 마나가 아는 요시노 씨 말고 다른 요시노 씨가 있다면, 그분이 승자일지도 모르겠지만요."

마나가 농담 투로 그렇게 말하자, 코토리는 깜짝 놀란 표정을 지으며 팔짱을 꼈다.

하지만 그 심정이 이해가 안 되는 것은 아니다. 사실 마나도 마리아에게 싸움의 결과를 듣고 비슷한 반응을 보였던 것이다.

딱히 요시노가 다른 정령에 비해 약하다고 생각하는 건 아니다. 물과 냉기를 조종하는 요시노의 〈자드키엘〉은 다른 정령들 못지않은 힘을 지닌 강대한 천사다. 어떤 식으로 싸우느냐에 따라 우승할 가능성도 충분히 있었다.

하지만 다툼을 좋아하지 않는 온화한 성격, 그리고 평소의 차분한 태도를 고려해볼 때, 요시노가 배틀로얄에서 우승했다는 것이 믿기지 않는 것도 사실이었다.

"그래……. 요시노가 이겼구나."

"예. 마리아도 깜짝 놀라버리더라고요."

마나가 고개를 끄덕이며 어깨를 으쓱했다. 여담이지만 도중에 니아가 탈락한 바람에 〈프락시너스〉에 있던 마리아의 실체화시킨 몸이 사라지자, 그녀는 함교 스피커로 푸념을 늘어놓았다. 한동안 니아에게는 간식과 안주를 제공하지 않으려는 것 같았다.

"자, 이쪽이에요."

"응……."

마나는 코토리의 손을 잡고 일으켜 세워 준 뒤, 그대로 그녀의 몸을 임의 영역으로 감싸며 하늘로 날아올랐다.

그리고 약 1분간 저공비행을 한 그녀들은 다른 정령들이 있는 곳에 도착했다. 주위에는 〈라타토스크〉의 여성 기관원들이 있었다. 지금은 정령들에게 갈아입을 옷과 신발, 그리고 따뜻한 음료 등을 나눠주고 있는 것 같았다.

"아, 마나 양, 코토리 양~! 여기예요, 여기~!"

마나와 코토리를 발견한 미쿠가 팔을 힘차게 흔들었다. 왠지 왼손에는 나츠미 같아 보이는 것을 쥐고 있는 것 같지만, 마나는 개의치 말자고 생각하며 지상에 착륙했다.

"다들 안녕. 몸은 좀 어때?"

코토리가 다른 이들에게 다가가면서 빙긋 웃었다. 그러자 정령들은 어깨를 으쓱하며 미소를 머금었다.

"뭐, 괜찮으니라. 이기지 못한 것은 유감이지만 말이다."

"동의. 전력을 다해 싸웠더니 꽤 기분이 좋아요."

"젠장~! 역시 불공평해~! 다음에는 쪽지시험으로 승부하자, 여동생 양~!"

니아처럼 분통을 터뜨리는 정령도 일부 존재하지만, 다들 전력을 다해 싸운 덕분인지 꽤 기분이 개운해 보였다. 코토리는 작게 한숨을 내쉰 뒤, 요시노를 바라보았다.

"결과 들었어. ―축하해, 요시노."

"아―."

코토리의 축하 인사에 요시노는 어깨를 부르르 떨면서 황송하다는 듯이 몸을 움츠렸다.

"고마……워요. 하지만……."

"승자면 승자답게 당당하게 행동해요. 요시노 씨. 그리고 자신감을 가지세요. 당신은 다른 정령들을 제치고 마지막까지 살아남아버렸잖아요."

마나의 말에 요시노는 당혹스러운 듯이 미간을 찌푸렸다.

"저기…… 진짜로― 제가 이긴 걸로 해도 될까요?"

"뭐?"

"······요시노!"

그때, 미쿠의 손길에서 벗어난 듯한 나츠미가 입을 열었다.

"나, 나츠미 씨······."

"······아직도 그런 소리를 하는 거야? 괜찮아. 이긴 건 이긴 거야. **그 녀석**도 그렇게 말했잖아?"

"아, 예······."

나츠미가 그렇게 말하자, 요시노는 머뭇거리면서 고개를 끄덕였다. 그 모습을 본 마나는 고개를 갸웃거렸다.

"그 녀석, 이라고요? 대체 무슨 일이 있어버렸던 거죠?"

"그게······."

요시노가 입을 열려던 순간—.

"—키히히, 히히."

어딘가에서 그런 불길한 웃음소리가 들려왔다.

"······윽! 토키사키 쿠루미—."

마나가 경계심을 품으며 그 이름을 입에 담자, 지면에 응어리진 그림자에서 검은색과 붉은색으로 이뤄진 드레스를 입은 쿠루미가 모습을 드러냈다.

"예. 마나 양, 다른 분들을 보호하느라 수고 많으셨어요."

"당신—."

마나는 그 모습을 보더니, 미간을 찌푸렸다.

그 이유는 단순했다. 쿠루미는 여전히 영장을 걸치고 있었던 것이다.

쿠루미 또한 이 배틀로얄의 참가자였다. 그리고 이 싸움은 요시노의 승리로 막을 내렸다. 즉, 쿠루미 또한 이 안에 있는 누군가에게 패배해서 영장과 천사를 현현할 수 없는 상태가 되었어야 하는 것이다.

그런 마나의 생각을 눈치챘는지 쿠루미가 미소를 머금으며 입을 열었다.

"—안심하세요. 저는 패배했답니다. 요시노 양의 승리에 트집 잡을 생각은 없어요."

"그럼 그 하늘거리는 옷은 대체 뭐죠? 패배의 조건은 영력이 바닥나서 천사 및 영장을 현현할 수 없게 되어버리는 것 아니었나요?"

"예, 그렇답니다. 그리고 보다시피— 저는 요시노 양에게 진 바람에, **책의 천사 〈라지엘〉과 〈신위영장 2번〉을 현현할 수 없는 상태가 되었죠.**"

"……뭐라고요?"

마나는 쿠루미의 말을 듣고 눈을 가늘게 떴다.

그러고 보니 그녀가 걸친 것은 예전의— 니아의 세피라를 흡수하기 전에 입고 있었던 고스로리 스타일의 드레스였다.

"……"

확실히 룰에 입각해 판단한다면 쿠루미의 말이 옳을지도 모른다.

하지만, 마나는 이기기 위해서가 아니라 지기 위해서 룰의 허점을 이용한다는 쿠루미의 행동을 이해할 수가 없었다. 그래서 언짢다는 듯이 코웃음을 쳤다.

"……궤변을 늘어놓는군요. 대체 무슨 꿍꿍이죠?"

"우후후, 단순한 이유랍니다. 저는 배틀로얄을 끝낸 후에도, 영력을 남겨둘 필요가 있답니다. —**마무리 지어야 할 일**이 있기 때문이죠."

"마무리 지어야 할 일?"

"예, 예."

마나가 눈썹을 찌푸리며 그렇게 되묻자, 쿠루미는 웃음을 흘렸다.

그리고 그림자 안에서 고풍스러운 총 두 자루를 현현시키더니, 그것으로 마나를 겨눴다.

"—마나 양과, 제대로 결판을 내고 싶다는 생각이 들어서 말이에요."

쿠루미는 그렇게 말하며 더욱 진한 미소를 머금었다. 그 뜻밖의 행동에 다른 정령들이 술렁거렸다.

"쿠루미……?!"

"어…… 뭐, 뭐하는 거야?"

"동료를 총으로 겨누면 어쩌자는 게냐."

정령들이 그렇게 말했다. 하지만 쿠루미는 옅은 미소를 머금은 채, 마나에게서 눈을 떼지 않았다.

"……무기를 꺼내든 이상, 농담으로 여기며 넘어가 줄 수는 없다고요."

"어머, 어머. 혹시 아직도 제 말을 농담으로 여기며 넘어가 주실 생각이신가요? 〈라타토스크〉에 소속된 후로, 참 상냥해

지셨군요!"

쿠루미가 그렇게 외치며 방아쇠를 당겼다. 그녀가 쥔 장총과 단총에서 연달아 그림자를 응축해서 만든 것 같은 칠흑색 탄환이 발사됐다.

"흡—."

하지만 마나는 테리터리로 강화한 시각과 반사속도로 총탄의 궤도를 파악한 뒤, 당황하지 않고 몸을 숙이면서 그 공격을 피했다.

"좋아요. 여러분이 싸우는 모습을 보며 몸이 근질거리던 참이었어요. 이참에 당신의 숨통을 끊어드리죠!"

마나는 탄환을 피하며 지면을 박차더니, 순식간에 쿠루미에게 육박했다. 그리고 오른손의 레이저 에지 〈볼프테일〉을 전개한 후, 쿠루미의 목을 향해 수평으로 휘둘렀다.

"키히—!"

하지만 쿠루미는 그 일격을 예측한 것처럼 몸을 한껏 젖히면서 종이 한 장 차이로 피했다.

마나 또한 쿠루미가 피할 거라는 것을 예상하고 있었다. 자세가 무너진 쿠루미를 공격하기 위해, 왼손의 〈볼프팽〉을 전개해—.

"앗……!"

바로 그때, 마나는 숨을 삼켰다.

테리터리를 통해 의식을 극한까지 날카롭게 만든 마나가 지면에 존재하는 자신의 그림자에서 튀어나온 총구를 발견한 것이다.

허둥지둥 몸을 비틀려 했지만, 이미 늦었다. 다음 순간 발사된 총탄은 메마른 소리를 내면서 마나의 목덜미에 꽂혔다.

"크윽……!"

마나는 고통스러워하며 그 자리에서 몸을 웅크렸다. 그러자 코토리를 비롯한 다른 정령들이 그녀를 향해 뛰어갔다.

"마나!"

"괘, 괜찮아요~?!"

정령들이 마나의 안위를 걱정하는 가운데, 지면에서 또 한 명의 쿠루미가 모습을 드러냈다. ―아마 이쪽이 진짜 쿠루미이리라.

"우후후. 이런 초보적인 수에 걸려들다니, 마나 양답지 않군요."

"하지만 마나 양이 진심이었다면, 저의 목은 몸과 분리되었겠죠. 저를 죽일 작정이었다면, 한 걸음 더 파고들며 공격을 펼쳤을 테니까요."

원래 이곳에 있던 쿠루미― 분신이 자신의 목을 쓰다듬으며 그렇게 말했다. 그러자 진짜 쿠루미가 깜짝 놀란 것처럼 눈을 동그랗게 떴다.

"―어머, 어머. 그럼 마나 양은 저를 죽이지 않고 무력화시킬 생각이었던 건가요? 정말― 상냥해지셨군요."

쿠루미가 한숨을 내쉬며 그렇게 말했다.

"……윽, ―."

그런 쿠루미의 목소리를 들으며, 마나는 떨리는 손으로 자신의 목덜미를 만졌다.

고통은 느껴지지 않았다. 출혈도— 없었다. 그렇다는 건 일반적인 총탄은 아니었으리라. 그렇다면 방금 맞은 것은 어떤 탄환일까. 시간이 정지되지 않은 것을 보면, 【일곱 번째 탄환】은 아닐 것이다. 그럼—.

"······아, 아, 아아아아아아아아······!"

다음 순간, 마나는 자신의 머릿속이 엉망진창으로 뒤섞이는 듯한 느낌을 받았다. 극심한 현기증과 구역질이 노도처럼 밀려왔다. 시야가 깜빡거리면서, 바늘로 찌르는 듯한 두통과 허탈감이 엄습했다.

"마나! 마나! 쿠, 쿠루미······! 너, 마나에게 무슨 짓을 한 거야?!"

코토리의 고함을 지르는 듯한 목소리가 마나의 머릿속에 울려 퍼졌다. 그 뒤를 이어, 쿠루미의 웃음소리가 들렸다.

"말했을 텐데요? 결판을 내겠다고 말이죠. —하지만, 좀 김이 새는군요. 마나 양이 저를 죽이려들지 않을 거라고는 생각도 못했거든요."

"너, 지금 무슨 소리를—."

"—아아아아아아아아아아!"

마나가 코토리의 말을 막으려는 듯이, 포효에 가까운 소리를 내질렀다.

그제야 겨우, 머릿속이 뒤섞이는 듯한 느낌이 잦아들기 시작했다. 얼굴이 땀으로 범벅이 된 마나는 그대로 지면에 축 늘어졌다.

"마나!"

코토리가 마나의 어깨를 흔들었다. 그녀는 어찌어찌 호흡을 가다듬더니, 비틀거리며 고개를 들었다.

"코토리…… 씨……."

바로 그때, 마나는 위화감을 느꼈다. ―몸이 무거웠다. 마치 온몸에 강철 덩어리가 달린 것처럼, 손발을 자유롭게 움직일 수 없었다.

하지만 마나는 곧 생각을 바꿨다. 그게 당연하기 때문이다. 지금 마나는 온몸에 CR-유닛이라는 금속 덩어리를 달고 있 었다. 이 상태에서 자유롭게 움직일 수 있었던 것은 몸 전체 를 테리터리로 감싸고 있었기 때문이다. 그렇다면, 쿠루미가 방금 쏜 것은 테리터리 생성을 저해하는 탄환이었던 걸까?

"…………큭―."

그제야 어떤 가능성에 생각이 미친 마나는 바늘처럼 날카 로운 시선으로 쿠루미를 올려다보았다.

"우후후, 꼴사납게 지면을 기어 다니는 모습이 참 잘 어울 리는군요."

"……다른 사람도 아니고, **당신에게 도움을 받아버리다니**, 기분이 정말 더럽군요."

마나가 입가를 일그러뜨려 미소를 지으며 그렇게 말하자, 쿠루미 또한 즐거운 듯이 미소를 머금었다.

"—어머, 어머. 역시 늑대 씨답군요. 전부 뽑아버린 줄 알았는데, 송곳니가 한 개 남아 있었나 보네요."

쿠루미가 농담 투로 하는 말을 들으며, 마나는 의식을 잃고 고개를 축 늘어뜨렸다.

◇

"토카를 위해— 이 세계를⋯⋯?"

시도는 당혹스러운 표정으로 자신을 꼭 끌어안고 있는 토카와 여전히 무표정한 텐카를 번갈아 쳐다보았다.

그러자 토카는 몸을 일으키며 입을 열었다.

"⋯⋯음. 교실에서 텐카를 현현시킨 후부터, 텐카의 의식이 내 안으로 조금씩 흘러들어왔다. 봉인을 통해 시도와 내가 연결됐을 때와 비슷한 느낌이지."

"——."

시도는 토카가 내민 손을 잡고 몸을 일으킨 후, 마른 침을 삼켰다.

시도도 그 감각을 알고 있다. 정령의 영력을 키스로 봉인했을 때, 그 정령의 기억과 의식이 일부 흘러들어올 때가 있는 것이다. 게다가 토카와 텐카는 같은 몸을 공유하고 있었다. 두 사람이 동시에 존재한다면, 그런 일도 충분히 일어날 수 있으리라.

"⋯⋯미안하다, 시도. 좀 더 빨리 이 사실을 너에게 전했어야 했어. 하지만……."

"아냐. 괜찮아. ……그것보다 나를 말려줘서 고마워, 토카. 하마터면 텐카를 벨 뻔했거든."

─뭐, 자신의 공격을 맞는다고 텐카가 죽을 거라고는 생각하지 않지만 말이다. 시도가 그렇게 생각하며 텐카를 쳐다보니, 그녀는 언짢은 듯이 흥 하고 코웃음을 쳤다.

"괜한 짓을 했구나. 인간이 휘두르는 〈산달폰〉이라도, 이 일시적인 육체 정도라면 부술 수 있었을 거다. ─시간이 얼마 남지 않았다. 마지막 한때만큼은 그 인간과 단둘이 보내라."

"텐카……."

토카가 슬픈 듯 표정을 일그러뜨렸다.

그런 두 사람을 본 시도는 더욱 미간을 찌푸렸다.

"잠깐만 있어봐. 너희가 무슨 소리를 하는 건지 모르겠어. 대체 무슨 소리를 하는 거야?"

"……."

"……."

시도의 물음에 토카와 텐카는 입을 다물었다.

하지만 잠시 후, 마음을 굳게 먹은 듯한 토카가 고개를 들며 입을 열었다.

"시도는 미오와 싸웠던 때를 기억하느냐? 시도가 【여섯 번째 탄환】을 쓰기 전─ 정령들 전원이 미오에게 살해당했던 세계에서의 일 말이다."

"윽! 그건─"

시도는 무심코 숨을 삼켰다. 물론 그때 일은 기억에 선명히 남아 있지만— 설마 토카가 역시가 바뀌기 전의 세계를 알고 있을 줄은 생각도 못했다.

하지만, 유심히 생각해보니 납득이 됐다. 지금의 토카는 미오의 세피라를 지니고 있는 것이다. 그렇다면 그때 일을 알고 있어도 이상할 것이 없었다.

"응……. 기억해. 그때 포기하려던 나를, 토카가 구해줬어."

"……음. 바로 그거다."

"뭐?"

시도가 되묻자, 토카는 아련한 눈길을 머금으며 말을 이었다.

"그때, 모든 정령들은 미오에게 세피라를 빼앗기고, 〈만상 성당(万象聖堂)〉에 의해 죽고 말았다. 하지만, 나는 미오 안에서 의식을 되찾았다. 바로 텐카 덕분에 말이다."

"……흥."

토카가 쳐다보자, 텐카는 고개를 슬며시 돌렸다. 그녀의 표정은 여전히 냉담했지만, 그 행동을 보니 왠지 멋쩍어하는 것처럼 보였다.

"나는 날을 걸었을 뿐이다. 토카가 그 여자 안에서 정신을 차릴 수 있었던 것은 더욱 근본적인 이유 덕분이지. —네놈노 기억할 것이다. 그 여자에게 세피라를 빼앗긴 정령은 다들 인간으로 되돌아가며 자신의 주검을 이 세상에 남겼다. 하지만 토카는 유해조차 남기지 않았지."

"음—."

텐카의 말을 들은 토카가 고개를 끄덕이며 시도를 쳐다보았다.

"다른 이들은 원래 인간이었지만, 미오에 의해 정령이 됐다. 하지만 나만은— 세피라에 인격이 싹트면서 생겨난, 이른바 순수한 정령인 것이다."

"……."

시도는 아무 말 없이 고개를 끄덕였다. 그 사실 자체는 이미 알고 있다. 시도가 【바브】를 써서 과거로 의식을 보내기 전에, 토카 본인에게서 들은 이야기였다.

그러자 텐카는 가는 숨을 내쉬면서 말을 이었다.

"정령이란, 그 여자— 타카미야 미오, 그리고 그녀에게서 세피라를 건네받은 자들을 가리킨다. 모든 정령의 힘은 타카미야 미오의 것이라고 해도 과언이 아니지."

"그게…… 어쨌다는 거야?"

―두근.

시도는 자신의 심장이 격렬하게 뛰는 것을 느꼈다.

"그렇다면 그 여자가 사라진 현재, 정령들은 어떻게 될 것 같으냐? 그리고 정령들의 몸에 깃든 세피라는 어떻게 되겠느냐?"

―두근, 두근.

심장이 더욱 격렬하게 뛰었다.

마치, 시도에게 위험을 알리듯이…….

이제부터 이어질 말을, 듣지 말라는 듯이…….

하지만 그 진실은, 무자비하게도 시도에게 전해졌다.

"—타카미야 미오의 소멸과 함께, 모든 정령의 힘은 사라진다.

전부 원래대로 되돌아가는 것이다. 인간은 인간으로, 인간으로서의 그릇을 지니지 못한 자는— 무(無)로 말이다."

"————."

격렬한 현기증이, 온몸을 휘감는 것처럼 느껴졌다.

심장이 미친 듯이 뛰었고, 호흡 또한 가빠지면서 빨라졌다. 끈적끈적한 땀이 온몸에서 뿜어져 나와 등을 흥건히 적셨다.

—방금, 텐카가 뭐라고 했지?

한순간, 자신의 귀나 뇌에 문제가 생긴 건 아닐까 하고 의심했다. 아니— 그것은 의심이 아니라 소망이었으리라. 시도의 몸을 구성하는 모든 세포가 방금 접한 정보를 거부하고 있었다. 어떻게 하면 방금 들은 말을 부정할 수 있을까. 텐카가 입에 담은 질 나쁜 농담이었으면 좋겠다. 냉담하게 코웃음을 치면서 「농담이다」라고 말해주기를 기원했다.

시도는 마지막 희망을 갈구하듯, 녹이 슨 기계 같은 동작으로 토카를 바라보았다.

"……."

하지만 토카가 머금은 슬픈 미소가, 그 마지막 희망마저 산산조각 냈다.

"잠깐만……. 그게…… 무슨, 소리야……."

시도가 완전히 잠긴 목소리로 그렇게 중얼거렸다.

토카는 그런 시도의 떨리는 손가락을 상냥히 감싸 쥐었다.

"미오의 세피라가 사라지면, 나 또한 같이 사라지고 만다. 텐카는 그것을 깨닫고, 미오의 세피라를 흡수해서 이 세계를 창조한 것이다.

—모든 것이 끝날 때까지, 내가 시도와 다른 이들과 그 짧은 시간을 함께 보낼 수 있도록……."

"……"

토카의 설명에 텐카는 팔짱을 끼며 아무 말 없이 고개를 돌렸다.

하지만 그 침묵은 말보다 더 진하게 그녀의 상냥함을 전해주고 있었다.

"토, 카……."

머릿속이 엉망진창이 된 시도는 무슨 말을 하면 좋을지 모르겠다는 표정으로 그 이름을 입에 담을 수밖에 없었다.

"—윽……."

하지만 바로 그때, 시도는 눈치챘다.

시도의 손을 움켜쥔 토카의 손 또한, 희미하게 떨리고 있다는 것을……

"——."

그 순간, 극도의 혼란에 빠져 있던 시도는 찬물을 뒤집어쓴 것 같은 느낌을 받았다.

토카의 태도가 너무나도 차분했기에, 시도는 지금까지 눈치 채지 못했던 것이다.

너무나도 느닷없이, 충격적이고 절망적인 정보를 알게 됐다. 혼란에 빠지는 것이 당연했다. 경악하더라도 무리는 아니다.

하지만, 가장 두려움에 떨고 있는 건— 토카 본인일 것이 틀림없었다.

그런데 토카는 온화한 표정을 머금은 채, 조용한 어조로 시도에게 진실을 이야기하고 있었다.

어째서? —뻔했다. 시도가 두려움에 사로잡히지 않게 하고 싶었기 때문이다. 한정된 시간을, 비탄과 통곡 속에서 보내고 싶지 않은 것이다.

그렇다면, 시도도 이러고 있을 수는 없었다. 그는 마음속에서 휘몰아치고 있는 격정을 어떻게든 억누르며, 토카의 손을 힘차게 움켜잡았다.

"아! 시도—."

"—토카, 나는……!"

하지만, 시도가 토카에게 결의를 전하려던 바로 그때—.

"……윽?! 아니—?!"

세계가 맥박 치듯 부르르 떨렸다.

그리고 그 뒤를 이어, 하늘이 표백되는 것처럼 하얗게 변해 가더니— 지평선에서부터 균열 같은 것이 생기기 시작했다.

마치 거대한 무언가가 이 세계 자체를 짓이기고 있는 듯한 광경이었다. 그 이상하기 그지없는 현상을 본 시도는 무심코 눈을 치켜떴다.

"이, 건……."

"—흥."

가늘게 뜬 눈으로 하늘을 올려다본 텐카가 당황한 시도를 향해 입을 열었다.

"네놈이 우물쭈물하는 바람에 벌써 오고 말았잖느냐."

"왔다니…… 대, 대체 뭐가 말이야?!"

시도가 경악에 찬 목소리로 묻자, 텐카는 하늘을 올려다보며 대꾸했다.

"—세계의, 종언이다."

◇

"……쿠루미. 설명해 줄 거지?"

지면에 쓰러진 마나에게서 시선을 뗀 코토리가 미심쩍은 어조로 그렇게 물었다.

하지만 그런 코토리의 시선이 향한 쿠루미는 장난스러운 미소를 지으면서 어깨를 으쓱할 뿐이었다.

쿠루미는 분명 마나를 쐈다. 하지만 총탄에 맞은 마나의 몸에는 상처 하나 없으며, 의식을 잃기는 했지만 맥박도 고른 상태였다. 대체 쿠루미는—.

그렇게 코토리가 생각에 잠겨 있는 사이, 오리가미가 마나의 용태를 살피려는 듯이 그녀에게 다가왔다. 그리고 CR-유닛의 등에 달린 커버를 열어 본 오리가미는 미간을 살짝 찌푸렸다.

"이건—."

"어? 오리가미, 왜 그래?"

코토리의 물음에 오리가미는 CR-유닛의 등 부분에서 반짝이고 있는 붉은색 램프를 손가락으로 가리키며 입을 열었다.

"〈바나르간드〉의 리얼라이저가 에러를 일으켰어. 송신 장치의 지령을 수신하지 못하고 있어. 정확하게 말하자면, 그런 반응 자체가 없어."

"……윽! 그 말은—."

"맞아. 마치 위저드가 아닌 일반인이 유닛을 걸친 상태와 같아."

오리가미는 유닛의 등 부분에 있는 버튼을 조작한 후, 의식을 집중하듯 눈을 감았다.

그러자 다음 순간, 마나의 몸이 옅은 빛을 뿜으며 CR-유닛이 긴급 장착 디바이스로 되돌이갔다. 오리가미는 사복 차림이 된 마나를 〈라타토스크〉 기관원이 깔아준 모포 위에 눕혔다.

그 광경을 보고 있던 코토리가 쿠루미를 향해 고개를 돌렸다.

"……쿠루미. 너, 설마—."

"—키히히, 히히."

그에 쿠루미는 어깨를 으쓱하면서 장난스럽게 웃어 보였다.

바로 그때, 미리 짜기라도 한 것처럼 그녀가 손에 쥔 총과 그녀가 입은 영장, 그리고 그녀의 분신마저 그림자가 되어 녹아버렸다.

"저에게 남아 있는 모든 영력이 담긴, 혼신의 【네 번째 탄환】^{달렛}이었어요. ―살의를 잃은 늑대는, 송곳니와 발톱이 필요 없잖아요?"

"―."

그런 쿠루미의 모습을 본 코토리는 할 말을 잃었다.

그러자 뒤편에서 정령들의 당혹스러운 목소리가 들려왔다.

"저기…… 대체 뭐가 어떻게 된 건가요~?"

"마나 씨는…… 괜찮은 거예요?"

코토리는 그런 정령들을 둘러본 후, 식은땀을 흘리며 「그래」하고 대답했다.

"……다들 알다시피, 이곳은 토카가 만든 이상적인 세계야. 모든 일이 우리가 뜻하는 대로, 우리에게 좋은 쪽으로 풀려. 마나의 몸을 좀먹고 있던 DEM의 마력 처리마저 『없었던 일』이 될 정도지. 하지만 시도의 데이트가 성공적으로 끝나면, 이 세계는 원래대로 되돌아가버릴 거야. ―물론, 마나의 몸도 말이야."

"어? 그럼……."

"경악. 믿기지 않는군요."

코토리의 설명을 듣고 정령들이 눈을 동그랗게 뜨며 쿠루미를 쳐다보았다.

다들 쿠루미가 대상자의 시간을 감는 【달렛】으로, 마나의 몸을 DEM에게 마력처리를 받기 전의 상태로 되돌렸다는 것을 이해한 것이다.

"—어머, 어머. 여러분이 그런 눈길로 쳐다보니 부끄럽군요."

다른 이들의 시선을 받은 쿠루미가 알몸을 배배 꼬며 그렇게 말했다. 코토리는 그런 쿠루미를 보며 작게 한숨을 내쉰 뒤, 기관원이 가지고 온 가방 안에서 옷 한 벌을 꺼내 쿠루미를 향해 던졌다.

"입어. 그런 꼴로 계속 있을 수는 없잖아?"

"배려해줘서 감사해요."

쿠루미는 그렇게 말하며 옷을 걸쳤다. 뒤편에서 미쿠가 「아~! 잠시만 더 구경할게요~!」 하고 애원하듯 말했지만, 코토리는 무시하고 쿠루미에게 말을 걸었다.

"……고맙다고 말하면 될까? 일단 이 애는 내 자매나 다름없거든. —그래도 의외야. 너와 마나는 오랫동안 서로의 목숨을 빼앗으려 했던 사이로 알고 있었는데."

"우후후."

코토리의 말에 쿠루미는 어깨를 으쓱했다.

"확실히 마나 양은 수많은 『저희들』을 죽였지만…… 따지고 보면, 그건 전부 DEM인더스트리의 짓이죠. 게다가—."

"게다가?"

"—사실 저는 싫어하지 않는답니다. 마나 양 같은 『정의의 사도』를 말이에요."

쿠루미는 농담 투로 그렇게 말하며 웃음을 흘렸다.

"……흐음?"

그 말이 농담인지 진담인지 분간이 되지 않았지만, 그 말이 쿠루미와 정말 어울리지 않다고 생각한 코토리는 무심코 쓴 웃음을 지었다.

바로 그때였다.

지진이 일어난 것처럼 주위의 공기가 떨리더니, 하늘이 하얀 색으로 물들기 시작했다.

"어……?! 뭐, 뭐야……."

"끄아~?! 천재지변이라도 일어난 거야?!"

정령들의 당황한 목소리가 주위를 가득 채웠다.

그런 와중에 쿠루미는 조용히 하늘을 올려다보더니, 혼잣말을 하듯 이렇게 중얼거렸다.

"어머, 어머. 드디어, 시작됐군요."

"쿠루미, 무슨 일이 일어난 건지 아는 거야?!"

"예. 단적으로 표현하자면…… 이 세계가, 끝을 맞이하려 하고 있는 거랍니다."

쿠루미가 가늘게 숨을 내쉬며 그렇게 대답하자, 코토리는 「뭐……?」 하고 눈을 치켜떴다.

"그렇다면, 시도가 한 발 늦은 거야?!"

그런 코토리를 달래듯이, 그녀의 뒤편에 있는 다른 정령이 입을 열었다. —니아였다.

"—자, 자, 좀 진정해, 여동생 양. 아직 끝난 게 아냐. 아마도 말이야."

아무래도 니아 또한 코토리와 마찬가지로 이 상황을 예견하고 있었던 것 같았다. 그녀는 차분한 어조로 말을 이었다.

"우리는 우리가 할 수 있는 일을 했잖아? 뒷일은 소년에게 달렸어. 소년을 믿고 기다려 보자."

"하지만—."

코토리가 불안함에 사로잡혀 눈썹을 일그러뜨리자, 니아는 그 말을 끊으려는 듯이 검지를 그녀의 입술에 댔다. 그리고 윙크를 하면서 말을 이었다.

"이런 상황에서 소년이 얼마나 멋지게 활약하는지, 우리는 잘 알고 있잖아?"

"……윽!"

니아의 말에 코토리는 작게 숨을 삼켰다.

그 순간, 불안한 표정을 짓고 있던 다른 정령들도 깜짝 놀란 표정을 지었다. 그리고 서로의 얼굴을 쳐다보며 고개를 끄덕였다.

"그래요……. 시도 씨라면, 분명 해낼 거예요."

"음. 나리를 믿자꾸나."

"크큭, 우리가 이렇게까지 했지 않느냐. 우리의 노력을 부질 없게 만들 남자가 아니지."

"신뢰. 그 어떤 상대라도, 시도라면 반드시 공략할 거예요."

"맞아요~. 반전한 토카 양이라도 달링에게 확 반해버릴 거예요~!"

"맞아. 그런 여자일수록 넘어오기만 하면 쉬운 여자가 되어 버려."

"……저기, 토카는 일단 이 세계의 지배자잖아? 방금 그 말, 들은 거 아냐?"

다들 한마디씩 늘어놓았다. 코토리는 그녀들의 목소리를 듣고, 한숨을 내쉬며 머리를 긁적였다.

"……하아. 다들, 여동생인 내 앞에서 그런 소리를 대놓고 하네. —이렇게 되면, 내가 안 믿을 수도 없는 거잖아."

코토리의 말에 정령들은 힘차게 고개를 끄덕였다.

그 모습을 만족스럽다는 듯이 응시하고 있던 쿠루미가 하늘을 올려다보았다.

"자, 시도 씨. 이제부터는 당신만의 시간이에요.

—부디 후회가 남지 않는 시간이 되길, 진심으로 빌겠어요."

◇

하늘에 금이 가더니, 달걀 껍데기처럼 깨지기 시작했다.

땅이 비틀리더니, 끊임없는 진동과 비명 같은 땅울림을 자아냈다.

마치 세계라는 하나의 생물이 숨을 거두려 하는 것 같았다. 어찌 보면 몽환적으로도 보일 수 있는 그 처절한 광경을 접한 시도는 한동안 말문이 막혔다.

하지만, 그런 와중에…….

"—흠."

공원 가장자리에 선 텐카는 딱히 당황하지도 않으며 손가락을 튕겼다. 그러자 아까 토카가 떨어뜨렸던 소프트 아이스크림이 원래 상태로 복원되더니 텐카의 손아귀에 쏙 들어갔다.

텐카는 그것을 핥아먹으면서 입을 열었다.

"음, 절경이구나. —얼음과자를 핥아먹으면서 세계의 종언을 감상하는 것도 나쁘지 않은걸."

"……뭐, 뭐하고 있는 거야?!"

텐카의 그런 뜻밖의 행동에 시도는 무심코 소리를 쳤다. 그러자 텐카는 시도를 노려보았다.

"네놈, 무슨 소리를 하는 것이냐. 토카가 사다 준 얼음과자를 헛되이 하라는 것이냐?"

"아니, 그런 소리가 아니라— 우읍?!"

그 순간, 시도는 눈을 치켜뜨며 말을 멈췄다. 텐카가 손가락을 까딱거리자, 복원된 아이스크림 하나가 시도의 입안으로 쑥 들어온 것이다.

"시, 시도! 괜찮으냐?!"

토카가 걱정하는 듯한 어조로 그렇게 말했다. 참고로 마지막 아이스크림은 상냥하게 토카의 손에 쏙 들어갔다.

"으읍…… 꿀꺽."

자신의 입에 박힌 아이스크림을 억지로 삼킨 시도는 토카를 쳐다보며 괜찮다는 듯이 고개를 끄덕였다.

바로 그때, 세계가 한 층 더 강하게 흔들리나 싶더니—

하늘이 무너지면서 생긴 공간을 통해, 거대한 『무언가』가 모습을 드러냈다.

"뭐, 뭐야……."

시도는 하늘을 올려다보면서 멍하니 그렇게 중얼거렸다.

그것은— 너무나도 거대한, 손이었다.

새하얗게 빛나는 손이 깨진 하늘 저편에서 뻗어오더니, 아직도 남아 있는 원래 하늘을 산산이 부쉈다.

그리고 하늘의 파편을 뒤집어쓰며, 그 손의 주인이 기어 나왔다.

"저건—."

그것을 본 시도는 그대로 숨을 삼켰다.

지금 나타난 것의 모습은 시도에게 있어 미지(未知) 그 자체이자— 위화감으로 가득 찬 기지(旣知) 그 자체였기 때문이다.

—하늘을 찌를 듯한 거인이었다.

긴 머리카락을 지닌 아름다운 소녀가 당당히 서 있었다.

얼굴에는 표정이 없었고, 눈동자에도 의지의 빛이 어려 있지 않았다. 하얗게 빛나는 피부를 뒤덮은 것은 긴 머리카락뿐이며, 가슴에서 복부에 이르는 능선을 아낌없이 드러내고 있었다.

그리고 그 존재의 등에는 거대한 날개가 여러 장 달려 있었다.

그 모습은 신화에 나오는 천사처럼 보였다. 다들 알고 있지만, 다들 본 적이 없는 그 환상 속의 존재 말이다.

하지만, 시도가 그 존재에게서 눈을 떼지 못하는 것은 그런 요소 때문이 아니었다.

"미, 오⋯⋯?"

시도는 망연자실한 어조로 그렇게 중얼거렸다.

그렇다. 깨진 하늘의 저편에서 나타난 그 거인은 시원의 정령, 타카미야 미오와 똑같은 얼굴을 지니고 있었다.

"—흥."

그런 시도의 중얼거림을 들은 텐카가 눈썹을 찌푸리며 코웃음을 쳤다.

"그 여자와 같은 존재로 여겨지다니, 저것이 안됐구나. —저것에는 의지가 없다. 그저 자신의 몸에 새겨진 정보에 따라 타카미야 미오의 모습을 하고 있을 뿐이지."

"⋯⋯저, 저게 뭔지, 아는 거야?"

시도의 물음에 텐카는 아이스크림의 콘 부분을 입에 집어넣으면서 대답했다.

"세피라의 방어본능을 구현한 존재— 간단히 말해 『면역』 같은 거다."

"면역⋯⋯?"

"그렇다. 타카미야 미오의 세피라는 지나치게 강대한 힘을 지녔지. 아무리 딸이라 할 수 있는 토카의 몸이라 해도, 그 세피라에 완전히 적합하지는 않은 거다. 지금까지는 이찌어찌 영력으로 얼버무렸지만, 아무래도 한계에 도달한 것 같구나."

하지만, 하고 텐카는 이어서 말했다.

"뭐, 그래도 오래 버틴 편이지. 나중에 다른 정령들에게 고맙다는 소리를 하는 게 좋을 거다."

"뭐?"

텐카의 말에 시도는 눈을 동그랗게 떴다. 그러자 토카가 보충 설명을 하듯 이어서 말했다.

"다른 정령들이 이 세계를 조금이라도 더 존속시키기 위해 도와준 것 같다. 아마 그녀들이 도와주지 않았다면, 일찌감치 이렇게 됐을 테지."

"그, 그런 거야……?!"

시도가 경악을 하며 그렇게 말한 바로 그때였다.

거대한 『미오』가 노랫소리 같은 포효를 터뜨렸다.

"앗! 시도!"

"─윽?!"

토카에게 이름이 불린 순간, 몸이 잡아당겨졌다.

그리고 다음 순간, 『미오』의 입술이 숨결을 토하려는 듯이 오므려지더니─ 시도 일행이 있던 공원이 그대로 땅에서 도려내진 것처럼 소실됐다.

"……윽?! 아니─."

토카의 품에 안긴 채 상공으로 대피한 시도는 그 엄청난 광경에 말문이 막혔다.

박살이 난 것도, 잘려나간 것도 아니다. 그 자리에 존재해야 할 부서진 파편도 존재하지 않는, 그야말로 완벽한 『소실』이었다. 마치 그림에서 마음에 들지 않는 부분을 지우개로 지운 듯한, 그런 부자연스러운 공백이 생겨났다.

"으으으으읍! 으읍!"

아직 남아 있는 지면에 착지한 토카가 그런 소리를 냈다. 「무사하느냐, 시도!」라고 말한 것 같은데, 묘하게 우물거리는 소리였다.

토카를 쳐다보니, 그녀는 아이스크림의 콘을 새의 부리처럼 입에 물고 있었다. 아무래도 손에 남아 있던 아이스크림을 차마 버리지 못해, 입에 우겨넣은 것 같았다.

"토, 토카……."

위기적 상황에 처했다는 사실에는 변함이 없지만, 그런 토카다운 행동을 본 시도는 무심코 쓴웃음을 지었다.

그러자 그 미소에 반응한 것처럼, 거대한 『미오』의 목소리가 주위에 울려 퍼졌다.

【──비적합체, 공격을 회피. 생존, 확인. 배제, 한다.】

"……윽."

미오의 목소리가 분명하지만, 그 말은 기계적으로 느껴질 만큼 무기질적이었다. 그 말에서 엄청난 위화감을 느낀 시도는 무심코 인상을 찡그렸다.

시도가 아는 미오란 존재는 이미 죽었지만, 그 사실을 재인식하게 됐다. 차라리 미오와는 전혀 다른 목소리로 말을 해줬으면 좋겠다는 생각이 들 정도였다.

"흥─."

토카와 마찬가지로 공중으로 몸을 날려 공격을 피한 텐카는 코웃음을 쳤다. 그리고 작게 한숨을 내쉬면서 토카의 옆에 섰다.

"꽤나 거칠게 나오는구나. 『병원체』를 박멸하고 싶어 안달이 난 건가. 주인은 이미 이 세상에 없는데도 말이다. 갸륵한걸."

텐카는 거친 말투로 그렇게 말했다. 하지만 그녀의 눈길에는 연민 같은 것이 어려 있었다.

"어떻게 할 거야……?"

"뻔하지 않느냐. 저것은 『나』라는 이물질을 없애기 위해 형성된 거부반응이다. 『나』를 죽일 때까지 공격을 멈추지 않겠지. 그렇다면 쓰러뜨릴 수밖에 없다."

텐카는 눈을 가늘게 뜨며 말을 이었다.

"하지만 저것을 쓰러뜨린다는 건, 세피라를 박살내는 거나 다름없다. 몇 분 후일지, 몇 시간 후일지— 어찌 됐든 간에 이 세계가 끝을 맞이한다는 사실에는 변함이 없다."

"뭐……?!"

텐카의 말에 시도는 경악했다. 이 세계가 끝나버린다는 것은, 토카가 목숨을 잃는다는 것과 같은 의미인 것이다.

시도의 표정을 보고 그의 생각을 눈치챘는지 텐카는 덧붙이듯 이렇게 말했다.

"—저것이 구현된 시점에서, 소멸을 피하는 건 불가능해졌다. 지금 저것에게 짓이겨져서 죽을지, 아니면 저것을 쓰러뜨린 후에 죽을지, 둘 중 하나를 고를 수밖에 없다."

"……윽!"

이미 각오를 다졌는데도, 마음이 흔들렸다. 시도는 어금니를 깨물며 피가 날 것만 같을 정도로 주먹을 세게 말아 쥐었다.

하지만 다음 순간, 상냥한 목소리가 그런 시도를 감쌌다.

"잠시만 기다려다오, 시도. 금방 끝내고 오마.

—우리의 데이트는, 아직 끝나지 않았으니 말이다."

"……아! 토카—."

시도는 그 말을 듣고 숨을 삼켰다.

그리고, 격렬한 감정을 집어삼키며— 토카를 향해 미소를 지었다.

"……응. 맞아."

그렇다. 답을 생각해 볼 필요도 없었다.

설령 몇 분에 불과할지라도, 토카와 함께 할 수 있는 시간을 얻을 수 있다면— 저 훼방꾼을 해치울 수밖에 없었다.

토카에게도 그런 시도의 심정이 전해진 것 같았다. 그녀는 빙긋 미소 지으면서 고개를 끄덕였다.

"하지만, 정말 해치울 수 있겠어? 저런 말도 안 되는 걸……."

시도가 거대한 『미오』를 올려다보며 미간을 찌푸리자, 토카는 한 번 더 고개를 끄덕였다.

"—그래. **우리**라면 할 수 있다."

토카는 그렇게 말하며 한 번 더 고개를 끄덕이더니, 『미오』를 향해 한 걸음 내디뎠다.

그러자 이때를 기다린 것처럼, 텐카가 토카의 옆에 섰다.

"—텐카. 미안하지만, 네 힘을 빌려다오."

"사과할 필요 없다. 나는 너다. ─애초부터 그럴 생각이었지."

토카와 텐카는 그런 대화를 나누면서 고개를 끄덕이더니, 누가 먼저랄 것 없이 서로에게 다가가며 포옹했다.

다음 순간, 두 사람의 실루엣이 녹아들며 하나가 되더니─ 눈부신 빛이 뿜어져 나왔다.

"─윽!"

그 엄청난 빛을 본 시도는 무심코 눈을 가렸다.

이윽고 그 빛이 잦아들자…….

아름다운 영장을 현현시킨 한 소녀가 모습을 드러냈다.

"토, 카─?"

시도는 소녀를 쳐다보며 망연자실한 어조로 그렇게 말했다.

시도 본인도 자신이 얼빠진 소리를 하고 있다는 것을 자각하고 있었다. 하지만, 물어볼 수밖에 없었다. ─눈앞에 존재하는 소녀에게서는 토카이면서도, 토카가 아닌 듯한 분위기가 느껴진 것이다.

하나로 모아 묶은 머리카락과 온몸을 감싸고 있는 고귀한 느낌의 영장, 그리고 등에는 미오의 영장을 연상케 하는 아름다운 날개가 현현되어 있었다.

그리고 그녀의 두 눈동자는 미묘하게 다른 색깔을 띠고 있었다.

오른쪽 눈은 토카, 왼쪽 눈은 텐카.

시도는 그제야 소녀를 보며 느낀 감각의 정체를 깨달았다.

그렇다. 지금 시도의 눈앞에 있는 소녀는─ 토카와 텐카,

두 사람이 융합한 듯한 모습을 하고 있었다.

"―음."

소녀는 조용히 고개를 끄덕였다. 이 믿음직하면서도 상냥한 목소리는 토카의 목소리였다.

"다녀오마, 시도."

그리고 토카는 그 말을 남긴 후, 하늘을 찌를 듯한 거인을 향해 날아갔다.

그것은, 신기한 감각이었다.

토카와 텐카, 원래 하나였던 존재가 원래대로 되돌아갔을 뿐인데, 이전과는 비교도 안 될 정도로 온몸에서 힘이 용솟음치고 있었다.

영력이 넘쳐흐르는 것만 같았다. 영장 또한 눈부신 빛을 내뿜고 있었다. 지금이라면 손가락 하나만으로 별을 쪼개는 것도 불가능하지 않을 것 같았다. ……뭐, 그런 짓을 했다간 시도에게 혼날 것 같으니 하지 않겠지만 말이다.

'―당연하지. 지금까지 세계의 유지와 『면역기능』의 억제에 쓰던 영력을 발현시켰지 않느냐. 완전하지는 않지만, 어머니의 힘을 사용하고 있는 것이나 다름없다.'

"오오?!"

텐카의 목소리가 머릿속에 울려 퍼지자, 토카는 깜짝 놀랐다.

'왜 그렇게 놀라는 것이냐. 방금 동화했지 않느냐.'

"으음…… 그건 그렇다만, 이렇게 머릿속에서 목소리가 들려올 거라고는 생각도 못했다."

토카는 그렇게 말한 뒤, 주먹을 말아 쥐며 입가에 미소를 머금었다.

"하지만— 저기, 뭐냐. 이러니까 텐카와 힘을 합쳐서 싸우는 느낌이 들어서 참 좋구나. 이럴 줄 알았으면 옛날부터 이야기를 나눴으면 좋았을 텐데 말이다. 텐카는 예전부터 쭉 내 안에 있었지?"

'말도 안 되는 소리 하지 마라. 너와 내가 함께 존재할 수 있는 것 자체가 어머니의 권능을 탈취한 덕분이지 않느냐.'

"음…… 그렇구나. 하지만……."

토카는 고개를 끄덕이더니 입가에 더욱 진한 미소를 머금었다.

"—목소리는 들리지 않았지만, 텐카는 쭉 내 곁에 있어 줬지? 그때도— 그때도 말이다. 정말 고맙다."

'…………흥.'

토카가 그렇게 고마움을 말하자, 텐카는 부끄러워하는 듯한 반응을 보였다.

'—그것보다, 조심해라. 저것은 타카미야 미오의 세피라에 남아 있던 권능이다. 즉, 우리와 동질의 힘을 지니고 있는 거지. 방심하지 마라.'

"음, 알고 있다!"

토카는 텐카의 목소리에 답한 후, 허공을 향해 두 손을 내밀었다.

그리고 읊조렸다. 자신이 가장 신뢰하는, 최강의 천사의 이름을⋯⋯.

"—〈산달폰〉!"

그 순간, 허공이 떨리더니 빛과 함께 금색 옥좌가 현현됐다.

하지만, 그뿐만이 아니었다. 토카는 연이어 읊조렸다.

"—〈나헤마〉!"

그, 긍지 높은 마왕의 이름을⋯⋯.

그 목소리에 호응하듯 어둠이 응어리지더니, 검이 모셔진 백은색 옥좌가 모습을 드러냈다.

그렇다. 텐카의 마왕, 〈나헤마〉였다.

텐카와 동화한 토카는 그 힘을 쓸 수 있게 된 것이다.

"하앗—!"

토카는 양손을 내밀었다. 그러자 그 움직임에 맞춰, 두 옥좌의 등받이에 꽂혀 있는 거대한 검이 뽑히더니 토카의 손에 쥐어졌다.

오른손에는 〈산달폰〉.

왼손에는 〈나헤마〉.

강대한 힘을 자랑하는 두 왕을 거느린 토카는 날카로운 기합을 내지르며 양손을 휘둘렀다.

"—우오오오오오오오오오오오오오오오오오오!"

〈산달폰〉과 〈나헤마〉에서 뿜어진 충격파가 공기를 가르며 날아가 거대한 『미오』의 두 팔을 잘라냈다.

【──손상, 양팔. 대상, 생존. 배제, 한다─.】

『미오』는 팔의 단면으로 영력의 입자를 흩뿌리며 고통스러운 듯이 몸을 비틀었다. 하지만, 토카의 공격은 끝나지 않았다. 또다시 두 검을 치켜들고 공격을 펼쳤다. 빛과 어둠으로 된 두 줄기의 선이 『미오』의 가슴을 십자로 갈랐다.

바로 그 순간─.

【━━━━━━━━━━━━━━━━━━━!】

『미오』가 한층 더 큰 포효를 터뜨리더니, 뒤로 젖혀진 그녀의 가슴 사이에서 새로운 『미오』의 얼굴이 **자라났다**.

"아니……?!"

'쳇─!'

이것은 예상외였다. 토카는 텐카가 혀를 차는 소리를 들으면서 눈을 치켜떴다.

그러는 사이, 새로운 『미오』의 얼굴이 숨을 토하려는 듯이 입술을 오므렸다. ─그렇다. 아까 공원을 없애버렸을 때처럼 말이다.

"큭……!"

토카는 의식을 집중하며, 온몸에 영력을 둘렀다.

다음 순간─ 눈에 보이지 않는 충격파가 토카를 덮쳤다.

"……아! 토카─!"

토카와 『미오』의 싸움을 지상에서 올려다보고 있던 시도는 절규에 가까운 소리를 내질렀다.

토카가『미오』의 두 팔을 자른 순간,『미오』의 가슴에서 또 하나의 얼굴이 생겨나더니, 토카를 향해 아까와 같은 공격을 펼친 것이다.

"큭……!"

토카의 뒤편에 있던 지면이 소리 없이 사라졌다. 토카는 어찌어찌 방어를 해서 소멸은 면했지만, 그 숨결에 담긴 힘을 완전히 상쇄시키지는 못한 것 같았다. 그대로 밀려난 토카는 원래『지면이 있던 장소』에 격돌했다.

"커헉—!"

토카는 검을 지팡이 삼아 어떻게든 몸을 일으켰다. 영장 곳곳에 금이 갔으며, 겨우겨우 두 발로 서 있는 것 같았다.

【—팔, 재생. 표적, 확인.】

하지만『미오』는 공격을 멈추지 않았다. 잘려나간 팔의 단면에서 새로운 팔이 자라난『미오』는 토카를 향해 그 팔을 뻗었다.

"그렇게는 안 돼……! 〈라파엘〉!"

시도는 의식을 집중해 자신의 몸에 봉인되어 있는 천사의 힘을 발현시켰다.

그는 몸에 바람을 두르며 하늘을 갈랐다. 시도는 고속으로 비행하면서 다른 천사의 이름을 외쳤다.

"〈메타트론〉!"

그 순간, 시도의 주위에 여러 개의『깃털』이 생겨나더니, 일제히『미오』를 향해 광선을 쐈다.

하지만—.

"앗……!"

〈메타트론〉이 날린 광선은 『미오』의 피부에 겨우 흠집만 냈다. 게다가 그 상처는 몇 초 만에 완전히 재생됐다.

하지만 당연할지도 모른다. 의지를 지니지 못한 시스템 같은 존재라고 해도, 저 거대한 『미오』는 미오가 지니고 있던 세피라의 일부인 것이다. —미오에게 상처를 입힐 수 있는 것은 미오의 힘을 지닌 자뿐이었다. 그것은 일전의 싸움에서 뼈아프게 실감했던 사실이었다.

"큭— 포기……할 수는 없어! 토카와의 데이트가 나를 기다리고 있단 말이야……!"

시도는 다른 천사를 현현시키며 『미오』에게 쉴 새 없이 공격을 퍼부었다.

하지만 『미오』는 시도의 존재 자체를 눈치채지 못한 것처럼, 토카에게 공격을 퍼붓고 있었다. 토카는 비틀거리면서도 겨우겨우 그 공격을 피했다.

"미오……!"

『저것』이 미오가 아니라는 것은 시도도 알고 있었다.

하지만— 외치지 않을 수 없었다. 호소할 수밖에 없었다.

자신의 목숨을 희생하면서까지, 미오는 시도 일행을 구해줬다.

그녀의 얼굴을 한 존재가 토카를 죽이는 광경을, 두 번 다시 보고 싶지 않았다.

"미오오오오오오오오!"

시도가 외친 바로 그 때였다.

【—————괜찮아.】

시도에게 그런 목소리가 들려왔다.

"……어—?"

시도는 무심코 손을 멈추고 거대한 『미오』의 얼굴을 쳐다보았다.

그 얼굴에는 여전히 표정이 어려 있지 않았다. 그저 무자비하게, 토카라는 존재를 없애려 하고 있었다.

하지만 순간 깨달았다. 방금 들린 목소리는 귀가 아니라, 머릿속에 울려 퍼졌다는 사실을…….

"방금, 그건……."

시도는 눈을 치켜뜨며 손으로 이마를 짚었다.

극한 상황에서 환청을 들은 것일까? 아니다.

『미오』가 시도를 현혹하려 한 것일까? 아니다.

방금 그 목소리는, 분명—.

【—너에게는, 힘이 있어. 토카를, 구해줘.】

"……윽!"

시도는 확신에 사로잡히며 고개를 들었다.

【—————.】

거대한 『미오』가 새롭게 자라난 팔을 휘둘러 토카를 공격했다. 손가락 하나하나에서 엄청난 영력이 담긴 광선이 뿜어져 나오더니, 순식간에 주위의 경치를 뒤바꿔버렸다.

'토카!'

"으, 음…… 괜찮다. 어찌어찌 피하고 있다."

토카는 욱신거리는 몸을 겨우 움직이며, 머릿속에 울려 퍼지는 목소리에 답했다.

"하지만 이대로 계속 방어만 하고 있을 수는 없다. 어떻게든 반격의 실마리를 잡아야—."

자신을 향해 흩뿌려진 광선을 피하던 토카가 갑자기 입을 다물었다.

이유는 단순했다. 여러 줄기의 광선을 뿜고 있는 『미오』의 손바닥에, 아까처럼 조그마한 『미오』의 얼굴이 자라난 것이다.

"큭—!"

방심했다. 토카는 인상을 찡그리며 몸을 딱딱하게 굳혔다.

『미오』의 광선은 미끼에 지나지 않았다. 모든 것은 토카가 피할 수 없는 타이밍에, 최강의 『숨결』을 쏘기 위한 계략에 불과했다.

하지만, 그 『숨결』은 토카를 덮치지 않았다.

『미오』가 『숨결』을 토하려던 순간—.

"—〈아인 소프 오르〉!"

어디선가 그런 외침이 들려오더니, 『미오』의 머리 위에 거대한 꽃 같은 것이 생겨났다.

암술머리에 소녀의 형태를 한 조각상이 존재하는 그 거대한 꽃이 하늘에서 빛을 흩뿌리자, 토카에게 『숨결』을 토하려던 『미오』의 얼굴은 그대로 침묵에 잠겼다.

　파괴된 것도, 잘려나간 것도 아니었다. 마치 그 빛이 닿은 부분이 생명을 잃은 것처럼, 『미오』의 팔이 축 늘어지며 지면에 닿았다. 그 모습을 본 토카는 무심코 눈을 동그랗게 떴다.

　"아닛……?!"

　'이럴 수가. 저건…….'

　토카가 경악한 순간, 텐카의 놀란 듯한 목소리가 그녀의 머릿속에 울려 퍼졌다.

　하지만 그것도 무리는 아니었다. 방금 현현된 것은 타카미야 미오가 지닌 천사 중 하나— 만물의 생명을 빼앗는 죽음의 천사, 〈아인 소프 오르〉인 것이다.

　하지만 토카가 놀란 것은 〈아인 소프 오르〉가 출현했기 때문만은 아니었다.

　지금 그 천사의 이름을 외친 이는 바로—

　"시도!"

　"—응!"

　토카가 이름을 부르자, 지상에 선 시도가 힘차게 고개를 끄덕였다.

　그렇다. 믿기지 않지만, 미오의 천사를 현현시킨 사람은 다름 아닌 시도였다.

　"가자, 토카. 빨리 싸움을 끝내고, 데이트를 계속하는 거야."

시도는 미소를 지으며 그렇게 말했다. 그러자 토카는 놀란 것처럼 눈을 동그랗게 뜨더니―

"……음!"

환한 미소를 지으며 그렇게 대꾸했다.

【―――――――.】

『미오』가 고통스러운지 몸을 꿈틀거리더니, 움직이지 않는 오른손을 직접 잘라버렸다. 그리고 그 절단면에서 새로운 팔이 자라나자 다시 휘두르며 광선을 뿜었다.

'흥, 역시 끈질기구나. ―할 수 있겠느냐?'

"그래, 물론이다!"

텐카의 말에 답한 토카는 오른손에 쥔 〈산달폰〉과 왼손에 쥔 〈나헤마〉를 휘둘러서 『미오』의 손가락을 뺐다.

그리고 그 틈을 노리고 하늘을 가르면서 『미오』의 본체에 육박했다.

【―――――――.】

토카의 접근을 눈치챈 『미오』는 원래 있던 머리, 그리고 가슴에 생긴 머리로 동시에 『숨결』을 토하려 했다.

하지만―

"―〈아인 소프〉!"

그 순간, 시도의 목소리가 다시 들려왔다. 그에 소녀의 조각상을 안아 들고 있는 듯한 거대한 나무가 『미오』의 등 뒤에 생겨났고― 그것을 기점으로 흑백 공간이 펼쳐졌다.

법의 천사 〈아인 소프〉. 원래 이 세계는 이 천사의 힘에 의해 만들어졌다고 해도 과언이 아니었다.

그 근원의 권능에 사로잡힌 『미오』는 완전히 움직임을 멈췄다.

"―하아아아아아아앗!"

토카가 그 틈을 놓칠 리가 없었다. 그녀가 〈산달폰〉과 〈나헤마〉를 휘두르자, 『미오』의 몸이 수직으로 두 동강이 났다.

하지만 『미오』는 쓰러지지 않았다. 〈아인 소프〉에 속박된 상황에서도, 두 동강이 난 몸의 절단면에서 뻗어 나온 촉수 같은 것을 이용해 다시 결합하려 했다.

"큭…… 이래선 끝이 없다!"

토카는 무심코 미간을 찌푸렸다. 그러자 시도가 다시 목소리를 높였다.

"저 『미오』를 구성하고 있는 핵 같은 게 있을 거야! 그걸 부숴야만 해!"

"뭐…… 시도?"

'꽤 잘 알고 있구나. 하지만 대체 어떻게 그걸 부술 거지?'

"―나한테 맡겨."

시도는 마치 토카의 머릿속에 울려 퍼진 텐카의 목소리가 들리기라도 한 것처럼 씨익 웃더니, 지면을 박차며 하늘로 날아오른 후, 그대로 『미오』의 머리 쪽으로 향했다.

그리고 외쳤다.

그, 천사의 이름을…….

"―〈 아인 〉."

그 순간─.

【─────────────────.】

시도의 손에서 새하얀 빛이 뿜어져 나오더니, 『미오』가 울부짖기 시작했다.

시도가 현현시킨 것은, 미오가 지닌 최후의 천사─ 발동시킨 순간, 그 어떤 것도 무(無)로 되돌리는 무(無)의 천사, 〈　　　〉^{아인}이었다.

─잠시 후, 주위의 빛이 점점 사라지기 시작했다.

이제 그것은 거대한 『미오』의 형태를 하고 있지 않았다.

아니, 정확하게 표현하자면, 거대한 외장이 전부 소멸되면서 『미오』의 핵만이 〈아인 소프〉에 사로잡힌 채 공중에 떠 있었다.

"지금이야! 토카! 텐카!"

시도가 두 사람을 향해 외치자 토카의 머릿속에서 텐카의 낮은 웃음소리가 울려 퍼졌다.

'─하하! 꽤 하는구나. 다시 봤다, 인간.'

그 말을 들은 토카 또한 씨익 웃었다.

"무슨 소리를 하는 거냐, 텐카. 시도는 원래부터─ 최고였다!"

토카는 그렇게 외친 뒤, 〈산달폰〉과 〈나헤마〉를 포개어 쥐며 하늘로 치켜들었다.

그러자 그 동작에 호응하듯, 토카의 등 뒤에 떠 있던 두 옥좌가 여러 개의 파편으로 분해되어 토카가 들고 있는 두 검을 휘감기 시작했다.

이윽고 그 격류 속에서, 너무나도 거대한 검 한 자루가 모습을 드러냈다.

〈산달폰〉의 【최후의 검】. 그리고 〈나헤마〉의 【종언의 검】.

그 두 검을 결집시킨, 토카가 지닌 최대최강의 천사이자 마왕—.

"—【창세의 검】."

토카가 혼신의 힘을 다해 그 검을 치켜든 후, 『미오』의 핵을 조용히 쳐다보았다.

미오와 같은 모습을 지녔지만, 인간과 별반 다르지 않은 크기인 그 핵은 미오 그 자체였다.

반가운 그 모습을 본 토카의 뇌리에 어떤 기억이 떠올랐다.

그것은 미오의 세피라가 몸에 깃든 순간에 얻었던 미오의 기억— 미오가 우발적으로 토카를 탄생시켰을 때의 기억이었다.

미오는 비정상적인 존재인 토카를 경계하면서도, 그 세피라를 부수지 않았다. 자신을 제외하면 유일하다고 할 수 있는, 순수한 정령을 죽일 수 없었던 것이다.

그것은 연민(憐憫)에서 비롯된 행동일지도 모르며, 어머니로서의 상냥함 때문에 그런 걸지도 모른다. 하지만, 변덕이라고도 할 수 있는 미오의 그 선택 덕분에 토카는 생명을 부지했고, 지금 이 순간을 낳은 것이다.

"미오—."

바로 그때, 또 하나의 기억이 토카의 머릿속을 스쳤다.

그것은 〈아인 소프〉에 의해 만들어진 세계에서의 기억— 미오와 레이네, 신지와 시도가 존재하는 그 꿈의 기억이었다.

영원이 계속되었으면 좋겠다는 생각마저 들던 그 행복한 세계에 마침표를 찍은 건, 시도가 한 어떤 말이었다.

『—미오, 너는, **자신을 죽일 수 있는 존재를 만들기 위해, 나를 낳은 거야**』.

시도가 한 그 말이 진실인지는, 토카도 알 수 없다.

하지만, 만약 그것이 미오 본인조차 깨닫지 못했던 진정한 소망이었다면—.

토카라는 예상외의 존재를 죽이지 않고 놔둔 것에는, 또 하나의 이유가 존재하는 것일지도 모른다.

"—미안하다. 내 억지 때문에 한참 기다리게 했구나."

토카는 차분한 목소리로 그렇게 중얼거린 뒤—.

"—오오!"

거대한 검을 휘둘러 주위의 공간과 함께 미오의 『핵』을 두 동강 냈다.

종장 라스트 데이 얼라이브

종언을 맞이한 세계에 찬란하게 흩뿌려지는 빛의 입자는, 마치 달빛에 반짝이고 있는 눈 같았다.

방금까지 『미오』를, 그리고 거대한 검을 형성하고 있던 영력의 잔재가, 금이 간 하늘을 아름답게 꾸미는 베일처럼 흩날렸다.

피할 수 없는 소멸. 가냘프기 그지없는 종언. 시도는 그 모습에서 눈을 뗄 수 없었다. 그 광경은, 세계의 붕괴를 장식하기엔 너무나도 아름다웠다.

그런 한 폭의 그림 같은 풍경 속에서, 찬란하게 빛나는 영장을 걸친 토카가 천천히 내려왔다. 오로라를 등에 짊어진 늣한 그 모습은 하늘의 여신— 혹은, 죽은 인간의 혼을 구원하러 나타나는 천사처럼 보였다.

"—토카."

시도는 반쯤 얼이 나간 채, 그녀의 이름을 불렀다.

그러자 토카는 그 말에 답하려는 듯이 고개를 들더니—

"—흥."

—하고 고압적으로 코웃음을 쳤다.

그 반응을 보고 토카의 분위기가 평소와 다르다는 것을 눈치챘다.

"텐카……?"

"그렇다. 잠시 이 몸을 빌렸다. 토카가 아니라 유감이겠구나."

"아, 그렇지는……."

시도가 말을 이으려던 순간, 텐카는 그 말을 끊으며 말했다.

"—보다시피, 지금이 한계점이다. 이 세계는 끝날 것이며, 네놈들은 해방되겠지. 기뻐해라. 이것이 바로 네놈이 원한 결과다."

"뭐? 해방이라니…… 텐카는 이 세계를 완전히 바꾼 게……."

"그 여자의 세피라에는 원래 세계 전체에 인계를 덧씌울 만큼의 힘이 남아 있지 않았다. 〈라지엘〉의 소유자는 그런 말로 네놈들의 불안을 부추긴 것 같지만 말이다."

텐카는 그렇게 말하며 어깨를 으쓱했다. 시도는 그 말을 듣고 「쿠루미 녀석……」 하고 중얼거리며 식은땀을 흘렸다.

하지만, 시도는 생각을 바꿨다. 전지의 천사 〈라지엘〉이라면 이 세계의 진실을 알 수 있으리라. 그러나 그것은 미오의 세피라와 함께 토카가 소멸한다는 사실을 알았다는 것을 뜻했다.

—아아, 그래. 시도는 이해했다. 그래서 쿠루미는 시도 일행

을 부추겼고, 마지막으로 토카와 데이트를 할 수 있도록 일을 꾸민 것이다.

시도는 자신이 쿠루미가 한 말의 진위를 확인하려 했을 때, 쿠루미가 〈라지엘〉이 아닌 〈자프키엘〉을 권한 것을 떠올렸다. 〈자프키엘〉 쪽이 실감을 동반한 기억을 떠올릴 수 있기 때문이라는 말도 거짓은 아니겠지만— 시도에게 토카가 곧 숨을 거둘 것이라는 사실을 알리지 않기 위해 그런 말을 한 것이리라.

"그 녀석……."

꽤나 상냥한 『최악의 정령』도 다 있다는 생각이 들었다. 시도는 앞머리를 거칠게 쓸어 올리면서 한숨을 내쉬었다.

"……."

아니, 상냥한 이라면 한 명 더 있다. 시도는 텐카를 힐끔 쳐다보았다.

—악역을 연기하면서, 시도가 토카에게 데이트를 신청하도록 꾸몄던 정령을 말이다.

"왜 그런 눈으로 쳐다보는 거지?"

"아무것도 아냐."

하지만 이 말을 했다간 텐카가 또 언짢아할 것이다. 그렇게 생각한 시도는 애매한 미소만 지었다.

텐카는 미심쩍다는 듯이 눈썹을 찡그렸지만, 「뭐, 됐다」 하고 이야기를 이어갔다.

"나는 그 여자의 권능으로 결계를 만들었을 뿐이다. —현실

세계와 시간의 흐름이 다른 세계를 말이다."

"시간의 흐름이 다르다고……?"

"그래. 타카미야 미오의 세피라는 이미 붕괴되어 가고 있었다. 그 존재를 유지할 수 있는 건, 몇 분 정도 뿐이었지. 그래서 나는 결계 안에서 시간이 흐르는 속도를 조작해서, 그 몇 분을 최대한 늘렸다. 이 세계에서 네놈들이 보낸 한 달은 현실세계에서의 3분 정도에 지나지 않을 거다."

"─그렇, 구나……."

시도는 텐카의 말을 듣고 납득이 됐다는 듯이 한숨을 내쉬었다.

미오의 세피라는 몇 분 후에 붕괴될 것이다…… 그렇다면, 원래라면 토카 또한 그 순간에 목숨을 잃고 말 것이다.

그렇기에 텐카는 미오의 세피라를 차지해서 이 세계를 만들었다.

토카가, 마지막으로 행복한 한때를 보낼 수 있도록…….

아아, 정말─.

"……너는, 상냥하구나."

이번에는 참을 수 없었다. 시도의 입에서 그 말이 흘러나왔다.

"…………흥."

하지만 텐카는 시도가 예상했던 것처럼 언짢은 표정을 짓지 않았다. 그저 작게 코웃음을 치더니, 고개를 돌렸다.

"……아무튼, 이대로 가만히 있으면 네놈들은 해방될 거다. 그러니 남은 시간은 토카와 함께 보내라."

"토카와…… 너는 어떻게 할 거야?"

"뻔하지 않느냐. 나는 다시 토카 안으로 돌아갈 거다. 더는 너희를 방해할 생각은 없다."

"뭐? 오늘 하루 쭉 같이 다녔는데……."

텐카가 그런 시도의 말을 끊으려는 듯이 고개를 저었다.

"—오늘, 내 말을 무시하며 쭉 끌고 다니지 않느냐. 마지막에는 내 억지를 받아다오. 이래 봬도 나는 이 세계에서 신이나 다름없는 존재다. 좀 공경하는 게 어떻겠느냐?"

텐카는 고개를 절레절레 저으면서 그렇게 말했다.

그에 시도는 하려던 말을 삼키며…… 고개를 끄덕였다.

"……응. 그것도 그러네. 신이시여, 감사합니다."

시도가 농담 투로 그렇게 말하자, 텐카는 슬며시 눈을 내리깔았다.

"알면 됐다. —허나, 세계가 완전히 종언을 맞이하기 전에 영력의 봉인은 해둬라. 잔재라고는 해도, 시원의 정령의 영력이다. 소멸되는 순간에 어떤 여파를 자아낼 가능성도 있으니 말이다."

"……알았어. 하지만 미오의 세피라를 흡수한 건 텐카잖아? 토카가 아니라 네 힘을 봉인해야 하지 않아?"

"그런 걱정은 할 필요 없다. 나와 토카는 표리일체다. 토카도 그 여자의 권능을 써서 나를 구현화시켰지 않느냐? 토카와 입맞춤을 하면 된다."

"아니, 그냥 키스만 한다고 영력이 봉인되지는 않거든? 상대방이 나에게 마음을 열어야—."

"—그러니까, 그런 걱정은 할 필요가 없다는 거다."

"뭐……?"

텐카가 단호한 어조로 그렇게 말하자, 시도는 무심코 눈을 동그랗게 떴다.

"네놈과 함께 지낼 때, 토카의 마음은 찬란하게 빛났다. 즐거움과 기쁨으로 가득 차 있었지. 정말 행복해 보였다. —나는 그런 토카의 마음을 느끼는 것을, 좋아했다."

그러니까, 하고 텐카가 말을 이었다.

"이 세계는 토카를 위해 만든 것이 분명하지만…… 조금, 아주 조금이지만, 마지막으로 한 번만, 네놈과 만나고 싶다는 마음이, 없지도 않았다."

"텐카……."

"만약, 만약에 말이다. 내가 더 빨리, 네놈과 만났더라면……."

텐카는 말을 이으려다 고개를 저었다. 이런 말을 더 해봤자 의미 없다는 듯이…….

그 대신, 텐카는 평소처럼 통명한 표정이 아니라 환한 미소를 지었다.

"—잘 있어라, **시도**. 네놈과의 데이트, 나쁘지는 않았다."

그렇게 말한 텐카는 의식을 잃듯 그대로 뒤편으로 쓰러졌다.

"윽! 텐카!"

시도는 허둥지둥 텐카를 부축했다. 그러자 그와 동시에 그녀의 몸이 옅게 빛나더니, 몸을 감싸고 있던 영장이 빛으로 변하며 사라졌다. 그 후에 남은 것은 토카가 입고 있던 옅은 색 의복뿐이었다.

"……으, 음…… 시도?"

텐카가 작은 목소리로 그렇게 말하면서 고개를 들었다.

아니, 시도는 그 목소리의 어조를 통해 눈치챘다. ─지금의 그녀는 텐카가 아니라 토카라는 사실을…….

"……응. 수고했어, 토카."

"으…… 음. 텐카와의 이야기는 끝났나 보구나."

토카는 전부 다 알고 있다는 듯이 그렇게 말했다.

분명 방금 정신을 차리는 사이에 텐카와 이야기를 나눈 것이리라. 시도는 「맞아」 하고 고개를 끄덕였다.

"그러하냐. 그럼……."

토카는 하늘을 올려다보며 미소를 지었다.

"─데이트를, 계속하자꾸나."

그렇게, 무너져 가는 하늘 아래에서…….

두 사람은, 이야기를 나눴다.

처음에는 정처 없이 걸었다.

그렇게 한동안 걷다가, 기적적으로 남아 있던 벤치에 걸터앉았다.

처음 만났을 때부터 지금까지 있었던 일을 돌이켜보듯, 정말 아무것도 아닌 이야기를 나눴다.

"—하지만, 처음 먹었던 콩고물빵은 정말 충격적이었다. 그렇게 맛있는 음식이 존재할 줄은 상상도 못했지."

"하하, 엄청 마음에 들어 했잖아. 우연히 빵집 앞을 지나쳐서 다행이야."

"음. 나는 그때 생각했다. 이렇게 맛있는 것을 먹여주는 이 남자가 나쁜 인간일 리가 없지 않을까…… 하고 말이지. 그 빵을 먹지 않았다면, 시도가 내 영력을 봉인하지 못했을지도 모른다."

"앗, 나는 그 정도로 콩고물빵의 덕을 본 거야?!"

"후후, 농담이다. 지금 생각해보면— 시도가 사줬기 때문에 그렇게 맛있게 느껴진 게 틀림없다."

"토카……"

"음. 그래. 시도, 그리고 다른 애들과 함께했으니까 이런 일도, 저런 일도 즐거웠던 거다. 수족관에 갔을 때도, 오션파크에 놀러갔을 때도…… 시도가 시도가 아닌 여자가 됐을 때도 즐거웠지."

"윽, 마지막 그건 언급하지 말아 줘."

"무슨 소리를 하는 거냐. 좋은 추억이지 않느냐. 천앙제 무대에서 밴드를 했을 때도 즐거웠다!"

"응. 뭐, 그것 자체는 좋은 추억이지만……"

"지금 생각해보면, 시도가 시도가 아닌 여자가 되는 기술을 일찍 익혔다면, 수학여행지에서 시도가 여탕에 들어왔을 때 그렇게 허둥지둥 도망칠 필요는 없었을 것 같구나."

"저기, 내 몸 자체는 어떻게 할 수가 없거든?! 그리고 여장을 했을 때 가장 위험한 장소가 바로 거기라고!"

"그것도 그렇구나. 그럼 〈하니엘〉이 있어야 했던 건가. 시도가 좀 더 빨리 나츠미를 봉인했더라면, 여탕도 마음대로 들어갈 수 있을 테지!"

"오해 살 수 있는 표현은 좀 자제해 줄래?! 나는 내가 원해서 여탕에 들어간 게 아니거든?!"

"아, 그랬지. 미안하다."

"하아……. 그래도 나츠미의 능력은 정말 성가셨어. 나츠미가 너희 중의 누군가로 변신했을 때가 있었잖아?"

"아, 그런 일도 있었지!"

"그때, 토카가 소식을(小食) 하는 걸 보고 약간 의심했어. 나츠미가 토카로 변한 걸지도 모른다고 생각했다니깐."

"으음, 그랬느냐?"

"응. 결국 오해였기는 했지만, 그래도 깜짝 놀랐어. 아, 맞다. 나츠미 하니까 생각난 건데, 토카에게 사과해야 할 일이 있어."

"사과해야 할 일? 그게 뭐지?"

"저기, 『나츠~미』라는 말, 기억해?"

"음! 물론이다! 『당신을 사랑합니다』라는 의미의 표현이지?"

"맞아. 그런데, 사실 그건 내가 대충 둘러댄—."

"내가 정말 좋아하는 말이다. 힘들 때에도, 시도가 가르쳐

준 그 말을 중얼거리면 기운이 나는 것 같았지."

"그, 그랬구나······."

"그런데, 나츠~미가 뭐 어쨌다는 거냐?"

"······, 으음, 실은, 『당신을 정말정말 사랑합니다』라는 더 강한 의미의 말이더라고."

"오오, 그랬구나! ······후후, 그래. 저기, 시도."

"응. 왜?"

"나츠~미!"

"······저기, 토카."

"음?"

"나츠으으으미이이이잇!"

"오오! 기운이 넘치는구나!"

"그래, 기운이 넘쳐! 이 말을 세상에 정착시켜주겠어!"

"그러고 보니 참 그립구나. 맞다, 그러고 보니 다 같이 동인지를 그린 적도 있었지."

"맞아. 진짜로 마감 때문에 죽을 것 같았어······. 토카도 판매원을 하느라 고생했잖아. 바니걸 차림, 정말 귀여웠어."

"뭐······ 느닷없이 칭찬하지 마라, 시도. 부끄럽지 않느냐. 그래, 동화 속 세계에서 사로잡혔을 때, 우리를 구해주러 왔던 시도는 참 멋있었지."

"그건 나지만 내가 아닌 부분도 있거든······. 다 같이 만든 이상적인 나라고나 할까······."

"안심해라. 나는 평소의 시도도 멋지다고 생각한다."

"응? 하하…… 그렇구나. 느닷없이 칭찬을 들으니 부끄럽네. 그리고 보니 내가 동화 속에서 아기돼지였던 적도 있는 것 같네……. 토카는 모모타로였지? 그 모습도 잘 어울렸어."

"으음, 그 복장일 때는 꽤 움직이기 편했던 것 같다. 다들 다른 복장을 하고 있었지…… 후후, 그때는 정말 힘들었지만, 지금 다시 떠올려 보니 조금 즐거웠던 것 같은 느낌도 드는구나. 참 신기한걸."

"응……. 그럴지도 몰라."

─점점 무너져 가는 세계를 바라보며, 두 사람은 그 파멸적인 광경과 어울리지 않는 이야기를 나눴다.

하지만, 그거면 됐다.

그것으로─ 충분했다.

그런 별것 아닌 시간이 진정으로 행복하고, 진정으로 고귀했기에─.

그렇기에 믿을 수가 없었다.

지금 이렇게 환하게 웃으며 이야기를 하고 있는 소녀가, 곧 사라진다는 것을…….

"……윽."

즐거운 이야기를 나누던 와중에, 그런 생각이 머릿속을 스친 시도는 작게 숨을 삼켰다.

─안 돼, 안 된다. 필사적으로, 터져 나오려 하는 눈물을 참았다.

지금 가장 괴로울 사람은 다름 아닌 토카다. 그런데 토카는 이렇게 즐겁게 이야기를 하고 있다. 마지막 순간을 웃으면서 맞이하기 위해, 그리고 남겨질 시도가 슬퍼하지 않도록······.

그렇다면, 시도는 울어선 안 된다. 시도는 희미하게 손가락을 떨면서도, 어떻게든 미소를 지으며 이야기를 이어갔다.

"─아아, 그래······."

바로 그때, 토카가 감개무량하다는 듯이 한숨을 토하며 그렇게 중얼거렸다.

"어······ 왜 그래?"

"아, 다른 애들에게도 인사를 해둘 걸 그랬다는 생각이 들어서 말이다. 이 세계가 이렇게 오랫동안 유지되도록 도와줬는데, 고맙다는 말을 하지 못했구나."

"아······ 그래. 하지만 어쩔 수 없잖아. 분명 다들─"

"─시도! 토카! 무사해?!"

시도가 말을 이으려던 순간, 뒤편에서 그런 목소리가 들려왔다.

"어?"

"음······?"

깜짝 놀라며 돌아보니, 코토리를 비롯한 정령들이 어느새 이곳에 와 있었다.

"······훗."

"······하하."

시도와 토카는 서로의 얼굴을 쳐다보다가 더는 못 참겠다는 것처럼 웃음을 터뜨렸다.

그런 두 사람을 본 정령들은 의아하다는 듯이 서로를 쳐다보았다.

"뭐, 뭐야. 저 두 사람, 왜 저러는 거지?"

"추측. 오랜만에 특색이 넘치는 카구야의 얼굴을 봤기 때문 아닐까요?"

"나와 똑같이 생긴 녀석한테 그런 소리를 듣고 싶지는 않거든?!"

정령들 쪽에서 그런 말이 들려왔다. 시도는 호흡을 고르면서 미안하다는 듯이 손바닥을 펼쳐보였다.

"너무 끝내주는 타이밍에 너희가 나타났거든. ……상냥한 신께서 배려를 해준 걸지도 모른다는 생각이 들었어."

"뭐……?"

코토리는 영문을 모르겠다는 표정을 지었다.

그때, 토카가 그 말에 답하듯 벤치에서 일어나 그녀들을 향해 돌아섰다.

"마침 잘 됐다는 거다. ―다들, 와줘서 고맙다. 마지막으로 너희의 얼굴을 봐서 정말 다행이구나."

""""……흑!""""

토카의 말에 정령들은 숨을 삼켰다.

그녀들은 이미 쿠루미 혹은 니아를 통해 그 사실을 알았으리라. 입술을 깨물며 괴로워하는 자는 있어도, 어째서인지 울음을 터뜨리는 이는 한 명도 없었다.

토카는 그런 그녀들을 자애로운 눈길로 응시하며 조용히

입을 열었다.

"코토리, 요시노, 요시농, 카구야, 유즈루, 미쿠, 나츠미, 니아, 무쿠로, 쿠루미, 그리고— 오리가미.

다들, 지금까지 정말 고마웠어. 처음 만났을 때는 다소 다투기도 했지만, 너희를 만나 정말 기뻤다. 너희와 함께 보낸 날들은 지금도 내 안에서 보물처럼 찬란하게 빛나고 있다. 그때도, 그리고 그때도— 기쁘고, 즐거웠지.

마나와 칸나즈키, 승무원들, 아이, 마이, 미이, 타마 선생님, 토노마치, 그리고 반 친구들에게도 전해다오.

정말, 정말…… 고맙다.

너희 덕분에— 나는, 행복했다."

"토카……."

"으, 흑—"

"토, 토카 양……."

토카의 말에 정령들은 고개를 돌리거나 훌쩍거렸다.

토카는 약간 난처하다는 듯이 미소를 지으며 시도를 바라보았다.

"……시도, 이제 때가 됐다. 세계가 완전히 붕괴되기 전에…… 부탁한다."

그리고, 각오를 다진 듯한 어조로 그렇게 말했다.

"……, 알았어."

시도는 크게 심호흡을 한 후, 그렇게 대답했다.

토카의 앞으로 걸어가서, 그녀의 어깨에 손을 얹었다.

그러자 토카는 시도의 눈을 응시한 후, 천천히 눈을 감았다.

조용히, 키스를 기다리듯이⋯⋯.

"⋯⋯."

그 모습은 조각상이라는 생각이 들 정도로 아름다웠다. 시도는 손의 떨림을 최대한 억누르면서 눈을 감은 후, 자신의 입술을, 토카의 입술을 향해 내밀었다.

—바로 그때였다.

"토카 씨⋯⋯!"

그런 목소리가, 정령들 사이에서 들려왔다.

"어—?"

"⋯⋯아!"

시도와 토카는 그 갑작스러운 목소리에 눈을 뜨고, 목소리의 주인을 쳐다보았다.

바로— 왼손에 토끼 모양 퍼핏 인형을 착용한, 조그마한 소녀를 말이다.

"요시노⋯⋯? 왜 그러느냐?"

토카는 놀란 건지 눈을 동그랗게 뜨면서, 소녀— 요시노를 바라보았다.

그렇다. 시도가 토카에게 키스를 하려던 순간, 요시노가 두 사람의 키스를 막으려는 듯이 입을 연 것이다.

아니— 그뿐만이 아니었다.

"······정말 괜찮겠어요? 토카 씨······."

요시노는 눈물을 뚝뚝 흘리면서, 쥐어짜낸 듯한 목소리로 그렇게 말했다. 요시노답지 않은 그 처절한 표정에 토카는 무심코 숨을 삼켰다.

"요, 요시노······?"

"정말, 괜찮겠냔 말이에요······! 마지막 말이······ 그런 거라도요······!"

요시노는 눈물에 젖은 목소리로 울부짖듯 그렇게 외치더니, 왼손의 『요시농』과 시선을 마주했다.

"······요시농."

『─응. 힘내, 요시노.』

요시노는 『요시농』과 그런 대화를 나눈 후, 숨을 들이마시더니─.

자신의 손에 낀 『요시농』을 벗었다.

"""어······?!"""

정령들은 그 광경을 보고 경악했다.

그럴 만도 했다. 『요시농』은 요시노의 가장 소중한 친구다. 언제나 함께 했으며, 『요시농』과 떨어지기만 해도 요시노의 정신상태가 불안정해졌다. 그런 요시노가, 자기 손으로 『요시농』을 벗을 거라고는 아무도 생각하지 못했다.

"······나츠미 씨. 잠시만 요시농을 맡아주세요."

"뭐······?! 아, 네······."

요시노에게 『요시농』을 건네받은 나츠미가 새된 목소리로 그렇게 대답했다. 요시노의 박력에 압도당한 건지, 존댓말을 썼다.

요시노는 그대로 한 걸음 내딛더니, 다른 사람들에게 들리도록 이렇게 말했다.

"여러분. 저는 우승자의 권리를, 지금 이 자리에서 쓸까 해요. 괜찮죠?"

"""……아!"""

요시노의 말에 정령들은 숨을 삼켰다. 시도만이 요시노가 무슨 말을 하는 건지 모르겠다는 듯이 미간을 찌푸렸다.

요시노는 각오를 다지며 고개를 들더니, 시도를 응시하며— 입을 열었다.

"—시도 씨. 저는, 당신을 좋아해요."

"……윽?!"

"어?!"

요시노의 갑작스런 고백에 토카와 시도는 경악했다.

세계가 종말을 맞이하려 하는 타이밍에 사랑 고백을 하는 자가 있을 거라고는 생각도 못 한 것이다. 게다가 그런 짓을 한 사람은, 그 얌전하던 요시노였다.

하지만 나른 정령들은 이미 각오를 하고 있었다는 듯이, 조용히 그 모습을 지켜보고 있었다.

요시노는 눈물을 흘리며, 그리고 코가 벌게진 채, 뜨거운 어조로 말을 이었다.

"당신이 저를 구해준 그때부터, 쭉 당신을 좋아했어요……! 이 마음은, 다른 누구에게도 뒤지지 않아요……! 코토리 씨에게도! 오리가미 씨에게도! 그리고— 토카 씨에게도요!"

"뭐⋯⋯!"

토카는 요시노의 그 뜻밖의 말을 듣고 놀랐지만, 주먹에 힘이 들어가는 것을 느꼈다.

"느, 느닷없이 무슨 소리를 하는 것이냐, 요시노! 나도 시도를—."

바로 그때였다.

토카는 자신의 볼을 타고 무언가가 흘러내리는 것을 느꼈다.

그리고, 그것이 자신의 눈물이라는 사실을 안 순간—.

그녀의 안에서, 무언가가 터져 나왔다.

"아, 아, 아아아, 아아아아아아아아아아아—."

겨우겨우 억누르고 있던 감정의 파도가, 조그마한 구멍을 기점으로 흘러나왔다.

시도가 슬퍼하지 않도록, 다른 이들이 힘들어하지 않도록 억눌러 왔던 것이, 전부 흘러나왔다.

"그래⋯⋯. 나도⋯⋯, 나도, 시도를 좋아한다⋯⋯!"

"토카—."

시도는 깜짝 놀란 것처럼 눈을 동그랗게 떴다.

하지만, 이제 막을 수 없다. 막을 방법이 없었다. 토카는 시도의 어깨를 잡고, 자신의 내면에서 터져 나오는 그 격렬한 감정대로 말을 쏟아냈다.

"시도⋯⋯ 시도! 나는 시도를 좋아한다! 이건⋯⋯ 다른 사람을 향한 『좋아한다』와는 다른 『좋아한다』다! 그 누구에게도 지지 않을 거다⋯⋯! 시도와 더 함께 있고 싶다! 시도와 더 오랜 시간을 같이 보내고 싶다⋯⋯! 싫다⋯⋯. 사라지고 싶지 않다⋯⋯! 시도와 헤어지고 싶지 않아⋯⋯!"

"──."

토카는 하염없이 눈물을 흘리며, 시도에게 매달리듯 그렇게 호소했다.

아까까지만 해도 그렇게 의연하던 토카가⋯⋯.

남들이 슬퍼하지 않기를 바라며, 마음을 다스리고 있던 토카가⋯⋯.

"아, 아──."

그 모습을 본 순간──.

시도의 내면에서, 무언가가 끊어졌다.

"──아아아, 아아아아아, 아아아아아아아아아아아아아아아!"

시도 또한 죽을힘을 다해 태연한 척 했다. 토카의 마음을 생각해, 가능한 한 밝게 행동하려 했다.

슬픔이 남지 않도록⋯⋯.

웃으며 작별할 수 있도록⋯⋯.

마지막 순간을 즐겁게 보낼 수 있도록⋯⋯.

──아아.

──왜 그랬을까.

"──대체 왜⋯⋯ 그런 거냐고⋯⋯!"

목소리를 쥐어짜내며 그렇게 외친 시도는 으스러질 정도로 힘껏, 있는 힘껏 토카를 끌어안았다.

"나도…… 나도 토카를 좋아해! 진심으로 좋아한단 말이야……! 토카와 헤어지고 싶지 않아……! 토카와 쭉 함께 있고 싶어! 어째서야…… 어째서 이렇게 된 거냐고!"

그리고 목이 찢어질 정도로 강하게 부르짖었다.

—나는 왜 참고 있었던 거지? 남은 시간을 유익하게 보내기 위해? 토카가 슬퍼하지 않도록? 지금은 그런 배려도 다 쓸모없다는 생각이 들었다. 그딴 건 알 바 아니다. 왜 달관하고 있었던 거냐. 왜 폼이나 잡고 있었던 거지? 토카와 함께 있을 수 있는 건 지금 이 순간이 마지막인데, 지금이 바로 토카에게 마음을 전할 마지막 기회인데—!

두 사람의 통곡에 이끌리듯, 세계가 한층 더 격렬하게 떨렸다.

하늘이 무너지고, 지면이 갈라졌으며, 주위의 풍경이 사라지기 시작했다.

"토카……!"

"시도……!"

시도와 토카는 서로의 이름을 부르며—.

사라져 가는 세계에서, 마지막 키스를 나눴다.

―세계가, 밝았다.

진짜 세계가, 되돌아왔다.

눈을 떠보니, 시도 일행은 텐구시의 공원이 있던 자리가 아니라 파도 소리가 울려 퍼지는 한밤중의 해안가에 있었다.

그곳은, 『그때』 그 장소였다. 시원의 정령들 간의 싸움이 펼쳐진 후― 미오의 세피라가 사라지려 하던 장소였다.

그 풍경은 『그때』와 똑같았다.

다른 이들의 모습도…….

주위의 풍경도…….

주변에 흩어져 있는 잔해도…….

하지만 시도의 품속에 있어야 할 토카는, 더 이상― 존재하지 않았다.

■작가 후기

오랜만입니다. 타치바나 코우시입니다.

『데이트 어 라이브 20 토카 월드』를 여러분에게 전해드립니다.

지금의 제가 지닌 모든 역량을 결집해서 집필했다 자부합니다. 독자 여러분께서 재미있게 읽어주시길 진심으로 바랍니다.

드디어 20권입니다. 제20회 판타지아 장편소설 대상 수상자로서 감개무량한 숫자입니다. 참고로 이 책은 3월 20일에 일본에서 발매되었으니, 20이 하나 더 더해지는군요. 휘유~, 왠지 쿠루미 때에도 『3』으로 비슷한 일이 있었던 것 같은 느낌이 듭니다.

그럼 토카 월드에 관해 이야기를 나눌까 합니다. 할 이야기라면 얼마든지 있습니다만, 이번 권은 내용이 내용인 만큼 스포일러를 피할까 합니다.

후기의 페이지도 얼마 되지 않는 만큼, 지금 어중간하게 이야기를 나누는 것보다는 어느 정도 분량이 확보된 자리에서 다시 이야기를 나누고 싶습니다.

그래도 이 말씀만은 드리고 싶습니다.

토카라는 캐릭터를 제 작품 속에 담을 수 있어서, 정말 행복했습니다.

그리고 이번 권도, 히가시데 유이치로 씨의 『데이트 어 불릿 5』와 동시 발매됐습니다!

겨우겨우 당도한 제7영역은 카지노 공간이었다! 쿠루미와 히비키가 자금 확보를 위해 선택한 방법은? 그리고 이야기는 충격적인 전개로 이어진다……! 독자 여러분께서 이 작품도 즐겨주시길 진심으로 바랍니다!

이번 권 또한, 많은 분들께서 힘써 주신 덕분에 발간될 수 있었습니다.

일러스트레이터이신 츠나코 씨, 항상 멋진 일러스트를 그려 주셔서 감사합니다. 합체 토카는 물론이고, 컬러 일러스트의 라지엘 쿠루미와 시론 요시노도 완전 최고였습니다.

담당 편집자님, 매번 원고가 늦어져 죄송합니다.

디자인을 맡아주시는 쿠사노 씨, 이번 표지 디자인은 정말 멋졌습니다.

편집, 출판, 유통, 판매 등에 관여해 주신 모든 분, 그리고 무엇보다, 이 책을 읽어주신 독자 여러분께 진심으로 감사드립니다.

—자, 오랫동안 이어져 온 『데이트 어 라이브』도 슬슬 종막을 향해 치닫고 있습니다.

아마 다음 권이 『데이트 어 라이브』 본편에 마침표를 찍는 이야기가 될 거라 생각합니다.

부디 마지막까지, 시도 일행의 이야기를 지켜봐 주시면 감사하겠습니다.

2019년 2월 타치바나 코우시

■역자 후기

안녕하십니까. 근로청년 번역가 이승원입니다.

『데이트 어 라이브 20 토카 월드』를 구매해 주셔서 진심으로 감사드립니다.

2019년 5월밖에 안 되었는데, 벌써 날씨가 덥습니다.

길을 돌아다니다 보면 반바지, 반팔 차림인 분들도 자주 보일 정도군요.

정말 요즘은 봄이 없는 것 같다는 생각이 들 정도입니다.

그리고 환절기라 그런지, 제 몸도 정말 말썽이네요.

환절기 감기는 항상 달고 있고, 피부 과민 증상으로 인해 온몸이 바늘로 찌르는 것처럼 아프며, 만성 피로&만성 폐렴 콤보가 또 터지면서 병원 신세를 져야 했습니다.

그리고 겨우겨우 몸을 좀 추스르나 했더니…… 또 마감 지옥이 저를 기다리고 있네요. 10년도 넘게 봄마다 이런 일을 반복했는데도 반성 및 보완이 안 되는 것을 보면, 저도 여러모로 문제인 것 같습니다. AHAHA.

내년에는 이런 실수를 되풀이하지 않기를 빌며, 열심히 마감과 사투를 벌이겠습니다!

그럼 『데이트 어 라이브 20 토카 월드』에 대해 조금 이야기 해볼까 합니다.

스포일러가 포함되어 있을 수도 있으니 본편을 안 읽으신 분은 유의해주시길!

……죄송합니다. 스포일러를 피하면서 이번 권에 대해 이야기를 할 자신이 없습니다.

초반에는 코믹하고, 중반에는 열혈이 넘치며, 후반에는 울컥하게 만드는 최고의 한 편이었다는 말씀밖에 드리지 못하겠습니다.

그래도 제가 본문 분석을 하면서 울고, 초벌 번역을 하면서 또 울고, 교정을 볼 때는 휴지가 다 떨어졌다는 점은 꼭 말씀 드리고 싶습니다.

이렇게 번역을 하면서 울었던 건, 모 사춘기 증후군 러브코미디 여동생 편 이후로 처음이었던 것 같습니다.

그래도 저는 아직 희망의 끈을 놓지 않았습니다. 작가님께서 분명 모든 독자가 만족할 수 있는 해피엔딩을 그려주실 거라 믿어 의심치 않습니다!

그럼 이만 줄이겠습니다.

『데이트 어 라이브』를 맡겨주신 L노벨 편집부 여러분. 이렇게 멋진 작품을 저에게 맡겨주신 점, 항상 감사드리고 있습니다. 앞으로도 잘 부탁드립니다!

　밥 먹자고 연락 준 악우여, 항상 먼저 연락 줘서 고맙다. 며칠째 방에 틀어박혀 마감 지옥 중이었는데, 그래도 네 연락 받고 나가서 코에 바람 좀 넣으니 살겠더라. 다음에는 네가 좋아하는 밀면 먹으러 가자.^^

　마지막으로 언제나 제게 버팀목이 되어주시는 어머니와 『데이트 어 라이브』를 읽어 주신 모든 분들께 진심으로 감사드립니다.

　데어라 본편의 대미를 장식할 21권의 역자 후기에서 다시 뵙겠습니다!

2019년 5월 초
역자 이승원 올림

데이트 어 라이브 20

1판 1쇄 발행 2019년 6월 10일
1판 2쇄 발행 2021년 9월 27일

지은이_ Koushi Tachibana
일러스트_ Tsunako
옮긴이_ 이승원

발행인_ 신현호
편집부장_ 윤영천
편집진행_ 김기준 · 김승신 · 원현선 · 권세라
편집디자인_ 양우연
관리 · 영업_ 김민원 · 조인희

펴낸곳_ (주)디앤씨미디어
등록_ 2002년 4월 25일 제20-260호
주소_ 서울시 구로구 디지털로 26길 111 JnK디지털타워 503호
전화_ 02-333-2513(대표)
팩시밀리_ 02-333-2514
이메일_ lnovelpiya@naver.com
ㄴ노벨 공식 카페_ http://cafe.naver.com/lnovel11

DATE A LIVE Vol.20 TOHKA WORLD
ⓒKoushi Tachibana, Tsunako 2019
First published in Japan in 2019 by KADOKAWA CORPORATION, Tokyo.
Korean translation rights arranged with KADOKAWA CORPORATION, Tokyo.

ISBN 979-11-278-5078-4 04830
ISBN 979-11-278-4271-0 (세트)

값 7,200원